grafit

Chemnitzer Str. 31, D-44139 Dortmund
Internet: http://www.grafit.de
E-Mail: info@grafit.de

Druck und Bindearbeiten: CPI – Clausen & Bosse, Leck
ISBN 978-3-89425-417-9
1. 2. 3. 4. 5. / 2016 15 14 13

Lucie Flebbe

Das fünfte Foto

Kriminalroman

grafit

Die Autorin

Lucie Flebbe kam 1977 in Hameln zur Welt. Sie ist Physiotherapeutin und lebt mit Mann und Kindern in Bad Pyrmont. Mit ihrem Krimidebüt *Der 13. Brief* (noch unter dem Namen Lucie Klassen) mischte sie 2008 die deutsche Krimiszene auf. Folgerichtig wurde sie mit dem ›Friedrich-Glauser-Preis‹ als beste Newcomerin in der Sparte ›Romandebüt‹ ausgezeichnet. Es folgten: *Hämatom*, *Fliege machen* und *77 Tage*.

www.lucieflebbe.de

Sämtliche Personen und Geschehnisse sind frei erfunden.

Klick.

Was für ein Kiefer! Messerscharf und stark genug, ein menschliches Bein durchzubeißen, verengt er sich zu einem gewaltigen, moosbewachsenen Schnabel.

Ein Ungeheuer aus der Urzeit. Bis heute hat es unentdeckt überlebt. Seine kleinen, kalten Augen starren direkt in die Linse.

Welch außergewöhnliches Motiv!

Ein herausragendes, ein einzigartiges Bild!

Eine Sensation!

1.

»Ich bin mir sicher, dass sie tot ist.«

Die geflüsterten Worte waren garantiert nicht für meine Ohren bestimmt. Trotzdem wanden sie sich zwischen Gemurmel und Schlagermusik hindurch in mein Bewusstsein.

»Das sagt mir mein Bauchgefühl, Lenny. Sie ist tot.«

Das Gekicher von Lena, Karo und Franzi verschwamm mit den Hintergrundgeräuschen, während das Gespräch am Nebentisch meine Aufmerksamkeit auf sich zog.

Kriminalkommissar Lennart Staschek saß Rücken an Rücken mit Lena, die zufällig nicht nur seine Tochter, sondern auch meine beste Freundin war. Von meinem Platz aus hatte ich ihn im Blick. Der Tisch, an dem er saß, stand direkt vor der blank polierten Theke aus dunklem Holz, hinter der Molle Biergläser abspülte. Nicht weit genug weg, wenn das

Gespräch, das der Kommissar führte, ungehört in der Geräuschkulisse der Kneipe versickern sollte. Ich jedenfalls konnte problemlos mithören, während meine Freundinnen aufgeregt diskutierten, ob es sich bei einem Rempler in der U-Bahn um eine Anmache handeln könne.

Gedankenverloren nippte ich an meinem Sektglas, die Unterhaltung am Nebentisch schien die interessantere zu sein.

»Ich nenn das mal ein Gerücht«, antwortete Staschek jetzt skeptisch. »Ein ziemlich gewagtes, denn einen Beweis sehe ich nicht. Für mich klingt das nach ein paar gelangweilten Hausfrauen, die Miss Marple spielen, um ein bisschen Abwechslung vom Kochen und Putzen zu bekommen, Matze.«

Der Spott in seiner samtweichen Stimme war nicht zu überhören. Der Leiter der Mordkommission strich durch seine dicken, kastanienbraunen Haare, lehnte sich mit seinem Bier in der Hand zurück und streckte die langen Beine unter dem Tisch aus. Sein zerknautschter Mantel verlieh ihm den Charme eines Siebzigerjahreermittlers. Mit seinem Aussehen und seinem leicht verstaubten Sexappeal hätte Lennart Staschek eher in eine entsprechende Fernsehserie gepasst als in eine schmuddelige Kneipe im Bochumer Stadtteil Stahlhausen.

»Verrenn dich nicht, Matze.« Staschek platzierte sein Bierglas zwischen grinsenden Osterhasen, bunten Plastikeiern und dem giftgrünen Ziergras, das Molle eigentlich schon vor einer Woche hätte wegräumen können.

»Ich bin nicht bescheuert, Lenny. Zuerst hab ich auch gedacht, es wird Zeit, dass Katrin wieder arbeiten geht, damit sie aufhört, anderen Leuten hinterherzuspionieren«, gestand der Fremde schulterzuckend. »Aber mittlerweile ist unsere Nachbarin seit drei Wochen verschwunden. Der Ehemann weicht allen Fragen aus. Und es stimmt schon, was Katrin sagt. Dass es in letzter Zeit heftig Zoff gab bei denen. In den alten Reihenhäusern kriegt man ja immer mit, was nebenan los ist. Ich habe ein ganz mieses Gefühl bei der Sache.«

Staschecks Begleiter saß dem Kriminalkommissar gegenüber, ich konnte ihn in Ruhe betrachten. Er war ein kantiger Kerl in Jeans, ein dunkler, an den Enden nach oben gezwirbelter Schnurrbart teilte sein Gesicht in zwei gleich große Hälften: oben Augenpartie samt einer kurzen Nase, unten ein lang gezogenes Kinn. Seine kräftigen Hände fummelten an den Fransen von Molles rot karierter Tischdecke.

»Ich will mich nicht lächerlich machen, Lenny ...«

Der Typ war auch ein Bulle, mutmaßte ich spaßeshalber.

Zwar genoss ich es, neuerdings Freudinnen zu haben, mit denen ich Hühnertreffen wie dieses veranstalten konnte. Doch begriff ich nicht, warum ein Grobmotoriker, der in der U-Bahn Frauen umrannte, ein Grund für eine halbstündige Diskussion sein konnte. Lag wohl daran, dass ich die ersten zwanzig Jahre meines Lebens eine Außenseiterin mit lila Haaren gewesen war und mir in Frauengesprächen einfach die Übung fehlte.

»Dabei hatte ich diese Jeans an, in der mein Hintern aussieht, als gehört er zu einem Nilpferd«, zweifelte Franzi.

Lena und Karo widersprachen prompt. Mein Blick wanderte kurz über die Mädchen. Lena war groß und schmal, mit den schönen Augen, dem dicken Kastanienhaar und der unaufdringlichen Eleganz ihres Vaters. Karo trug zu ihrem blonden Pferdeschwanz und dem grellgrünen Minirock ein T-Shirt mit Stinkefingeraufdruck. Zwischen den beiden wirkte Franzi pummeliger, als sie tatsächlich war.

Ich hatte eine vage Ahnung, dass mir die wahre Bedeutung des U-Bahn-Rowdys verborgen bleiben würde. Meine Gedanken fokussierten sich wieder auf Staschecks Begleiter.

Möglicherweise handelte es sich um einen Kollegen, den der Kommissar auf ein Feierabendbierchen mitgebracht hatte.

»Ich will keiner der Idioten sein, die erstaunt herumstottern, wenn die seit Monaten tote Nachbarin halb verwest in der Wohnung gefunden wird. Dazu bin ich schon zu oft zu solchen Fällen gerufen worden.«

Bingo, ein Bulle. Ich schnalzte mit der Zunge.

Staschek sah sich über die Schulter nach mir um. Rasch griff ich mein Sektglas und nickte zu irgendwas, was Franzi mit geröteten Pausbacken über den U-Bahn-Schubser erzählte.

Der Kriminalkommissar wandte sich wieder an seinen Gesprächspartner. »Die Kripo wird jedenfalls nicht deinem Bauchgefühl hinterherermitteln, Matze. Verschwundene Erwachsene suchen wir nur, wenn eine begründete Gefahr für Leib und Leben besteht. Das weißt du selbst. Aber bedroht wurde deine Nachbarin anscheinend nicht und eine Suizidabsicht hat sie auch nicht geäußert.«

Der Mann namens Matze schüttelte den Kopf.

»Eine Möglichkeit gibt es allerdings, wenn eure Nachbarin deiner Frau und dir so am Herzen liegt«, fuhr Staschek fort.

Sein Begleiter ließ sein Glas sinken.

»Drück der jungen Dame da drüben ein Bündel Scheine in die Hand. Dann findet sie die Verschwundene für dich.« Staschek rückte mit seinem Stuhl ein Stück herum und deutete mit dem Kopf auf mich. »Sie lebt zufällig davon.«

Ups.

Der Fremde sah erstaunt zu mir herüber.

»Das ist Lila Ziegler von der Detektei *Danner und Ziegler*«, stellte Staschek mich gleich vor.

»Ben Danners neue Partnerin?«, hakte der andere Polizist gleich nach. Offenbar war er über mich besser informiert, als ich über ihn.

Staschek nickte. »Ich gehe davon aus, dass sie schon mitbekommen hat, worum es geht.« Der Kriminalkommissar winkte mir zu. »Komm kurz mal rüber, Lila.«

Ich? Ich sollte mit einem möglichen Auftraggeber sprechen? Seit wann war ich dafür zuständig?

Meine Augen flitzten durch das Lokal in der Hoffnung, dass sich mein Freund und Boss Ben Danner mithilfe einer futuristischen Beamtechnik in der Mitte des Raumes materialisierte.

Was natürlich nicht passierte, denn er war noch keine halbe Stunde weg und die Runde um den Stadtpark joggte er präzise in der immer gleichen Zeit von sechsundvierzig Minuten.

Sollte etwa ich mit dem potenziellen Klienten verhandeln? Noch dazu mit einem Polizisten? Einem Spezialisten in Sachen Ermittlungsarbeit?

Zögernd stand ich auf. Dabei begegnete mein Blick meinem Spiegelbild hinter den Spirituosen im Regal über dem Tresen. Eine echtblonde Gerade-mal-Zwanzigjährige blinzelte mit erschrocken aufgerissenen, blauen Augen zurück. Meine kurzen Haarfransen hatte ich hinter meine Ohren geklemmt, was mein Kindergesicht mit dem spitzen Kinn und der noch spitzeren Nase viel zu jung wirken ließ. Der lila Wollpulli schlabberte bis an die Knie meines schmalen Körpers. Mein Name ist Lila, ich bin zwanzig Jahre alt und wünschte, ich wäre schon vierzig.

»Lila, nun komm!« Staschek ruderte mit den Armen, als wollte er einen Ozeanriesen in eine Parklücke in der Innenstadt lotsen.

Seufzend stellte ich mein Glas auf den Tisch und setzte ein ahnungsloses Gesicht auf.

Zwanzig Minuten später betrat Ben Danner die Kneipe. Er zog die dunkle Mütze von seiner Glatze und stopfte sie in die Tasche. Zur schwarzen Jogginghose trug der Boss unserer gemeinsamen Detektei ein gleichfarbiges T-Shirt, dessen Ärmel an seinen Oberarmen spannten.

Lena, Karo und Franzi waren mittlerweile reichlich angeheitert, ich selbst hingegen ziemlich ernüchtert.

Danner trat verschwitzt, aber nicht außer Atem hinter mich an den Tisch von Staschek und seinem Kollegen, der sich inzwischen als Matthias Hesskamp vorgestellt hatte. Ich spürte die Wärme von Danners Körper in meinem Rücken, noch bevor er mir eine Hand auf die Schulter legte. Bemerkte die Geruchsmischung von Schweiß und Aftershave. Passend zu Dreitagebart und Bizeps. Ein halbes Jahr dauerte meine heftige Affäre mit meinem deutlich älteren Chef bereits an. Und sein schmuddeliger Hafenarbeitercharme zeigte noch immer prompt seine Wirkung.

Während Danners linker Daumen unter den Kragen meines Pullis fuhr und ein in diesem Moment unangebrachtes Herzklopfen verursachte, schüttelte er mit der Rechten Hesskamp die Hand.

»Matthias«, begrüßte er den Polizisten, der ihm offensichtlich keineswegs fremd war. Das war keine Überraschung, schließlich war Danner früher selbst Polizist gewesen und ging noch heute im Präsidium ein und aus.

»Hab gehört, du bist jetzt Dorfpolizist in Gerthe.« Danner zog sich einen Stuhl heran. »Da kannst du ja mit deinen Kindern zu Mittag essen. Was treibt dich hierher?«

Hesskamp deutete auf Staschek: »Lenny.«

Ich kochte vor Wut, weil Danner vollkommen selbstverständlich das Gespräch übernahm. Obwohl bis vor zwei Sekunden doch ich für unsere Detektei gesprochen hatte.

Und ich ließ mich auch noch selbst von ihm ablenken. Ich war kein bisschen besser als die Hühner am Nebentisch.

Danner gab Staschek eine Kopfnuss: »Wenn deine Frau mitkriegt, dass du Lila anbaggerst, wird die Scheidung teuer, Alter.«

»Deine Sprüche waren schon mal besser«, rempelte Staschek bereitwillig zurück.

Ich kam mir vor, als wäre ich zwischen ein paar U-Bahn-Drängler geraten. Aber eins war klar: Von mir gab es kein schüchternes Lächeln zur Belohnung. Stattdessen drückte ich Staschek einen Kuss auf die babyarschglatt rasierte Wange.

»Wenn du nicht petzt, gibt es keine Zeugen«, erklärte ich Danner.

Hesskamp zog die Brauen hoch, Staschek grinste dümmlich, Danner schnaufte verächtlich. Ich hatte die Aufmerksamkeit der Herren zurückerobert.

»Lenny hat Arbeit für uns«, sprach ich weiter, bevor sich das erneut ändern konnte.

Danner musterte Staschek mit zusammengekniffenen Augen: »Sind die Exkollegen so schnarchnasig geworden, dass du jetzt schon Privatdetektive engagieren musst, um mal wieder einen Ermittlungserfolg vorweisen zu können?«

Nachdem er das ausgesprochen hatte, fiel ihm anscheinend ein, dass auch Matthias Hesskamp zu den Schnarchnasen gehörte. Er ergänzte: »Sorry, Matze. Du scheinst ja heute wach zu sein.«

»Genauer gesagt, will Herr Hesskamp uns beauftragen«, grinste ich. »Er vermisst seit drei Wochen eine Freundin aus der Nachbarschaft und fürchtet, ihr könnte etwas zugestoßen sein.«

Danners Blick wurde scharf: »Gibt es einen konkreten Grund für die Befürchtung?«

Hesskamp zuckte hilflos die Schultern: »Meine Frau glaubt, ja.«

Danner verzog keine Miene.

»Weil die Kripo nicht grundlos unbescholtenen Bürgern hinterherschnüffelt, sollt ihr das übernehmen«, brachte Staschek die Sache auf den Punkt.

»Meine Frau macht sich Sorgen«, rechtfertigte sich Hesskamp eilig.

Danner lehnte sich amüsiert zurück. »Dann bist du quasi gezwungen worden, uns zu beauftragen.«

Klick.
Sie liegt auf dem Küchentisch. Nackt. Zwischen den Schälchen, in denen noch die Frühstücksflakes der Kinder schwimmen. Die Beine streckt sie in die Luft, ihre Füße in sein Gesicht, während er es ihr besorgt.
Schöner Schnappschuss.

2.

Danner lenkte seinen riesengroßen und uralten Geländewagen am Rewirpower-Stadion und der JVA vorbei, von der Castroper Straße auf den Castroper Hellweg in Richtung des Bochumer Stadtteils Gerthe, wo Polizeiobermeister Matthias Hesskamp mit seiner Frau Katrin und zwei Teenagertöchtern lebte.

Während ich aus dem Fenster sah, überlegte ich, ob in Molles Kaffee versehentlich ein paar fröhlichbunte Pillen geraten sein konnten. Seit über einem halben Jahr lebte ich in Bochum, aber die Wörter ›grün‹ oder ›bunt‹ zur Beschreibung meiner Wahlheimat zu verwenden, war mir bisher nicht in den Sinn gekommen.

Bis heute.

Die sonst mindestens vierstöckigen Wohnblöcke der Innenstadt waren im Laufe der Fahrt zusehends niedriger geworden. Jetzt rollte die Schrottschüssel an einem alten Fachwerkgehöft vorbei, das genauso gut in einem Dreihundert-Seelen-Dorf vor Hannover hätte stehen können. Und dahinter – ich traute meinen Augen kaum – graste ein Pferd. Auf einer mit weißem Elektroband eingezäunten Weide.

An einem Schulzentrum bogen wir in die Schwerinstraße ein. Reihenhäuser säumten die Straße. Bunte Gebäudefronten mit Vorgärten so winzig, dass gerade eine Bank darin Platz fand. Sonnengelb, grün, blau, sogar vor einem schmutzigen Rot war man nicht zurückgeschreckt, um das eigene Reich kenntlich zu machen. Das Altrosa des Eckhauses war ebenfalls ein Hingucker. Den Asphalt der Fahrbahn hatten Kinder mit Straßenmalkreide verschönert.

Zumindest gab es hier kein Parkplatzproblem. Dank der überlangen Ladefläche, die Danners Schrottkiste anstelle eines Kofferraumes besaß, war in der Innenstadt kaum ein legaler Parkplatz zu finden – mal ganz abgesehen von der Tatsache, dass beim Bau der Karre vor neunzehn Jahren von Umweltzonen noch keine Rede gewesen war.

Ich rumste die Tür mit aller Kraft zu, damit sie auch wirklich ins Schloss schnappte.

Dann hielt ich inne. Das allgegenwärtige Brummen der Stadt hatte sich entfernt und ich hörte – Vogelgezwitscher?!

Den ganzen langen Winter über war mir Bochum eng, verregnet und grau vorgekommen. Jetzt schien plötzlich die

Sonne, für Mitte April war es ungewöhnlich warm. Ich entdeckte frisch gestrichene Gartenbänke, farbig glasierte Keramikdeko und buntes Spielzeug. Eine junge Mutter legte ein Baby in den Kinderwagen und deckte es zu. Zwei andere Frauen unterhielten sich über ein niedriges Gartenzäunchen hinweg.

Idyllisch.

Danner war ein Stück vorausgegangen. Er steuerte auf die beiden Frauen zu. Ich beeilte mich, ihn einzuholen.

»Guten Morgen. Wir suchen Katrin Hesskamp«, sprach der Detektiv die beiden Frauen im Vorgarten an.

»Die haben Sie gefunden«, lächelte die Jüngere, die im vorletzten Garten vor einem blauen Stück Haus stand. Sie war Anfang vierzig, sportlich-schlank in Jeans und Turnschuhen, mit schulterlangen, dunklen Haaren und einem verschmitzten Lächeln, bei dem ihre Wangen nach oben rutschten. Sie hatte als Sekretärin im Polizeipräsidium gearbeitet, hatten wir von ihrem Mann erfahren. Seit der Geburt der ersten ihrer beiden Töchter vor mittlerweile vierzehn Jahren widmete sie sich allerdings ganz deren Erziehung.

Über den niedrigen Stahlzaun mit speerartig nach oben gerichteten Spitzen hinweg reichte Katrin Hesskamp Danner die Hand: »Dann müssen Sie Herr Danner und Frau Ziegler sein.«

Sie schüttelte auch meine Hand mit kräftigem Druck. Die Polizistenfrau war mir auf Anhieb sympathisch.

»Das ist meine Nachbarin Silvia Fromm«, stellte sie die Frau im Nachbargarten vor. »Sie ist ebenfalls eine gute Freundin der Vermissten. Wir haben uns überlegt, Sie gemeinsam zu beauftragen.«

Gute Idee, dann konnten sie sich unsere Rechnung teilen.

»Eigentlich war es auch Silvia, die der Sache auf die Spur gekommen ist«, fügte Katrin Hesskamp geheimnisvoll hinzu.

Die große Frau im Vorgarten des altrosafarbenen Hausteils war deutlich älter, wahrscheinlich über siebzig. Ihre weiße Bluse trug sie in den Hosenbund gestopft, wodurch die Speckrolle an ihrem Bauch gut zur Geltung kam. Einen Kontrast zu ihrer ergrauten Dauerwelle bildeten die roten Wangen, die sie erhitzt wirken ließen. Vermutlich litt sie unter erhöhtem Blutdruck.

Ich überlegte, was wohl ›der Sache auf die Spur gekommen‹ bedeutete. Klang nach einer Verschwörung mit den Ausmaßen der amerikanischen Ufo-Landungsvertuschung in der Area 51.

Katrin Hesskamp öffnete das Tor im Zaun und ließ Danner und mich in den Vorgarten. Den Weg zum Haus ebneten schicke, gelbe Sandsteinplatten in naturbelassener Form mit unregelmäßigen Kanten. Wir passierten einen Deko-Leuchtturm und einen plätschernden Feng-Shui-Brunnen, der wohl positive Energie verströmen sollte.

Die Nachbarin Silvia Fromm kletterte ungelenkig über das niedrige Gartenzäunchen, um uns zu folgen.

Klick.

Die Alte steht vornübergebeugt. Aufgestützt auf ihre Gehhilfe, weil sie sonst den Halt verliert. Ihre Haare sind so weiß wie ihr Nachthemd. Sie geifert und schreit. Auf dem Asphalt neben ihren Füßen blitzt die Klinge eines Messers im Licht der Straßenlaterne.

Die andere verschwindet in der Dunkelheit.

3.

Beim Reihenhaus der Hesskamps handelte es sich um eine optische Täuschung. Von außen war es nur eine schmale, hellblaue Häuserfront mit weißen Fenstern, eingeklemmt zwischen dem Altrosa der ungelenkigen Frau Fromm am Reihenende und dem Sonnengelb, hinter dem bis vor drei Wochen die nun vermisste Nachbarin gelebt hatte.

Doch im Haus der Hesskamps stieß ich auf deutlich mehr Wohnfläche, als ich erwartet hatte. Die untere Etage bestand aus einem einzigen Raum, einer Wohnküche. Eine offene Fachwerkattrappe trennte die Kochnische von der Wohnecke mit sandfarbenem Sofa und Esstisch. Hinter einer zweiflügeligen Terrassentür erweiterte ein Wintergarten mit Strandkorb den Raum optisch.

Einen Sekundenbruchteil lang blitzte in meiner Erinnerung ein anderes Wohnzimmer auf. *Polierter Boden aus schwarzweißem Marmor, eine Empore mit geschnitztem Geländer, die den Raum auf Höhe des ersten Stockwerks umrahmte, ein schwarz glänzender Flügel vor der zweiflügeligen Terrassentür.*

Rasch lenkte ich meine Gedanken in die Gegenwart zurück, auf das Walross, das auf einem Holzbalken des Fachwerks saß. Genau gesagt, handelte es sich um ein grinsendes Walross, etwa zehn Zentimeter hoch. Aus Porzellan vermutlich. Im Wintergarten dahinter entdeckte ich eine Versammlung hässlicher, kleiner Ungeheuer. Sie sahen aus wie schrumpelnde Knollengewächse mit Fischschwänzen. Nach genauer Betrachtung kam ich zu dem Schluss, dass es sich höchstwahrscheinlich um Seehunde handelte, die ein Hobbybastler aus Blumenzwiebeln kreiert hatte. Auf der Rückenlehne des sandfarbenen Sofas lag – lang ausgestreckt, wie eine schlafende Schlange – ein Wal. Ein Modell aus Stoff, mit winzigen Flossen und so prall mit Schaumstoff vollgestopft, dass es an eine blaue Bockwurst erinnerte. Der Form nach zu urteilen, sollte es wohl den unter Türritzen hindurchpfeifenden Wind stoppen. Hier am Nordseestrand diente das Ding jedoch als Nackenrolle.

Auf dem Couchtisch bemerkte ich eine Meereslandschaft mit Muscheln. Katrin Hesskamp schien eine Frau mit viel Freizeit zu sein.

»Seit drei Wochen ist Bine jetzt schon weg. Oder nicht?«, erklärte uns Silvia Fromm bereits, während die Fischfreundin noch Kaffeetassen auf dem Couchtisch verteilte.

»Zweieinhalb würde ich sagen.«

»Eher drei. Aber sicher bin ich nicht. Ich schreibe mir ja nicht auf, ob ich meinen Nachbarn heute schon begegnet bin. Normalerweise sind wir uns mehrmals am Tag über den Weg gelaufen.«

»Hier. Das ist sie.« Katrin Hesskamp schob Danner und mir ein Foto hin.

Ein Schnappschuss von ihr selbst und einer Frau Anfang fünfzig, mit einem schmalen Gesicht und müde herunterhängendem, grauem Haar.

»Und man hört ja auch, ob jemand zu Hause ist«, fuhr die Fromm unbeirrt fort. »Die Wände sind so was von hellhörig. Lärmschutz war noch ein Fremdwort, als diese Zechensiedlung in den Fünfzigern gebaut wurde. Selbst zwei Häuser weiter bekommt man mit, wenn sich Bine und Alwin in den Haaren haben.«

»Gibt es oft Streit nebenan?« Danner steckte das Foto in seine Tasche.

»Täglich«, nickte Silvia Fromm eifrig.

»Was heißt Streit?«, wandte Katrin Hesskamp ein. »Eigentlich hört man nur Alwin brüllen. Bine widerspricht kaum. Darüber regt er sich dann noch mehr auf.«

»Kann es nicht sein, dass Bine Kopelski ihren Mann verlassen hat?«, erkundigte ich mich.

»Das wüssten wir doch!« Die Wangen der Älteren leuchteten empört auf.

Wahrscheinlich war Silvia Fromm sogar über die Beischlafhäufigkeit der Nachbarin informiert. Womöglich sogar besser als deren Mann.

»Das dachten wir auch erst«, erklärte Katrin Hesskamp. »Aber jetzt trägt sie auch die Zeitungen nicht mehr aus. Dabei ist Arbeitslosigkeit ihre größte Angst.«

»Sie und Alwin waren bei Nokia, bis die dichtgemacht haben«, übernahm Silvia Fromm wieder das Wort. »Und Bine ist mittlerweile vierundfünfzig. Sie war froh, den Zustellerjob bekommen zu haben. Den Fall in die Sozialhilfe will sie um jeden Preis verhindern.«

Katrin Hesskamp löste einen mit Magneten am Kühlschrank befestigten Zeitungsausschnitt, um ihn uns als Beweis vorzulegen. »Am Wochenende stand das drin.«

Die Kleinanzeigen: *Zusteller gesucht, Bochum-Gerthe.* Eine Telefonnummer daneben.

»Erst war nur von einer Urlaubsvertretung die Rede, sagt der junge Mann, der übergangsweise für Bine eingesprungen ist.« Silvia Fromm hatte offenbar schon selbst nachgeforscht. Ihre Wangen glühten nun. »Aber Anfang der Woche hieß es dann plötzlich, Bine käme nicht mehr zurück. Da haben wir angefangen, uns wirklich Sorgen zu machen.«

Ich nahm den Zeitungsausschnitt in die Hand, um ihn genau zu betrachten.

»Auch, weil Alwin seit Wochen stramm ist«, beeilte sich Katrin Hesskamp einzuwerfen.

»Was ja nicht gegen eine Trennung sprechen muss«, fand Danner.

»Morgens schleppt er eine Kiste Bier in den Schrebergarten rüber, abends kommt er zurückgetorkelt. Es kommt mir vor, als wollte er nicht in der Wohnung sein«, Katrin Hesskamps Stimme zitterte.

Mir kam so viel Sorge um die Nachbarin ein wenig übertrieben vor. Trotzdem ließ ich den Zettel mit dem Jobangebot in meiner Hosentasche verschwinden.

»Was, wenn Bine seit Tagen tot in der Wohnung liegt?«, schwadronierte die Fromm. »Wir wollen nicht zu den Leuten gehören, die so etwas gar nicht mitbekommen.«

»Deshalb …« Katrin Hesskamp suchte nach Worten.

»Deshalb wollen Sie uns engagieren?!«, half Danner ihr weiter.

»Nee«, schüttelte sie den Kopf. »Ich weiß gar nicht, wie ich es sagen soll, Silvia.«

»Wir hatten doch gar keine Wahl, Liebes«, schnaufte Silvia Fromm.

Danners Blick traf meinen. Er zuckte unmerklich die Schultern.

»Wir haben nachgesehen. Drüben«, gestand Katrin Hesskamp zerknirscht. »Ich hab einen Schlüssel, für Notfälle. Und weil ich die Fische füttere, wenn sie übers Wochenende ihre Mutter besuchen.«

»Sie sind bei den Kopelskis eingebrochen?«, brachte ich die Sache auf den Punkt.

Katrin Hesskamp nickte. »Und in der Küche …«

»Es war alles voller Blut!«, platzte die Fromm heraus.

»Nein«, korrigierte ihre Einbrecher-Kollegin hastig. »Es

sah aus, als wäre alles voll Blut gewesen. Jemand hat gewischt, aber nicht besonders ordentlich. Überall waren getrocknete, rote Schmierspuren. Auf dem Tisch, dem Boden, an den Küchenmöbeln, in der Spüle.«

Oh.

»Man kann spüren, dass dort drüben etwas nicht stimmt«, flüsterte die Fromm. »Das ganze Haus hat eine unheilvolle Aura. Ich bin mir sicher, Alwin hat Bine umgebracht.«

»Haben Sie Ihrem Mann davon erzählt?«, wollte Danner wissen.

»Ja. Ich wollte gleich die Polizei verständigen«, erklärte Katrin Hesskamp. »Aber Matthias hat Fragen gestellt. Ob es nicht auch Ketchup gewesen sein könnte. Oder Rotwein, Tomatensoße oder rote Farbe. Solche Verwechslungen passieren häufig. Da war ich mir plötzlich nicht mehr sicher. Für Matthias könnte das ziemlich peinlich werden.«

»Deshalb hat Ihr Mann versucht, Lennard Staschek für eine Ermittlung zu begeistern?«, erriet Danner.

»Es war meine Idee, mit so einer Lampe, die Blutspuren sichtbar macht, noch mal in die Küche zu gehen. Dann wüssten wir sicher, ob es sich um Blut handelt.«

»Sie meinen eine UV-Lampe«, nickte Danner. »Aber statt so ein Ding rauszurücken, hat Lenny Ihren Mann zu uns geschickt.«

Katrin Hesskamp zuckte betrübt die Schultern: »Und ohne UV-Lampe können auch Sie nicht beweisen, dass die Küche der Kopelskis tatsächlich voller Blut gewesen ist.«

Danner kratzte sich die Glatze: »Wer sagt, dass wir keine UV-Lampe haben?«

Klick.
Die Pizzafrau. Ein Rasseweib. Mitte zwanzig, aber schon eine erwachsene Frau. Lange, dunkle Locken, rote Lippen, üppige Rundungen.
Die Autoscheinwerfer beleuchten die Haustür, an der sie klingelt. Wieder eine Nummer 68 für Haus Nummer 68. Artischocken und Pepperoni.

4.

Mein Herz klopfte nervös. Ich konnte nicht glauben, dass wir das wirklich taten, als wir vor der Haustür Nummer 82 standen.

Nach dem Gespräch mit unseren Auftraggeberinnen waren Danner und ich erst mal zurück zur Detektei gefahren. Im Keller kramte Danner hinter Molles Konservendosen einen Kasten, der einer Autobatterie ähnelte, hervor. Daran befestigt war ein Kabel mit einer Stabtaschenlampe.

»Die neue *Superlicht 400.* Die findet jede noch so winzige Spur. Lenny hat damit geprotzt, als die Kripo die Dinger eingeführt hat. Hab wohl vergessen, ihm das Ding zurückzugeben.«

Gangster.

Als wir das zweite Mal an diesem Tag vor Kathrin Hesskamps Tür standen, wusste sie zu berichten, dass Alwin Kopelski inzwischen mit einer Kiste Bier in Richtung Schrebergarten verschwunden war. Sie stattete uns mit ihrem

Ersatzschlüssel, Gefrierbeuteln und Spülhandschuhen aus gelbem Gummi aus.

Jetzt galt es, Detektivregel Nummer drei einzuhalten. Die lautete: Lass dich nicht erwischen.

Die beiden Hilfsschnüfflerinnen standen derweil vermutlich mit dem Ohr an der dünnen Zwischenwand, die das hellblaue Haus der Hesskamps von dem gelben der Kopelskis trennte.

Leise schloss Danner die Tür auf. Das Schloss klackte, die Angeln quietschten. So unauffällig es in einer Reihenhaussiedlung an einem Vormittag unter der Woche möglich war, schlüpften wir hinein.

Es dauerte einige Sekunden, bis sich meine Augen an das Dunkel gewöhnt hatten. Der Unterschied zum weitläufigen Nordseestrand der Hesskamps konnte nicht drastischer sein. Wir standen in einem düsteren Flur. Es roch muffig, nach altem Holz, Erde und nasser Kleidung. Fenster gab es nicht.

Danner drückte rasch die Haustür hinter uns zu und sperrte damit das letzte Licht aus.

Es war still.

Totenstill? Befanden wir uns am Ort eines Verbrechens? Einen Augenblick lang ahnte ich, was Silvia Fromm mit der unheilvollen Aura des Hauses gemeint hatte. Ich trat einen Schritt ins Dunkel und stieß mit der Schulter gegen etwas Kaltes, Weiches und Feuchtes, das raschelnd zu Boden rauschte.

»Scheiße, was ist das?«, zischte ich.

Mit einem Quietschen, das mir ohrenbetäubend laut vorkam, öffnete sich links von mir eine Tür. Tageslicht flutete den Flur und fiel auf eine Garderobe. Ein Berg aus Jacken, Mänteln und Taschen füllte den halben Gang. Ich war mit der Schulter dagegengestoßen und einige schmutzige Regenjacken hatten der Schwerkraft nicht länger widerstehen können.

Rasch hängte ich die durchnässten Klamotten wieder auf. Danner trat unterdessen durch die geöffnete Tür. An gleicher Stelle befand sich im liebevoll restaurierten Haus der Hesskamps die offene Kochecke.

Die Kopelskis hingegen hatten die Raumaufteilung beibehalten, wie sie vor Jahrzehnten für die Arbeiter der Zechen angelegt worden war. Die Küche war winzig, höchstens drei mal drei Meter groß. Eine alte Küchenzeile mit Gasherd nahm eine Wand ein, klobige Hängeschränke die zweite, unter dem einzigen Fenster mit Blick auf den Vorgarten stand ein Tisch, der zwei Personen Platz bot. Mir fiel die Tischdecke aus Plastik auf, die ausssah, als wäre sie neu.

Danner ging in die Knie.

Mein Blick wanderte ebenfalls zum Boden. Das PVC schien genauso alt zu sein wie das Haus. Schmutzig und abgelatscht war das gelbliche Fliesenmuster kaum noch zu erkennen. Wohl aber die dunklen Schmierspuren, die jemand halbherzig weggewischt hatte. Auch auf dem schmuddeligen Weiß der Küchenschränke entdeckte ich rotbraune Wischreste.

Ich schluckte. Schwer zu sagen, worum es sich bei dem verschmierten Zeug handelte. Es konnte alter Ketchup, Rotwein oder Erde sein.

Danner hatte sich wieder erhoben. Er zog die schweren, staubigen Gardinen zu. Dann richtete er die Stablampe auf den Boden und drückte einen Knopf am Gerät.

Mir stockte der Atem. Meine Nackenhaare richteten sich auf, die Haut zwischen meinen Schulterblättern zog sich fast schmerzhaft zusammen. Ich trat einen Schritt dichter an Danner heran, tastete nach seinem Arm, als wollte ich mich vergewissern, dass er noch da war, während mein Blick im Halbdunkel über den Fußboden glitt.

Der Boden leuchtete. Der gesamte Boden, wohin Danner die Lampe auch richtete.

»Scheiße«, staunte der Detektiv.

Am hellsten fluoreszierte das UV-Licht unter dem kleinen Küchentisch. Von dort zogen die Spuren durch den Raum, an der Küchenzeile hoch, bis in die Spüle. Erst oberhalb der alten steinernen Arbeitsplatte, an Wänden und Decke, gab es keine Blutreste mehr, die das blauweiße Licht hervorriefen.

Danner löste seinen Oberarm aus meiner Umklammerung und zog die Gardinen wieder auf. Die Frühlingssonne beendete den Spuk.

Ich stand immer noch wie erstarrt in der Küche.

»Unsere Auftraggeberinnen sind doch nicht unzurechnungsfähig«, bemerkte Danner sachlich.

»Was ist hier passiert?« Unbewusst flüsterte ich.

»Das herauszufinden ist unser Job.« Danner streifte sich Katrin Hesskamps Spülhandschuhe über, zog ein Taschentuch hervor und wischte damit über den Boden unter dem Küchentisch. Das Tuch färbte sich dunkel. Danner verstaute es in einem Gefrierbeutel.

»Wir sehen uns auch den Rest des Hauses an«, entschied er. »Nicht, dass die Leiche der Gesuchten im Keller liegt.«

Der Detektiv verschwand zielstrebig im Flur. Ich brauchte einen Augenblick länger, um mich aus meiner Erstarrung zu befreien. Obwohl ich mittlerweile ein halbes Jahr in dem Job arbeitete, war ich von Danners Kaltblütigkeit noch weit entfernt. Meine Knie wackelten ein wenig, als ich ihm folgte. Danner hatte sich bereits an dem Jackenberg vorbeigequetscht.

Ich hielt an der Garderobe inne. Sie war an der Holzverkleidung einer schmalen und sehr steilen Treppe befestigt, die in den ersten Stock hinaufführte. Doch mein Blick hing an der Schuhreihe unter der Kleidung. An mehreren Paaren klebte Erde. Sie verströmte den modrigen Geruch im Haus. Als hätte jemand im Matsch gestanden.

Danner lockerte durch einen kurzen Schlag mit dem Handballen den verklemmten Riegel einer schmalen Kellertür.

»Du wartest hier oben«, informierte er mich, während er am krümeligen Putz der Wand nach dem Lichtschalter tastete. Eine verstaubte Glühbirne flammte auf und beleuchtete eine steil in die Tiefe führende Holztreppe.

Der glaubte doch wohl nicht im Ernst, dass ich vor der Kellertür Sitz machte wie ein gut erzogenes Hündchen?

Danner hielt inne.

»Besser andersrum«, entschied er. »Du gehst runter, ich warte.«

Die wackligen Stufen der Kellertreppe knarrten bedenklich unter meinen Turnschuhen. Spinnweben bewegten sich sacht im gelben Schummerlicht der alten Glühbirne. Mit jeder Stufe schien der modrige Geruch stärker zu werden. Erde und Rost glaubte ich herauszuschmecken. Und den stockigen Geruch nasser Wäsche, die man seit guten zwei Wochen in der Waschmaschine vergessen hatte. Gammel.

War es wirklich nur die Feuchtigkeit, die ich wahrnahm? Oder noch etwas anderes? Der metallische Geruch ließ mich schaudern.

Am Ende der Treppe stand ich wieder in einem Gang mit zwei Holztüren. Ich öffnete die erste. Die rostigen Angeln kreischten. In der Finsternis erfühlte ich den Lichtschalter. Ich knipste eine weitere Birne an und – fuhr erschrocken zurück. Mein Herz machte einen Satz – vor mir stand ein Mann!

Ein großer, bärtiger Kerl mit buschigen Brauen und Haarfransen undefinierbarer Farbe. Seinem breiten Grinsen fehlte ein Schneidezahn. In der Lederweste sah er aus wie Grizzly Adams, der fröhliche Einsiedler aus den Schnulzenwesternfilmen der frühen Siebziger, nach einem ziemlich fiesen Winter.

Im Arm hielt Grizzly Adams eine magere, blasse Frau. Ich erkannte Bine Kopelski auf den ersten Blick. Die Ähnlichkeit mit dem Foto, das Katrin Hesskamp uns gegeben hatte, war offensichtlich. Das graue Haar der Frau hing von ihrem Mittelscheitel aus auf die Schultern hinab. Eine Frisur, die dazu diente, das Gesicht zu verbergen. Darunter bleckte die Frau eine Reihe großer Schneidezähne. Sah aus, als grinste mich ein Pferd an. Um den dünnen Hals trug sie eine altmodische Kette aus ungewöhnlich dunkel schimmernden Perlen.

Beide Gesichter waren leicht verschwommen und glänzten unnatürlich. Das lag an der Folie, auf die man die vergrößerten Fotos gedruckt hatte, um sie dann auf die Pappfiguren zu kleben. Bines Bild war nicht das Vorteilhafteste. Vermutlich das Produkt einer lustig gemeinten Aktion netter Freunde. In der Hand hielt das Papp-Paar ein Straßenschild mit rotem Rand und einer dicken schwarzen Fünfzig in der Mitte. Eine Geschwindigkeitsbegrenzung. Ich tippte das Schild mit dem Finger an. Metall. Das Ding war echt. Dummerweise hinterließ mein Zeigefinger einen Abdruck in der dicken Staubschicht.

Mist.

Dank Katrin Hesskamps Spülhandschuh war es zwar kein eindeutig identifizierbarer Fingerabdruck, aber trotzdem schon mein zweiter Fehler nach dem zu Boden gestürzten Jackenberg. Als Einbrecherin war ich eine Fehlbesetzung. Daran musste ich arbeiten. Einen Augenblick lang spielte ich mit dem Gedanken, das ganze Schild abzuwischen. Allerdings erregte ein blitzsauberes Straßenschild in dem dreckigen Keller womöglich weit mehr Aufmerksamkeit als nur ein Fingerabdruck.

Also ließ ich es bleiben.

Mein Blick schweifte durch den Gerümpelkeller. Stapelweise zerfledderte Kartons, aus denen Schallplatten und Videokassetten ragten, kaputte Gartenmöbel und geblümte Sitzauflagen. Videorekorder, Radios, Fernseher, ausrangierte Computer, Kabel und eine Mikrowelle – Technikschrott.

Keine Leiche.

Nichts wie raus hier. Schließlich gab es noch einen Kellerraum. Die zweite Tür öffnete sich mit einem Knarzen. Ein Schwall modrig-metallischen Gestanks schwappte mir entgegen.

Zweifellos befand sich die Quelle des Geruchs in diesem Raum! Mein Herzschlag wummerte wie die Bassbeats durch die Disco, als ich nach dem Lichtschalter tastete. Ich versuchte, mein angespanntes Nervenkostüm zu ignorieren. Ich hätte ja auch im Erdgeschoss warten können.

Als das Licht aufflammte, stand ich vor einem Wäscheberg. Hüfthoch erhob sich die Kleidung vor Waschmaschine und Trockner. Auf einer aufklappbaren Wäschespinne baumelten mehrere Handtücher und in der Ecke brummte die Gasheizung neben einer Kühltruhe.

Die Wäsche stank.

Ich schluckte trocken. Die obersten Handtücher waren dunkelrot-schwarz verkrustet. Blutdurchtränkt: Die Handtücher, mit denen die Küche gereinigt worden war.

Hinter mir klackte es. Nervös fuhr ich herum.

Doch es war nur die Gefriertruhe, die summend zu kühlen begann. Eine bemerkenswert geräumige Kühltruhe. Von den Ausmaßen einer Badewanne. Mindestens. Ein Mensch konnte sich bequem hineinlümmeln, um sich Abkühlung zu verschaffen. Oder hineingelegt werden. Um unfreiwillig abgekühlt zu werden.

Na schön. Ich hatte mich unbedingt im Keller umsehen wollen.

Entschlossen trat ich an das Kühlgerät, stemmte mit trommelndem Herzen den schweren Deckel in die Höhe und sah hinein. Genauso schnell sprang ich von dem Ding zurück. Rumsend fiel der schwere Deckel wieder zu.

Im gleichen Augenblick meinte ich, die Haustür zu hören. Ich biss mir auf die Lippen, hielt den Atem an. Tatsächlich folgte das Quietschen, das verriet, dass jemand das Haus betrat.

Verdammt! Was wollte Grizzly Adams schon wieder hier?

Hastig drückte ich auf den Lichtschalter und begriff erst, als es dunkel wurde, dass ich jetzt neben der Kühltruhe in der Finsternis stand. War das Zufallen der Gefriertruhe bis vor der Haustür zu hören gewesen? Und wo war Danner?

Mein Herz pochte, meine Hände schwitzten in den Gummihandschuhen.

Schwere Schritte stampften über mich hinweg. In die Küche, vermutlich. Verärgertes Brummen, als befände sich wirklich ein Bär im Haus. Die Schritte kehrten zurück. Etwas klirrte.

Dann Stille. Der Mann hielt inne. Hatte er etwas bemerkt?

Wieder Schritte. Im Flur. Die Tür zum Keller schwang auf. Mir stockte der Atem und ich presste mich tiefer in die klamme Dunkelheit des Waschraumes.

Grizzly Adams hatte den geöffneten Riegel bemerkt. Kam er herunter? Würde er mich entdecken? Und die wichtigste Frage: Näherte sich mir gerade ein Mörder?

Die Kellertür krachte zu.

Der Riegel klackte. Der sperrte mich ein!

Oben fiel die Haustür ins Schloss.

Ich lauschte angestrengt in die Finsternis, bis ich einigermaßen sicher war, dass Kopelski das Haus wirklich verlassen hatte. Dann knipste ich das Licht im Waschraum wieder an.

»Ben?« Leichte Panik, aber ich wagte nicht, lauter zu rufen.

Plötzlich bewegte sich erneut der Riegel der Kellertür. Reflexartig schlug ich das Licht wieder aus.

»Lila?«

Uff, Danner. Ein Glück.

Mein Boss war ein cleveres Kerlchen, erkannte ich. Wären wir beide in den Keller hinuntergegangen, säßen wir jetzt in der Falle. Dann hätten wir per Handy unsere Auftraggeberinnen anrufen müssen. Deren Ersatzschlüssel für die Haustür sich in Danners Hosentasche befand.

»Kopelski hat Getränkenachschub geholt«, erklärte Danner. »Eine Kiste reicht heute anscheinend nicht. Er hatte aber schon einiges getankt, hat mich auf dem Treppenabsatz zum ersten Stock nicht bemerkt. Alles klar bei dir?«

Ich huschte zur Treppe: »Besser, du siehst dir das mal an.«

Danner schob seine Mütze aus der Stirn und sah sich kurz um. Anscheinend hielt er das Risiko, dass Grizzly Adams ein zweites Mal zurückkehrte, für überschaubar, denn er schaltete das Treppenlicht ein, zog die Kellertür hinter sich heran und eilte bemerkenswert lautlos die Stufen herunter.

Mit einem Blick erfassten seine eisgrauen Augen die blutigen Handtücher auf dem Wäschestapel und mein höchstwahrscheinlich noch immer farbloses Gesicht.

Ich deutete auf die Kühltruhe neben der Heizung.

Ohne zu zögern, trat Danner an das Kühlgerät und wuchtete die Klappe hoch. Er pfiff durch die Zähne und lehnte den Deckel an die feuchte Wand. Offenbar wurde das häufiger gemacht, denn an der Stelle war der aufgeweichte Putz abgebröckelt.

Zögernd trat ich näher.

Danner griff bereits in die Truhe. Ich sah über seine Schulter hinein. Der dick vereiste Innenraum war mehr als bis zur Hälfte gefüllt mit durchsichtigen Plastikbeuteln. Auf der Seite, wo ich stand, erkannte ich unter der dünnen Folie verkrampfte, kleine Krallen, winzige Schnäbel, flaumig-gelbe Daunen.

Küken. Tote Küken. Grizzly Adams hatte beutelweise tote Küken eingefroren.

Danner betrachtete mit gerunzelter Stirn die Beutel, die ihm am nächsten waren. Er hob eine große, schwere Tüte heraus und hielt sie ins Licht. In ihr befand sich zerhacktes, blutiges Fleisch, aus dem mehrere spitze Rippen ragten. Zwei weitere hart gefrorene Pakete lagen noch in der Truhe.

Zu wenig, um zusammengepuzzelt einen ganzen Menschen zu ergeben. Aber vielleicht Teile davon?

»Es soll ja Menschen geben, die beim Schlachter eine ganze Schweinehälfte kaufen und einfrieren«, überlegte Danner.

»Falls es mal wieder Krieg gibt?«, wollte ich wissen.

Danner zuckte die Schultern. »Ich kann beim besten Willen nicht mehr erkennen, was das mal war. Das sieht jedenfalls nicht nach professioneller Schlachterarbeit aus.«

Er deutete auf die aus dem gefrorenen Fleisch ragenden Knochen. Sie waren sehr ungleichmäßig abgesägt worden und teilweise zersplittert. Als hätte jemand die Knochen mit Gewalt zerteilt.

Mir kribbelte erneut ein Schauer über Arme und Beine.

»Wir lassen es untersuchen«, beschloss Danner und klemmte sich den zerhackten Brustkorb unter den Arm.

Klick.

Einweihung einer Werkstatt. Die Frauen trinken Sekt. Die Männer testen die neue Hebebühne.

Die große Blondine zeigt unendlich viel Bein. Und ein Dekolleté, das eher präsentiert als verdeckt. Sie will angesehen werden, die Blicke auf sich ziehen. Und es gelingt. Im Vergleich zu ihrem Freund wirkt sie zu hübsch. Zu freundlich. Zu jung.

Sie verdient Besseres.

5.

Ich spürte das dringende Bedürfnis, das gruselige Haus der Kopelskis auf der Stelle zu verlassen.

Doch als wir die Kellertür wieder verriegelt hatten, wandte sich Danner in Richtung Wohnzimmer.

»Detektivregel Nummer vier«, flüsterte er. »Wenn du schon unerlaubterweise eine fremde Wohnung durchsuchst, mach es ordentlich.«

Auch der Wohnraum war beklemmend klein. Kaum vorstellbar, dass dieses Haus die gleiche Grundfläche haben sollte wie die Strandlandschaft der Hesskamps. Gestalterisches Zentrum des Zimmers war ein großer Flachbildfernseher. Auf dem Glastisch davor lagen ein paar Zettel und ein

Roman mit rosa Plüschhandschellen auf dem Einband. Die große, zweiflügelige Terrassentür führte hier nicht in einen schicken Wintergarten, sondern zu einem gepflasterten Außenbereich mit Gartenmöbeln aus weißem Plastik und einem kindsgroßen Gartenzwerg.

Eine Seite der Tür war angekippt, die andere geschlossen. *Ich stecke meinen Arm durch den Spalt der Terrassentür. Aufgrund meines geringen Bizepsdurchmessers habe ich keinerlei Schwierigkeiten, den Griff der verschlossenen Türhälfte zu erreichen und herumzudrehen. Lautlos lässt sich die Tür öffnen.*

Hunderte von Male war ich auf diese Art unbemerkt in der Villa meiner Eltern ein- und ausgegangen. Ich fragte mich, ob der Bewohner dieses Hauses wusste, dass ein Zweitschlüssel gar nicht nötig war, um sich Zutritt zu verschaffen.

Danner warf inzwischen einen Blick auf ein paar Aktenordner im Regal. Ich trat an den gläsernen Couchtisch und griff nach dem rosafarbenen Buch. Einer dieser Sado-Maso-Romane, auf die im Augenblick alle abfuhren, deren eigene Bettaktivitäten der Fantasie noch Spielraum ließen. Könnte auch ein Grund für den lautstarken Streit im Hause Kopelski gewesen sein …

Der bunte Zettel, der als Lesezeichen diente, verrutschte. Ich wollte ihn wieder zurechtrücken, doch dann hielt ich inne. Das Lesezeichen war das Foto einer schnittigen Limousine. Ein *Mercedes SLK 350*. Nein, kein Foto. Eine Farbkopie. Die Farbkopie des Fotos einer Luxuskarosse. Das ursprüngliche Bild war aus sechs verschiedenen Puzzleteilchen unordentlich zusammengeklebt worden. Wie ein Bild im Sammelalbum eines Schulkindes.

Ich pfiff durch die Zähne, als ich begriff. Das war die Lösung eines dieser Preisausschreiben, die große Supermarktketten veranstalteten, um ihre Kunden zu Einkäufen zu bewegen, die man nur tätigte, um an der Kasse womöglich den letzten noch fehlenden Sticker zu ergattern, mit dem man zum Beispiel Luxuslimousinen gewann.

Sabine Kopelski hatte gewonnen. Auf der Farbkopie fehlte kein Sticker. Ihren Namen und ihre Adresse hatte sie in die dafür vorgesehenen Zeilen unter dem Wagen eingetragen. Und das Datum. Sie hatte den Gewinnschein bereits im Februar eingeschickt.

»Die hat ein Auto gewonnen?« Danner schnappte mir den Zettel aus der Hand. »Und was für 'ne Bonzenschüssel.«

»Aber wo ist die Kiste?« Ich tippte auf das Datum des Zettels. »Der Preis müsste doch längst übergeben worden sein.«

Ich drehte die Kopie des Gewinnscheins um. Auf die Rückseite hatte Bine Kopelski eine Telefonnummer gekritzelt. *Autohaus Warneke,* stand da.

»Sie hat den Schlitten vertickt«, folgerte ich.

Danner trat an das Regal, zog einen dünnen Ordner mit der Aufschrift *Bank* heraus und legte ihn auf die Glasplatte des Couchtisches. »So ein Geschoss ist mindestens fünfzig Riesen wert.«

Er blätterte an Alwin Kopelskis Hartz-IV-Bescheid vorbei, fand Bine Kopelskis Lohnabrechnungen als Zustellerin der Tageszeitung. Nach Abzug der Sozialversicherungen blieben ihr dreihundertsechzig Euro monatlich. Dazu kamen unterschiedlich hohe Zahlungen einer Leiharbeiterfirma, die Reinigungskräfte vermittelte.

»Sieht aus, als hätte sie ein Taschengeld gut gebrauchen können«, fand ich. Ich erinnerte mich an Silvia Fromms Worte: *Den Fall in die Sozialhilfe will Bine um jeden Preis verhindern.*

Danner hielt nun einen schmalen Hefter mit Kontoauszügen in der Hand. »Auf dem Konto ist kein größerer Betrag eingegangen.«

Ich deutete auf den oberen Rand des Zettels: »Vielleicht, weil dieses Konto Alwin Kopelski gehört?«

Danner legte die Auszüge beiseite und blätterte noch einmal durch die Mappe. »Andere Auszüge gibt es nicht.«

»Gott sei Dank, Herr Danner! Mir ist ja fast das Herz stehen geblieben, als ich den Alwin hab aus dem Garten kommen sehen. Ich dachte schon, jetzt ist alles aus«, schnatterte Silvia Fromm aufgeregt los, als wir endlich in das Haus der Hesskamps zurückkehrten.

»Sie haben etwas entdeckt, nicht wahr?«, erkundigte sich Muschelsammlerin Katrin Hesskamp.

Den aufmerksamen Nachbarinnen war nicht entgangen, dass wir die Beweismittel im Auto verstaut hatten. Neben dem mit Fleisch gefüllten Gefrierbeutel und dem Taschentuch mit Proben der rotbraunen Spuren aus der Küche, hatte Danner ein blutdurchtränktes Handtuch aus dem Keller und eine Haarbürste, die aussah, als könnte sie Bine gehören, mitgenommen.

»Haben Sie die Blutspuren gesehen?«, wollte Katrin Hesskamp wissen.

Der fluoreszierende Küchenboden tauchte vor meinem geistigen Auge auf. ›Blutspuren‹ war die Untertreibung des Jahres.

»Um welche organische Substanz es sich tatsächlich handelt, können wir erst nach der genauen Analyse sagen«, wich Danner der Frage aus. »Wissen Sie etwas davon, dass Bine Kopelski kürzlich zu Geld gekommen ist?«

Katrin Hesskamp riss die Augen auf: »Nein.«

»Also doch!« Silvia Fromm stemmte empört die Hände in die Hüften.

War klar. Warum meldete sie eigentlich keine eigene Detektei an und ermittelte selbst?

»Ich hab bei Angi im Kiosk davon gehört«, berichtete die Fromm. »Angeblich hat Bine ein Auto gewonnen. Bei *Penny.* Und keinen Mini, sondern gleich den absoluten Superschlitten. Aber ich habe so eine Kiste nie gesehen.«

Danners Miene blieb unbewegt, doch einen gereizten Unterton in seiner Stimme konnte er sich nicht verkneifen: »Haben Sie vielleicht noch etwas Wissenswertes für uns?«

»Wissenswertes?« Silvia Fromm wiegte nachdenklich den roten Kopf. »Also ich weiß ja nicht, was Sie alles wissen wollen ...«

»Wer kannte Bine Kopelski gut? Mit wem hatte sie engeren Kontakt?«, half Danner ihr auf die Sprünge. »Freunde, Bekannte aus dem Job vielleicht?«

Silvia Fromm rümpfte die knubbelige Nase: »Ich wüsste nicht, wen sie nachts beim Zeitungenaustragen getroffen haben könnte. Aber mit den Schrebergärtnern war sie natürlich viel zusammen, den Jungs aus der Fischerstraße. Die haben die Parzellen neben der vom Alwin, nicht wahr, Katrin?«

Ich registrierte, dass Katrin Hesskamp die Augen verdrehte. »Sie kennen die Leute auch?«, hakte ich probehalber nach.

Die junge Frau kräuselte die Nase, als hätte ich gefragt, ob sie gern an Schweißfüßen schnüffelte. »Kennen ist zu viel gesagt. Seit Anfang des Jahres haben wir auch einen Schrebergarten gepachtet. Direkt neben den Kopelskis. Wir dachten, für die Kinder wär ein Garten schön, und standen auf der Warteliste. Aber ...«

»Aber?«

Die Frau des Polizisten seufzte: »Das Gartenstück ist ein Urwald, die Hütte eine Bruchbude und die Nachbarn konnte Matthias schon zu Schulzeiten nicht leiden.«

»Oh«, machte ich verständnisvoll.

»Wollte Alwin euren Garten nicht übernehmen?«, mischte Silvia Fromm wieder mit.

Ihre jüngere Freundin nickte: »Ja, er wollte die Parzelle dazupachten. Sie liegt direkt neben seinem eigenen Garten. Aber seit Bine weg ist, hat er nicht mehr davon gesprochen. Dafür ruft mich ständig der Vereinsvorsitzende an, weil ich endlich die Hecke schneiden soll.«

Beim Thema Gartenarbeit fielen mir wieder die erdverschmierten Schuhe in Kopelskis Flur ein.

Danner kam mir mit seiner nächsten Frage zuvor: »Könnte Bine Kopelski nach einem Streit mit ihrem Mann bei einem Freund oder einer Freundin aus dem Schrebergarten untergekommen sein?«

Katrin Hesskamp zog skeptisch die Augenbrauen hoch.

»Möglich ist das«, fand Silvia Fromm. »Die meisten Gartenlauben sind ganz gut ausgestattet.«

»Ist Ihnen aufgefallen, dass Kopelski in letzter Zeit in seinem Garten gearbeitet hat?«, tastete ich mich vorsichtig an die verschwommene Idee heran, die mir plötzlich durch den Kopf spukte. »Geschaufelt oder so?«

Katrin Hesskamp nickte: »Natürlich, in so einem Garten ist immer etwas zu tun. Alwin hat gerade erst einen neuen Teich angelegt.«

»O Gott!« Silvia Fromm schlug die Hände vor den Mund. Die Pausbacken der alten Frau verloren sichtlich an Farbe. »Sie glauben, er hat die arme Bine im Garten verbuddelt?!«

Danner sah mich erstaunt an.

Klick.

Eine Elfe. Eine echte Elfe. Zeitlos schön und weise blickt sie in die Kamera. Mit dem weißen Haar einer alten Frau und himmelblauen Augen. Mit hauchdünnen Libellenflügeln auf dem Rücken und Schwert und Schild in der Hand. Kriegerisch und zart zugleich.

Perfekt.

6.

Blut schwappte in dem durchsichtigen Plastikbeutel hin und her, als Danner unseren Fund aus Kopelskis Kühltruhe auf Staschecks Schreibtisch stellte. Das Fleisch war in der Wärme des Autos angetaut, es hatte sich Flüssigkeit gebildet.

Ich legte das in Plastik verpackte Handtuch, das Taschentuch und die Haarbürste daneben. Auf den Aktenordner, in dem Staschek bis dahin gelesen hatte. Seufzend sah der Kriminalkommissar auf: »Soll das eine Einladung zum Grillen sein?«

»Nur wenn du rausfindest, wer für diese Mahlzeit sterben musste«, entgegnete Danner.

»Und ob das Blut an dem Handtuch und dem Taschentuch zur Besitzerin der Haarbürste gehört«, ergänzte ich.

Staschecks warme, kastanienfarbene Augen wurden schmal. Er zupfte an den Gefrierbeuteln, um den Inhalt besser erkennen zu können.

»Blut«, informierte ihn Danner. »Definitiv.«

»Seid ihr an der verschwundenen Nachbarin von Matthias Hesskamp dran?«, wollte Staschek es genauer wissen.

»Klar.«

Staschek ließ den Zipfel des blutigen Plastikbeutels schnell wieder los: »Sagt nicht, ihr glaubt, das könnte ein Teil der Vermissten sein.«

»Lieber wäre mir, du würdest das Gegenteil beweisen«, entgegnete Danner. »Ausschließen können wir es aber im Moment nicht.«

»Und wie seid ihr so schnell an die Proben rangekommen?«

Danner klopfte ihm auf die Schulter. »Wenn du es so genau wissen willst, hättest du selbst ermitteln müssen. Wie lange brauchst du für die Ergebnisse?«

»Ob es menschlich ist, erfahre ich heute noch. Aber die DNA-Analyse kann dauern.«

Patsch.

Erstaunt folgte mein Blick dem Weg des Geschosses, das dicht vor meinem Gesicht meinen Weg gekreuzt hatte, um im Geäst zu meiner Rechten zu landen. Dickflüssiger Schleim tropfte von den zarten, ersten Blättern.

Was zum Teufel sollte das?

Suchend drehte ich mich nach dem Schleimschützen um – und stand einem zottigen Ungeheuer gegenüber. Auge in Auge. Mit mürrischer Miene glotzte das Monstrum über einen Lattenzaun. Das Vieh war einen Kopf größer als ich, mit großen, trägen Augen unter einer wolligen Frisur, Schlappohren und einer hängenden Unterlippe, die lange, gelbe Zähne im Unterkiefer freigab. Offensichtlich hatte das Tier schlechte Laune und passte damit nicht so recht zu dem Schild, das wir kurz zuvor am Eingang zur Schrebergartenkolonie passiert hatten. *Zum friedlichen Nachbarn* hatte darauf gestanden. Als Motto fürs Zusammenleben in der Kleingartenidylle.

»Mehrere Kleingartenanlagen in Bochum tragen Namen, die an die Zeche *Friedlicher Nachbar* in Bochum-Linden erinnern.« Peter Bengel, der Vorsitzende des Kleingartenvereins klopfte auf einen brusthohen, mit Blumen bepflanzten Wagen auf kleinen Rädern, der wie der Miniaturwaggon einer Eisenbahn aussah. Nach einem Anruf von Katrin Hesskamp hatte uns der Schrebergärtner am Tor der Kolonie empfangen.

Danner und ich hatten beschlossen, uns um die Hecken im brachliegenden Schrebergarten zu kümmern. Eine gute Gelegenheit, um unauffällig zu prüfen, ob Alwin Kopelski in letzter Zeit etwas Größeres vergraben hatte. Oder ob Bine Kopelski in der Gartenlaube einer Freundin schmollte.

»Unsere Kleingärten hier sind ursprünglich für die Belegschaft der Zeche *Lothringen* angelegt worden. Im letzten Jahrhundert hat ja praktisch ganz Gerthe im Bergbau gearbeitet.«

Ach ja, der kleine Eisenbahnwaggon war eine Lore. Ich betrachtete das altertümliche Kohletransportmittel. Mittlerweile lebte ich gut ein halbes Jahr in Bochum, und wusste natürlich, dass im Ruhrgebiet mal Kohle abgebaut worden war. Damit endeten meine Kenntnisse über den Bergbau aber auch schon. Und außer dem Bergbaumuseum waren mir bisher keine Relikte dieser Vergangenheit aufgefallen.

»Passen Sie auf, der Toni spuckt schon mal«, warnte der Kleingartenvorsitzende reichlich spät. Peter Bengel verbreitete Naturburschenflair: In seiner Anglerweste steckten Taschenmesser, Schäufelchen, Spachtel, Schnurenden und an seinem Gürtel aus stabilem Leder baumelte eine Gartenschere wie ein Colt. Der Oberschreber führte uns zu einer Tafel, die einen Überblick über die Kleingärten gab.

»Insgesamt haben wir über hundertfünfzig Parzellen, jede zwischen dreihundert und vierhundert Quadratmeter groß. Der Kleingarten der Hesskamps befindet sich am hinteren Ende.« Bengel tippte mit langem Arm auf den Lageplan, immer auf ausreichend Sicherheitsabstand zu dem mürrisch über den Zaun starrenden Lama bedacht.

»Eine ruhige Ecke. Da gehen nur Leute vorbei, die ebenfalls eine Parzelle bewirtschaften. Allerdings kommt es zu Baulärm, weil wir in unmittelbarer Nachbarschaft zur alten Zeche liegen.« Bengel wies mit einer ausholenden Geste über die Bäume hinweg. »Zurzeit wird das Gelände der ehemaligen Imprägnieranlage aufgefüllt. Schutt aus der ganzen Stadt wird dorthin gekarrt, geschreddert und verdichtet, damit ein Gewerbegebiet entstehen kann.«

Ich sah in die Richtung, in die Bengel deutete, und hatte das Gefühl, etwas wirklich Großes zu übersehen. So wie ein Floh den Hund nicht sehen kann, auf dem er sitzt.

»Wir sind direkt neben der Zeche?«

»Lothringen«, wiederholte Bengel mit mildem Lächeln. Ich ging davon aus, dass er nicht über eine Region im Nordosten Frankreichs sprach. »Im ganzen Ruhrgebiet ist der Boden löchrig wie ein Schweizer Käse. Theoretisch könnte man in Dortmund einfahren und in Bottrop wieder raufkommen. Unter uns befinden sich die alten Schachtanlagen der Zeche *Lothringen*.«

Das klang beunruhigend, als könnte sich jeden Moment der Boden auftun und mich verschlucken, wie es neulich dem Kölner Stadtarchiv passiert war.

»*Lothringen* war der größte Arbeitgeber in Gerthe. Die meisten Häuser der Stadtteile Gerthe, Hiltrop und Bergen sind extra für die Zechenarbeiter *Lothringens* gebaut worden. Genau wie die Kleingärten und die Bahntrasse, auf der die

Materialien zwischen den Schächten transportiert wurden. Die führte direkt dort hinten entlang.« Der Schreber zeigte wieder über die Baumkronen hinweg.

»Und du bist von Beruf Stadtführer, Peter?«, erkundigte sich Danner amüsiert.

»Nee, Ausbilder bei Opel. Aber ich bin hier aufgewachsen. Wenn allerdings unser Werk demnächst dichtgemacht wird, sattele ich vielleicht noch um.« Er grinste bemüht. »*Lothringen* wurde bereits 1967 stillgelegt. Die Bahntrasse ist heute ein Wanderweg. Die Rückbauarbeiten der Zeche dauern bis heute an. Da kann es in den hinteren Gärten schon mal laut werden oder stauben.«

Mit einem Mal wurde mir klar, dass die Zeit des Bergbaus keineswegs ähnlich lang zurücklag wie die Herrschaft der Dinosaurier.

»Deshalb planen wir immer einen Probemonat ein. Natürlich auch, um zu sehen, ob die Neugärtner zur Nachbarschaft passen. Denn der Friede ist das Wichtigste, das ist im Kleingarten nicht anders als in der Weltpolitik.« Bengel setzte uns über die wichtigsten Regeln der Gartenfreunde in Kenntnis: »Die gute Nachbarschaft und der Zusammenhalt im Verein sind entscheidend. Die Vorschriften sind dazu gedacht, den Frieden zu erhalten. Einige Kleingartengesetze stammen aus der Zeit vor dem Ersten Weltkrieg, deshalb darf man sie nicht zu genau nehmen. Zum Beispiel ist laut Bundeskleingartengesetz ein Drittel jedes Gartens dem Gemüseanbau vorbehalten. Die Leute möchten sich heutzutage aber im Garten erholen und nicht arbeiten. Solche Regeln muss man zeitgemäß interpretieren, solange niemand gestört wird. Der Toni zum Beispiel«, nickte Bengel in Richtung des schlecht gelaunten Lamas. »Die Besitzerin ist Künstlerin. Sie hat ein Atelier im *Kulturwerk Lothringen*, engagiert sich im Tierschutz und in dieser neuen Stadtgärtnerbewegung. Vor allem bei unseren jungen Familien kommen ihre Aktionen wie die ›Balkonbäume‹ gut an. Sie hat speziell einen Garten gesucht, in dem sie Tiere halten darf. Wir haben in der Vereinssitzung darüber entschieden. Schließlich haben wir bei ein paar Hühnern für den Eigenbedarf auch schon mal ein Auge zugedrückt. Wir wollen unseren Mitgliedern die Freizeitgestaltung ermöglichen, die ihnen vorschwebt. Natürlich ist dabei die richtige Auswahl der Nachbarn entscheidend. Wenn ich neben dem Lama einen Tierhaarallergiker einquartiere, sind Spannungen vorprogrammiert.«

Bengel musterte Danner und mich kurz.

Danner versprühte unrasiert, in dunklem Parka, Stiefeln und Mütze mal wieder prolligen Arbeitercharme, während ich mit dem unter meiner Cordjacke hervorragenden lila Schlabberpulli als seine aufsässige Teenie-Tochter durchgehen konnte. Gewöhnlich bereitete es den Menschen einige Schwierigkeiten, uns irgendwo einzuordnen. Aber der Vereinsvorsitzende schien vorurteilsfrei und erstaunlich gelassen.

»In den Garten neben Alwin passt ihr schon«, lautete seine Einschätzung. »Besser als der Polizist. Ich zeig euch die Parzelle mal.«

Besser als der Polizist?

Die Nachbarn konnte Matthias schon zu Schulzeiten nicht leiden, hatte Katrin Hesskamp erzählt. Allmählich war ich gespannt auf die Naturfreunde. Ich war noch nie in einer Kleingartenanlage gewesen. Meine Vorstellung basierte hauptsächlich auf Doku-Soaps im Privatfernsehen, in denen alteingesessene Schreber verhindern wollten, dass Biologie studierende Neugärtner den Kies für ihren Gartenteich mit dem Kipplaster in die Kolonie walzten. Ich ordnete Schrebergärten irgendwo zwischen Campingplatz und Gartenzwergausstellung ein und erwartete eine Reihe gleich großer, rechteckiger Grünlandschnipsel mit Umzäunung, einheitlich ausgestattet mit Hütte, Sitzgruppe, Sonnenschirm und Goldfischteich mit Brücke.

Allerdings störte Toni, das Lama, meine Vorstellung irgendwie.

Als ich außer Spuckweite war, warf ich einen Blick zurück. Ein Hängebauchschwein, ein Esel und ein Schaf leisteten Toni Gesellschaft. Statt einer Gartenlaube entdeckte ich einen mit Stroh gefüllten Unterstand und einen mit Planen abgedeckten Heuhaufen. Auf einem selbst gemalten Holzschild stand: *Wir freuen uns über Futterspenden! Kontakt: J. Engele, Rente-für-Zirkustiere.de*

Eine ältere Frau in Latzhose und Gummistiefeln schob in diesem Moment eine Mistkarre aus dem Stall. Anscheinend die tierliebe Künstlerin, von der Bengel gesprochen hatte. Ihre hellgrauen Haare hatte sie zu zwei mädchenhaften Zöpfen geflochten.

Auf der Parzelle neben dem Tierasyl stand ein hellblauer Bauwagen. Ein Pflanzenfreund in Birkenstocklatschen baute Biogemüse an. Zwischen Johannisbeerbüschen und Brombeerhecken entdeckte ich Bienenstöcke.

Im nächsten Garten hatte sich ein offensichtlich neureicher Heimwerker einen Schwimmteich samt Tropenholzumrandung und wetterbeständigen Sonnenliegen gebastelt.

»Wir wollen Familien die Gelegenheit geben, Natur zu erleben. Junge Eltern wollen ihren Kindern heutzutage wieder zeigen, was ein Regenwurm ist.« Bengel führte uns weiter quer durch die Anlage.

Ich entdeckte Wohnanlagen für Insekten, Miniaturfachwerkhäuschen und Bonsaibäumchen.

»Dort drüben beginnt dann das alte Zechengelände.«

Wir waren im hinteren Teil der Kleingartenkolonie angekommen. Hinter den Gärten erhob sich ein meterhoher Wall wie ein Deich.

»Der Boden wird aufgeschüttet und stabilisiert – Alwin!«

Im Vorbeigehen hob der Anglerwestenträger eine Hand.

Ich drehte mich um und erblickte tatsächlich Grizzly Adams. In der freien Wildbahn sah der Mann noch Furcht einflößender aus als auf seinem eigenen Pappaufsteller: groß, kräftig, mit Rauschebart und Lederjacke saß er vor einer Gartenlaube, die aus Baumstämmen errichtet war wie eine Blockhütte in den Rocky Mountains. Über der Tür hing der ausgestopfte Kopf eines Elches und an der Hauswand ein mottenzerfressenes, braunes Fell, das wohl ursprünglich einem unter Haarausfall leidenden Büffel oder einem Bären mit Schädlingsproblem gehört hatte.

Neben dem Blockhaus erstreckte sich ein großer Gartenteich. Ich registrierte die dicke, schwarze Folie, die am Ufer aus der Erde ragte. Kein Zweifel, der Teich war erst kürzlich angelegt worden.

»Ja, Herr Danner, das ist also die Parzelle«, zog Bengel meine Aufmerksamkeit auf sich. »Vierhundert Quadratmeter, Strom und Wasseranschluss. Es muss natürlich einiges getan werden. Aber dafür mache ich Ihnen einen Sonderpreis fürs erste Jahr.«

Die Hände in den Jackentaschen spähte Danner über einen Maschendraht in vierhundert Quadratmeter mannshohes Gestrüpp.

»Was für ein Zufall«, grinste er. »Das ist genau das, was wir suchen.«

Klick.

Frische Brötchen. Mit Mohn oder Körnern. Noch warmes Brot im Regal. Weizen, Roggen und Vollkorn, groß oder klein, eckig und rund. Die Verkäuferin ist jung und stämmig. Mit roten Wangen, kurzen, hellen Haaren und weißer Schürze. Sie reicht die prall gefüllte Tüte über den Tresen.

Ein Foto wie aus der Werbung.

7.

Grizzly Adams war aufgestanden und beobachtete mit grimmigem Gesicht, wie Danner eine Kiste *Fiege*-Bier auf dem Gartenweg abstellte.

Ich nickte dem Bärtigen freundlich zu.

»Hmpf!«, machte der Mann statt einer Antwort und ließ sich wieder auf den wackligen Plastikstuhl vor seiner Blockhütte fallen.

Ratlos betrachteten wir das morsche, in vertrockneten Brennnesseln und Schlingpflanzen festgewachsene Gartentor unserer Parzelle. Ich war davon ausgegangen, dass Katrin Hesskamps Bezeichnung ›Dschungel‹ eine Übertreibung gewesen war.

»Na, da habt ihr euch ja ein Stück Arbeit vorgenommen, Nachbarn«, bemerkte eine Stimme hinter uns.

Als wir uns umdrehten, stand ein kräftiger, kleiner Mann breitbeinig und mit verschränkten Armen auf dem Kiesweg wie ein Türsteher vor der Disco. Er betrachtete voller Interesse unser Gartenstück.

Meine Vorstellung eines typischen Kleingärtners bestätigte er nicht: Er war kleiner als Danner und sogar kleiner als ich, also ziemlich weit unter dem deutschen Durchschnitt. Dafür hatte er Oberarme wie der schreckliche Hulk, die er in einem Muskelshirt auffällig präsentierte. Im Gegensatz zum Hulk waren die Arme des Schrebers allerdings nicht grün, sondern dunkel gemustert. Er war tätowiert, von den Fingern über die Schultern bis zum kahl rasierten Hinterkopf hinauf. Die Abbildung einer nackten Frau fiel mir auf und eine verblasste, schwarze Träne im Gesicht, unter seinem linken Auge. Er trug einen Zuhälterbart, der sich von den Enden der Oberlippe nach unten bis zum Rand des Unterkiefers verlängerte. Das passte optisch hervorragend zu seinem Typ.

»Ben Danner.« Danner hielt ihm die Hand hin.

»Fiete Münz.« Sein Blick wanderte zu mir. »Und deine Frau heißt …?«

»Lila Ziegler.« Ich wunderte mich. Ganz selbstverständlich ging Fiete davon aus, dass Danner und ich ein Paar waren. Das war noch nie vorgekommen.

»Das Fleckchen ist ganz nett. Da steht auch eine Hütte drin.« Fiete deutete ins Gebüsch. »Die Bude ist nicht schlecht, nur an der Rückseite ein bisschen morsch. Einen Teich gab es auch mal, nur ist der jetzt eher ein Sumpf.«

Ich seufzte.

Danner kratzte sich die Glatze: »Eigentlich wollte ich heute Abend schon einen Grill aufstellen.«

»Da könntet ihr ein bisschen Hilfe gebrauchen, was?« Fiete klopfte Danner auf den Rücken. »Pass auf, Junge. Lila-Schätzken besorgt noch 'ne Kiste Bier und ein paar Bratwürstchen und ich pfeife Bodo, Alwin, Sergej und Kröte ran. Die machen euch das Eckchen eben frei.«

Danner und ich sahen uns an. Kurzerhand zückte Danner sein Portemonnaie und drückte mir fünfzig Euro in die Hand: »Dann besorg du mal das Bier, Schätzken.«

Das amüsierte Glitzern seiner grauen Augen verriet, dass er genau wusste, wie schwer es mir fiel, alle radikal-feministischen Statements zum Thema Frau-das-Bier-holen-lassen herunterzuschlucken.

Zähneknirschend marschierte ich los. Als ich mich noch einmal umdrehte, näherten sich bereits weitere neugierige Schreber aus den umliegenden Gärten.

Silvia Fromm winkte mir aus ihrem Vorgarten heraus zu, als ich die Schrottschüssel eine gute Stunde später wieder in Richtung Kleingartenkolonie lenkte. Mit rotem Kopf hockte die stolze Großmutter auf einer Bank neben der Haustür in der Sonne und beobachtete ein Kleinkind, das ihre Gartenzwerge in Reih und Glied aufreihte wie ein Soldatenheer mit Zipfelmützen.

Gleich darauf bremste ich am Straßenrand vor dem Eingang der Schrebergartenanlage. Der Motor hustete und spuckte, die beiden Kisten *Fiege* auf der Ladefläche klirrten. Außerdem hatte ich einen Fünf-Euro-Grill geladen, in Plastik eingeschweißte Würstchen, zwei Sack Holzkohle, Brennspiritus und Pappteller. Das alles hatte ich im neuen Gewerbegebiet an der Lothringer Straße bekommen, auf dem sich diverse Supermärkte versammelt hatten wie zu einem Familientreffen an Ostern.

Jetzt erst wurde mir bewusst, dass die Lage unserer Parzelle in der hintersten Ecke der Gartenkolonie nicht die günstigste war. Ich musste das ganze Zeug durch die Anlage schleppen. Machten das alle so? Oder gab es noch einen anderen Zugang zu den Gärten? Irgendeinen Hintereingang? Oder einen Weg, auf dem man zumindest heranfahren und die Sachen über den Zaun reichen konnte?

Mit Blicken suchte ich die Straße nach einer Abzweigung ab. Auf Anhieb entdeckte ich keine, trotzdem ließ ich den Motor wieder aufheulen, lenkte die Schrottschüssel zurück auf die Straße und umkurvte den Garten. Ich landete auf der viel befahrenen Castroper Straße und entdeckte ein Stück weiter eine zugewachsene Einfahrt in ungefährer Richtung der Gärten. Ein schmaler, unbefestigter Hohlweg hatte sich zwischen den Aufschüttungen der Großbaustelle auf der ehemaligen Zeche und den zugewachsenen Rückseiten der hintersten Gärten gebildet. Na also.

Das Auto rumpelte den Trampelpfad hinter den Gärten entlang. Zum ersten Mal erwies es sich als nützlich, einen für den Stadtverkehr vollkommen ungeeigneten Geländewagen zu fahren. Ich zog die Handbremse an, ließ die Schrottschüssel mit stotterndem Motor stehen und stieg aus, um einen Blick in die Gärten zu werfen.

»Deine Karre klingt aber nicht gesund, Mädchen!«, rief eine Stimme hinter mir.

Ein hagerer Kerl lehnte an einem kaum bewachsenen Zaunstück. Sein wettergegerbtes Gesicht und den schiefen Mund verhängten gelbe Haarfransen. Er trug einen verschmierten Blaumann und sah eher nach Bauarbeiter als nach Hobbygärtner aus.

»Ich würde mal nach dem Auspuff sehen …« Er wiegte den Kopf auf seinem langen, dünnen Hals hin und her.

Ich guckte in seinen Garten. Kurz gehaltener Rasen mit altem Obstbaumbestand. Bei der obligatorischen Gartenlaube handelte es sich um ein winziges Fachwerkhaus, dessen

Grundfläche zur Gartenrückseite hin mit einem selbst gebastelten Zelt aus schweren Teichfolien verdoppelt worden war.

»Ich überlege, wie ich mein Bier in den Garten kriege«, erklärte ich dem Fremden.

»Ach?« Er musterte mich genauer und sein Gesicht erhellte sich. »Hast du Alwin den Garten weggeschnappt?«

»Wie bitte?«

Der Hagere winkte ab. »Der hat seit Wochen getrötet, er wolle den Urwald übernehmen. Ist aber nicht in die Gänge gekommen. Ist doch klar, dass Peter den Garten irgendwann verpachtet. Zum Glück hat er nicht wieder einen Bullen hier einquartiert, um uns zu ärgern. Also keine Sorge wegen Alwin, der kriegt sich wieder ein. Lad dein Zeug aus, ich lass dich rein.«

Ich strahlte, ehrlich begeistert.

»Ich bin übrigens der Ulli.«

Ich schüttelte über den Zaun hinweg seine knochige Hand. Aus dem hochgerutschten Hemdärmel rankte eine dunkle Tätowierung über den Unterarm, das Handgelenk und endete in schwarzen Punkten am Daumenknöchel.

Der Hagere rupfte mit einem Ruck einen nur lose eingesteckten Zaunpfosten aus grün lackiertem Metall aus dem Boden und zerrte den Maschendraht zur Seite. In Sekundenschnelle war ein Eingang entstanden.

»Ich heiße Lila«, stellte ich mich vor, während ich schnaufend die erste Bierkiste stemmte. Wenn ich den Abstand zwischen den Zaunpfosten und die Größe der Lücke im Gebüsch richtig einschätzte, konnte der Hagere mühelos mit dem Auto bis vor seine Gartenlaube fahren.

Tatsächlich hatte Ulli sich sogar ein altes Garagentor in seine Laube gebastelt, registrierte ich im Vorbeigehen. Weil er für sein Leben gern gärtnerte, hatte Ulli den Kleingarten jedenfalls nicht gepachtet. Zierpflanzen suchte man hier vergebens. Er beschränkte sich darauf, den Rasen um die Obstbäume herum kurz zu halten. Vielleicht ein Hobbymechaniker, der in seiner Gartenlaube einen alten VW-Käfer restaurierte?

Der Hagere hatte die zweite Bierkiste von der Ladefläche gehoben und gemeinsam schleppten wir den Stoff über seine Parzelle zum Kiesweg, der durch die Gartenanlage führte.

Nun wusste ich, wo ich war. Die hinterste Gartenreihe begann mit einem Eckgrundstück, das eine hohe, dichte und sorgfältig gerade geschnittene Buchsbaumhecke wie eine grüne Mauer umgrenzte. Daneben bewirtschaftete Ulli sein Grundstück, es folgte Alwin Kopelskis Blockhütte in Klein-Kanada und dann kam unser Dschungel – in dem sich, während ich eingekauft hatte, schon einiges verändert hatte.

Danner und Fietc hatten die Ärmel hochgekrempelt und sich mit Sense und Astschneider durchs Gestrüpp gearbeitet. Verstärkung hatten sie von einem pummeligen Pudelmützenträger bekommen, der mit einer knatternden Motorsense ein Massaker unter den Brennnesselstengeln veranstaltete. Zwei jüngere Männer in Tarnwesten und Springerstiefeln waren sogar mit Kettensägen angerückt.

Grizzly Adams stand, einen Fuß auf der ersten, bereits geleerten Bierkiste, am Zaun und beobachtete die groß angelegten Aufräumarbeiten.

»Pass auf, Kröte! Da kommt irgendwo der Teich!«, brüllte er plötzlich quer übers Beet. Es gelang ihm tatsächlich, das Getöse der Motoren zu übertönen.

Ich ließ den frischen Kasten *Fiege* neben Grizzly Adams Füße krachen. Einen Augenblick lang blieb mein Blick an seinen erdverschmierten Stiefeln kleben.

Der hagere Ulli, der die zweite Getränkekiste hinter mir hergeschleppt hatte, rumste den Nachschub ebenfalls auf den Kiesweg. Dann machte er ein schnorchelndes Geräusch und rotzte klebrige, schwarze Spucke über den Zaun.

Boah, da war ja Toni, das Lama, appetitlicher. Ein paar klitzekleine Spuren hatten die Erziehungsversuche meiner Mutter, ein manierliches Oberstaatsanwaltstöchterlein aus mir zu formen, anscheinend doch hinterlassen.

»Ulli.« Grizzly Adams streckte dem Nachbarschreber die Hand entgegen.

»Alwin«, antwortete Ulli genauso wortgewandt. »Dein Typ ist gefragt. Deine kleine Nachbarin hier …«, damit war wohl ich gemeint, »… hat noch ein paar Sachen im Auto. Pack mal mit an, damit sie ihre Karre wieder wegfahren kann.«

Kopelski muffelte etwas in seinen Bart. Doch er setzte sich gehorsam in Bewegung und schlurfte hinter Ulli her, um Grill, Kohle, Würstchen und Spiritus aus dem Auto zu holen.

Die beiden Männer trotteten mit den Sachen davon, während ich die Schrottschüssel ordnungsgemäß vor dem Eingang des Kleingartenvereins an der Straße parkte.

Als ich mich gleich darauf auf legalem Weg unserer Parzelle näherte, verteilte Alwin Kopelski den Biernachschub bereits großzügig an die Hilfswilligen. Neben dem Garteneingang türmte sich ein beeindruckender Haufen an Grünschnitt, bestehend aus Ästen, Brennnesseln, Schlingpflanzen, alten Brettern und dem morschen Gartentor.

Auch Danner warf seine Sense beiseite und ploppte die Flasche *Fiege* auf, die ihm Kopelski hinhielt. Allem Hanteltraining zum Trotz hatte die Gartenarbeit Danners Gesicht rot gefärbt und nasse Flecken an Rücken und Achseln hinterlassen. Dabei gehörte die Sense zu den leichteren Maschinen des Baumbeseitigungskommandos.

»Das ist aber euer Hobby?«, erkundigte ich mich bei einem der beiden Tarnwestenträger. »Oder kriegen wir nachher eine dicke Rechnung?«

Der Gärtner, der auf den schönen Namen ›Kröte‹ hörte, winkte ab: »Ist doch Ehrensache unter Nachbarn.«

Kröte war um die dreißig, trug einen blonden Seitenscheitel und Armeehosen. Seine Freizeitinteressen hätte ich eher im Bereich gewaltverherrlichender Computerspiele oder sinnloser Prügeleien vermutet als in der Pflanzenaufzucht.

»Solange ihr genug Bier in der Hütte habt, läuft das«, stimmte Bodo, der Pudelmützenmann, zu.

Bodos helle Augen wirkten glasig, seine breite Nase schillerte in allen Rottönen und seine verfilzten, grauen Haare trug er lang. Bodo sah aus, als würde er schon länger für Bier arbeiten.

»Eine Hand wäscht die andere.« Der kleine Fiete tickte sein Bier gegen Danners Flasche.

Na dann: Prost!

Klick.
Die Nachbarinnen tratschen im Vorgarten. Zu dritt stehen sie am Zaun. Die Alte ist ganz rot im Gesicht. Sieht aus, als würde sie vor Aufregung gleich platzen.

8.

»Kommt nicht infrage! Das ist Männerarbeit.« Kopfschüttelnd nahm Fiete mir die Sense weg und drückte sie Danner in die Hand. »Deine Frau ist hinterher fürs Blumenpflanzen zuständig, Benni.«

Fiete verpasste Danner eine kräftige Kopfnuss.

Na toll. In den hinteren Schrebergärten legte man Wert auf die klassische Rollenverteilung. Während Danner Brennnesseln metzeln durfte, blieb für mich Blümchenpflücken und Bierholen übrig. Meine Begeisterung hielt sich in Grenzen.

Doch Danner kam die klare Aufgabenteilung wahrscheinlich entgegen. Dem bereitete es in letzter Zeit sowieso Schwierigkeiten, das Arschloch in sich unter Kontrolle zu halten. Wie selbstverständlich ging er davon aus, dass ich die Hausarbeit machte. Vielleicht, weil er erstens mein Boss war, zweitens ein Mann und drittens eine faule Socke. Aber mittlerweile waren wir ein halbes Jahr zusammen, mein Name stand auf dem Türschild der Detektei und eine faule Socke war ich ebenfalls.

Wenn ich mich wie ein Arsch benehme, muss mir meine Frau in denselbigen treten, hatte Danner mal zu mir gesagt. Und dass er sich eine Beziehung auf Augenhöhe wünsche. Allerdings nahm er das offenbar nicht mehr so genau, sobald die Augenhöhe mit Hausarbeit verbunden war.

Ich schon.

Aus diesem Grund wuchs seit Wochen ein Berg gewaschener Wäsche auf unserem Sofa, für den sich keiner verantwortlich zeigte.

Ich seufzte. Für die Schrebergärtner stünde die Zuständigkeit wahrscheinlich außer Frage.

»Die Jungs kümmern sich ums Grobe.« Alwin ›Grizzly‹ Kopelski riss mich aus meinen Gedanken, indem er seine schwere Pranke auf meine Schultern fallen ließ.

»Dir besorgen wir erst mal was Anständiges zu trinken. Was für Mädchen. Komm.«

Ich schaltete sofort: Während Danner Brennnesseln mähen musste, bekam ich die Gelegenheit, den Mann unserer Vermissten genauer unter die Lupe zu nehmen. Das versöhnte mich fast mit meiner Rolle, ich schaffte es sogar, mir eine bissige Bemerkung zum Thema ›Mädchen‹ zu verkneifen. Nur Grizzly Adams' Arm schubste ich geübt von meiner Schulter.

Auch Danner hatte die Sense sinken lassen und aufgehorcht.

»Das ist echte Männerarbeit, Benni.« Ich hob einen Daumen. »Du schwächelst doch nicht etwa?«

Danner hob drohend die Sense.

Doch ich folgte Kopelski bereits in Richtung Nachbargarten. Eine gute Gelegenheit, um mir seinen neuen Teich aus der Nähe anzusehen.

Kopelskis Gartengestaltung folgte unverkennbar amerikanischem Vorbild. Der ungemähte Rasen erinnerte an wogendes Präriegras und der Teich an einen kanadischen Bergsee. Der Typ hatte zu viele Western gesehen.

Ich trat auf die glänzende Folie, die rund um den Teich aus der Erde ragte. Klares Wasser plätscherte von einem künstlich angelegten Felshaufen in das Bassin. Im flachen Wasser der Uferregion konnte ich einen Schwarm dunkler Fische flitzen sehen. In der Mitte, um eine mickrige Seerose herum, wurde ein kleiner Bereich dunkel.

»Wie tief ist dein See denn?«, erkundigte ich mich staunend.

Alwin Kopelski massierte mit den Fingern seinen Bart. »Du kannst jedenfalls nicht drin stehen.«

»Wow!«, sagte ich bewundernd. »Mit der Hand gebuddelt?«

Grizzly Adams lachte dröhnend. Ich konnte seine Zahnlücke sehen.

»Weißt du, wie lange man an so einem Loch schaufeln würde?« Er schüttelte den Kopf. »Sergej und Kröte haben einen Minibagger besorgt. An einem Nachmittag war das Ding fertig.«

Bine Kopelskis Mann verschwand in seiner Blockhütte.

Rasch hockte ich mich ans Ufer und spähte in die dunkle Mitte des Teichs.

Hatte Grizzly Adams seine Frau dort unten vergraben? Oder Teile von ihr? Unter der wasserdichten Folie? Zu erkennen war nichts.

»Sekt oder Weinschorle?«, brummte der Bärtige aus der Hütte.

»Sekt.« Ich löste mich von der spiegelnden Wasseroberfläche und folgte Kopelski in die Gartenlaube. Der Elchkopf über der Tür sah zu mir herunter, als wollte er mich ansprechen. Wie der halbe Hirsch in der Jägermeisterwerbung.

Die Innenraumbeleuchtung des geöffneten Kühlschranks spendete Licht in der Hütte. Kopelski wühlte in dem mit Flaschen und Bockwürstchendosen gefüllten Gerät. Außerdem gab es eine zusammengezimmerte Bar, ein altes Sofa, unterschiedliche Kissen, Wolldecken, eine Stereoanlage und einen Flachbildfernseher. Die elementaren Dinge im Leben eines Einsiedlers. Nur war Kopelski eigentlich nicht allein.

»Meine letzte Flasche«, brummte der Bärtige. »Bine säuft immer Schorle. Der Sekt scheint aber noch in Ordnung zu sein.«

»Bine?«

Ganz selbstverständlich erwähnte Alwin Kopelski seine verschwundene Frau. Keine Anzeichen von Angst um sie. Wäre er kaltblütig genug, von ihr zu reden, wenn er sie vor drei Wochen in seiner Küche zerstückelt und im Teich versenkt hatte?

»Deine Frau oder wer?«, fragte ich rasch nach, wo sich die Gelegenheit so unerwartet ergab.

Kopelski brummte, was ich einfach mal als Zustimmung interpretierte, weil ich ja sowieso schon wusste, wer Bine war.

»Wo ist sie denn, deine Frau?«

Ich versuchte, im Schein der Kühlschrankbeleuchtung eine Regung in seinem Gesicht abzulesen, doch Dunkelheit und Bart verhinderten es.

»Die ist weg«, murrte Kopelski.

Besonders traurig stimmte ihn dieser Sachverhalt anscheinend nicht. Hätte ich nicht von Bine Kopelskis Verschwinden gewusst, wäre ich durch das Benehmen ihres Ehemannes nie auf die Idee gekommen, dass sie seit Wochen vermisst wurde.

»Habt ihr euch getrennt, oder was?«, bohrte ich weiter.

Kopelski winkte ab. »Wir hatten Stress und sie ist abgehauen. Typisch Weib.« Er drückte mir die Sektflasche in die Hand. »Wenn sie sich ausgeheult hat, taucht sie schon wieder auf.«

Mir schienen drei Wochen für eine Auszeit nach einem Streit eine ziemlich lange Zeit zu sein. War ich da übersensibel?

»Du hast keine Ahnung, wo sie steckt?«

»Musst du doch wissen, bist doch auch ein Weib.« Kopelskis Mimik blieb hinter dem Bart versteckt. »Im Zweifelsfall bei ihrer Mutter.«

Tja, meine Mutter war so ziemlich der letzte Mensch, bei dem ich mich nach einer Trennung ausheulen würde. Was aber wohl nur bewies, dass ich in Frauendingen eben keine Expertin war.

Der Schrebergärtner schulterte einen Stuhl und geleitete mich zurück auf den Kiesweg, vor das fehlende Gartentor unserer Parzelle. Dort griff er mich an beiden Schultern, um mich auf der Sitzgelegenheit zu platzieren. Die Gelegenheit, eine Frau zu begrapschen, ließ Kopelski jedenfalls nicht ungenutzt. Er ließ es sich auch nicht nehmen, den Sekt in einen Plastikbecher zu füllen und mir das überschäumende Gefäß in die Hand zu drücken.

»Danke.« Betatschte er mich noch mal, würde ich ihm die Brause in den Bart kippen.

Doch das Kettensägenmassaker im Garten lenkte Alwin Kopelski von mir ab. Er fing erneut an, Ratschläge zu brüllen, während Danner zusammen mit unseren neuen Nachbarn Fiete, Bodo, Sergej und Kröte schwitzte.

Klick.
Detailaufnahme. Gestochen scharf. Tagpfauenauge auf Gerbera. Die Farben schillern. Ihre langen, schlanken Finger halten die Blüte. Behutsam. Sanft. Erst auf dem Bild fällt auf, was für wunderschöne Hände sie hat. Zart und zerbrechlich. Elfengleich.
Sie weiß nicht, dass sie wunderschön ist. Schon lange sagt es ihr niemand mehr.

9.

Eigentlich merkwürdig, dass Katrin und Matthias Hesskamp die Nachbarschaft im Schrebergarten nicht gefallen hatte. Nachdenklich hielt ich mir meine dampfende Teetasse unter die Nase, als ich spät an diesem Abend endlich in Molles brummender Kneipe saß. Danner war unter der Dusche verschwunden.

Natürlich wollte der Polizist auf den ersten Blick nicht zu den tätowierten Schrebern passen. Aber ihrem leicht Furcht einflößenden Äußeren zum Trotz hatten sich die Gärtner als überraschend hilfsbereit erwiesen und den Dschungel an nur einem Nachmittag in einen frisch gerodeten Acker verwandelt.

Was hatten die Hesskamps für Probleme mit den Nachbarn? Reine Vorurteile? Oder war etwas vorgefallen, was Katrin Hesskamp nicht erzählt hatte?

Die Stammgäste an der Theke diskutierten lautstark. Molle tauchte aus dem Gewusel auf und stellte ein Bier für Danner auf den Tisch.

Nachdem sich der Dschungel gelichtet hatte, waren auf unserer Parzelle eine kleine Holzhütte und ein relativ großes Sumpfgebiet aufgetaucht. Sergej, der zweite Tarnwestenträger, war bis an die Oberschenkel eingesunken.

»Zieh die Stiefel aus«, hatte Fiete geraten.

»Bist du bescheuert?«, hatte Sergej geantwortet. »Weißt du, was in dem Schlamm alles lebt?«

Womöglich beherbergten wir einen Goldfisch von den Ausmaßen eines weißen Hais in unserem Schrebergarten. Oder etwas anderes …

Erstaunt ließ ich meine Teetasse sinken. Kopelskis eigener Gartenteich war nicht der einzige Ort bei den friedlichen Nachbarn, an dem man eine Leiche verschwinden lassen konnte, begriff ich.

»Ah, der Tisch ist schon gedeckt, wenn ich reinkomme.« Staschek hängte seinen Kaschmirmantel über die Stuhllehne und setzte sich vor Danners Bier. »Du bist wie meine Mutter zu mir, Molle.«

»Und du bist wie die Zecke an meinem Hintern, Lenny«, antwortete der dicke Wirt hinter der Theke und griff nach einem neuen Bierglas.

Ich richtete mich gespannt auf: »Hast du schon was aus der Rechtsmedizin gehört?«

Der Kriminalkommissar strich sich die braunen Locken aus dem schmalen Gesicht und sah sich suchend um. »Wo steckt Ben?«

War klar. Wieso sollte die kleine Aushilfsdetektivin auch mal was als Erste erfahren?

»Vergiss Ben«, knurrte ich. »Der ist fürs Rasenmähen und Grillen zuständig. Denken ist Frauenarbeit. Also spuck es schon aus!«

»Ich kann dich hören«, bemerkte Danner, der sich in diesem Moment neben mich fallen ließ. Er roch nach Aftershave.

»Dann erzähl Lenny doch mal, wer heute den Mann der Vermissten befragt hat und wer Brennnesseln mähen musste«, konterte ich.

Danners eisiger Blick ließ mich zufrieden grinsen.

»Also, was ist jetzt mit den Blutspuren, Lenny?«, drängelte ich weiter.

Weil Danner schwieg, wandte sich Staschek tatsächlich mir zu. »Tierisch«, sagte er. »Schaf vermutlich. Oder Ziege.«

»Oh.« Ich ließ die Schultern sinken. Dabei war das eine gute Nachricht. Jedenfalls für Bine Kopelski.

»Fast alles jedenfalls«, ergänzte Staschek absichtlich gedehnt.

Rasch hob ich den Blick wieder: »Was heißt ›fast‹?«

»Mach es nicht so spannend, Lenny!«, schnauzte Danner seinen Kumpel an.

»Der DNA-Vergleich mit der Haarbürste dauert natürlich noch ein paar Tage«, ließ Staschek sich nicht aus der Ruhe bringen. »Das Fleisch ist eindeutig tierisch. Aber sowohl an dem Handtuch als auch an dem Taschentuch fanden sich außerdem menschliche Blutspuren. Nicht in dem Ausmaß des Tierblutes, aber eindeutig.«

Danner klatschte die flache Hand auf den Tisch. Die Gläser klirrten.

»Scheiße«, sagte ich. »Was bedeutet das?«

Danner zog spöttisch eine Augenbraue hoch: »Fürs Denken bist du doch neuerdings zuständig, Sherlock.«

Ich rieb mir die Stirn. »Glaubt ihr, Kopelski hat die Sauerei mit dem Tierblut veranstaltet, um die menschlichen Blutspuren zu überdecken?«

Klick.

Die Blondine beugt sich vor. Langt über den Gartentisch. Sie trägt keinen Slip unter ihrem knappen Röckchen. Der Zoom macht einiges möglich.

Bei genauer Betrachtung scheint nichts an ihr echt. Die Haare nicht, die Wimpern nicht, der Busen nicht. Sie versucht, die zu sein, die er haben will. Ein unsicheres Kind. Bemitleidenswert.

Als Frau uninteressant.

10.

»Ich lese Ihre Zeitung nicht!«, fuhr uns die Oma mit einer dünnen Fistelstimme an und knallte die Wohnungstür wieder zu.

Danner und ich tauschten einen verwunderten Blick.

Ich drückte erneut die Klingel.

So schnell ließen wir uns nicht abwimmeln. Schließlich waren wir knapp zwei Stunden gefahren, um den Kurort im Weserbergland zu erreichen, in dem Sabine Kopelskis Mutter lebte. Selbstverständlich hatte uns Silvia Fromm mit Namen und Adresse der Frau aushelfen können. Weil Alwin Kopelski behauptete, seine Frau könnte ihrer Mutter einen Besuch abstatten, hatten wir heute Morgen beschlossen, diesen Punkt sofort zu klären, und waren gleich losgefahren.

Die Tür sprang wieder auf. »Wie sind Sie überhaupt ins Haus gekommen? Haben Sie bei der schrulligen Schulze geklingelt? Die soll die Zeugen Jehovas doch nicht reinlassen.«

Tatsächlich war es eine gewisse Frieda Schulze gewesen, die uns, ohne groß nachzufragen, mit einem freundlichen Summen des automatischen Türöffners Einlass gewährt hatte, nachdem Gertrude Pichelberger unser wiederholtes Klingeln ignoriert hatte. Und die nette ältere Dame hatte uns auch hilfsbereit Auskunft erteilt, als wir nach der Wohnung von Bine Kopelskis Mutter gefragt hatten.

Dritter Stock links.

»Wir sind keine Zeugen Jehovas«, protestierte ich. »Wir sind Nachbarn Ihrer Tochter. Aus Bochum.«

Die alte Frau kniff die Augen zusammen. Ihr Rücken war gekrümmt, sie stützte sich auf einen orthopädischen Stock. Sie musste von unten hochschauen, wodurch ihr Gesicht noch länger wirkte, als es war. Und wenn sie sprach, kamen die gleichen großen Pferdezähne zum Vorschein, die mir schon auf Bines lebensgroßem Pappaufsteller im Keller der Kopelskis aufgefallen waren. Die Verwandtschaft war unverkennbar, nur leuchteten Gertrude Pichelbergers Zähne im Gegensatz zu denen ihrer Tochter strahlend weiß. Sie waren nicht echt.

»Ich kenne Sabines Nachbarn«, fauchte Bines Mutter.

»Wir sind Nachbarn aus dem Schrebergarten.«

»Pah!« Die Alte spuckte durch ihr Gebiss. »Der Gartentick ist doch nur wieder eine von Alwins Macken.«

Gertrude Pichelberger konnte Alwin Kopelski nicht ausstehen, hatte uns schon Silvia Fromm informiert. Selbst als Bines Mutter noch im Ruhrgebiet gelebt hatte, war sie kaum bei ihrer Tochter in der Zechensiedlung aufgetaucht. Immer war es Bine gewesen, die zu ihr fuhr.

Nach dem Tod von Bines Vater hatte Gertrude Pichelberger über eine Online-Dating-Agentur einen pensionierten Lehrer kennengelernt, der seinen Ruhestand im schönen Weserbergland genoss. Auch er war inzwischen verstorben, hatte seiner Frau aber die Eigentumswohnung hinterlassen.

»Wir wollten Sabine zur Einweihung unserer Laube einladen«, improvisierte ich drauflos. »Leider war sie seit Wochen nicht mehr im Garten.«

»Weil die mit dem Grünzeug nix am Hut hat. Alwin hat diesen Gärtnertick. Und dem geht es dabei doch nur ums Saufen.«

»Zu Hause ist Sabine auch nicht.«

Die Pichelberger funkelte uns an: »Vielleicht hat sie den Scheißkerl ja endlich sitzen lassen. Jetzt wo sie es sich leisten kann.«

Ich sprach es aus, bevor ich ganz zu Ende gedacht hatte: »Sie meinen den Autogewinn bei der Supermarktlotterie?«

Die Pichelberger sah erstaunt zu mir hoch. Und sogar Danner konnte sich einen kurzen Seitenblick nicht verkneifen.

»Dieses dumme Huhn!«, schimpfte die Alte wieder. »Die kann einfach ihre Klappe nicht halten. Ich hab ihr gesagt: ›Plärr nicht gleich raus, dass du Geld hast!‹«

Danke für die Auskunft.

»Sie wissen also nicht, wo wir Ihre Tochter finden können?«, fasste Danner zusammen, mit einem Blick an Frau Pichelberger vorbei in die Wohnung. Zwei-Zimmer-Küche-Bad, vermutete ich. Alle Türen standen offen. Im Wohnzimmer baumelte über einem antiken Tisch ein goldener Kronleuchter und im Schlafzimmer verhüllte eine Tagesdecke das Bett. Wenn Bine Kopelski sich nicht auf dem Klo versteckte, war sie tatsächlich nicht hier.

»Bine ist volljährig, weißte?«, giftete ihre Mutter.

»Trotzdem kann man ja miteinander sprechen«, fand Danner.

»Hmpf!«, machte die Frau nur. Sie verschränkte die Arme, ohne ihren Stock loszulassen. Die Spitze aus Hartplastik zeigte jetzt auf Danners Familienplanung, was man durchaus als Drohung auffassen konnte.

Automatisch trat Danner einen Schritt zurück.

»Rufen Sie uns an, wenn sie sich bei Ihnen meldet«, erklärte er aus sicherer Entfernung und streckte seine Hand mit unserer Visitenkarte vor.

Gertrude Pichelberger starrte das Pappstückchen angeekelt an. Schließlich verstaute sie es aber doch grummelnd in der Brusttasche ihres geblümten Kittels.

»Guck einfach mal innen anderen Garten, bevor du die Leute verrückt machst, Jungchen«, riet sie Danner noch, bevor sie die Wohnungstür zuschlug.

Klick.

Ihre Zeitungskarre ist schwer bepackt. Ihr Gesicht verrät die Anstrengung, als sie im Licht der Laterne verharrt. Sie ist nicht mehr die Jüngste.

Sie sieht sich um. Wirkt beunruhigt, fast ängstlich. Sie fühlt sich nicht wohl, so ganz allein. Im Dunkeln. Auf der Straße.
Dabei braucht sie sich nicht zu fürchten.
Sie ist ja nicht allein.

11.

Danner und ich schleppten ein paar schrottreife Klappstühle in den Garten. Für zwanzig Euro hatten wir sie im Internet ersteigert, was für den Haufen Sperrmüll noch immer zu teuer gewesen war. Immerhin hatten wir das Zeug gleich aus einer Garage in Linden abholen können.

Mittlerweile war es Mittag, doch noch herrschte Ruhe bei den friedlichen Nachbarn. Nur ein einzelner Hundebesitzer führte einen blonden Pudel in einem rosa Mäntelchen Gassi.

Die Schrebergärtner mussten wahrscheinlich arbeiten oder lagen noch im Koma. Außer Toni, dem schlecht gelaunten Lama, beachtete uns niemand.

Wir trugen unsere neuen Möbel vorschriftsmäßig den langen, schmalen Kiesweg entlang. Das Brummen der Stadt war in die Ferne gerückt. Die Vögel zwitscherten und irgendwo krähte ein Hahn. Das Garagentor an der Fachwerklaube stand offen, bemerkte ich im Vorbeigehen. Drinnen brummte ein Motor, woraus ich schloss, dass der hagere Ulli es vor uns auf die Parzelle geschafft hatte. Langes Wochenende? Oder war er nicht verpflichtet, freitags einer Arbeit nachzugehen?

Unsere Parzelle glich einem Regenwald nach einer Brandrodung. Die Erde dampfte. Danner ließ den Plastiktisch neben der Sense und einem liegen gebliebenen Astkneifer fallen.

Einen Klappstuhl stellte er mit Blick auf Kopelskis Klein-Kanada an den Zaun. Ich setzte mich und ließ meinen Blick über die niedrigen Häuschen in den umliegenden Gärten schweifen.

»Versteckt sich Bine Kopelski tatsächlich seit drei Wochen in einer Gartenlaube?«, grübelte ich laut.

»Sie ist jedenfalls nicht zu Hause oder bei ihrer Mutter«, fasste Danner messerscharf den Stand unserer Ermittlungen zusammen.

»Und bei ihren Nachbarinnen auch nicht«, ergänzte ich.

»Mehr Bekannte hat sie anscheinend nicht. Und wenn man das Blut in der Küche bedenkt ...«

Mein Blick wanderte von Kopelskis nagelneuem Bergsee zu der Sense auf dem Boden. »Meinst du wirklich, da liegt eine Leiche unterm Teich?«

Die Hände in den Taschen zuckte Danner die Schultern: »Das wäre kein schlechter Ort. Wir können dort schließlich nicht nachsehen.«

Verständnislos sah ich ihn an: »Und warum nicht?«

»Da hätte ich auch selbst draufkommen können.« Danner rieb sich das unrasierte Kinn.

Kurzerhand hatte ich die Klinge der Sense versenkt und die messerscharfe Spitze durch die Teichfolie gerammt. Natürlich war das Loch nicht am Grund des Sees, dazu hätte ich ja tauchen müssen. In Ufernähe, etwa einen Meter tief, hatte ich die Folie eingeritzt. Trotzdem würden wir die Beschaffenheit des Teichgrundes deutlich besser erkennen können, wenn sich der Wasserspiegel abgesenkt hatte.

Bis es soweit war, bestellten wir uns zwei *Coffee to go* in *Angis Imbiss.*

Der winzige Laden war Kiosk und Imbiss zugleich und

nur knapp hundert Meter von der Schrebergartenanlage entfernt. Auf dem Gehweg davor wiesen mehr bunte Schilder auf das Warensortiment hin als vor der neuesten Filiale eines bekannten Elektronikhändlers.

Täglich frische Brötchen, stand auf einem Pappaufsteller, direkt neben *Coffee to go.* Andere Tafeln machten Reklame für *Bockwürstchen 1,50 €*, *Toto+Lotto* und die *Postannahmestelle.* Außerdem verengten zwei Stehtische unter Coca-Cola-Sonnenschirmen den Gehweg.

Im knapp sechzehn Quadratmeter großen Innenraum des Imbisses herrschte Chaos. Die deckenhohen Regale waren überfüllt mit Zeitschriften, Süßigkeiten, Konservendosen, Einweckgläsern, Antischuppenshampoo, Spielzeug, Kondomen, Damenbinden und Klopapier. Und natürlich mit Getränken jeder Art. Außerdem bekam man Currywurst, Bratwurst, Bockwurst und belegte Brötchen.

Vor dem Tresen spielte ein kleines Mädchen im Krabbelalter mit einem Spielzeugbagger. Sie hatte rabenschwarze Kulleraugen und den Kopf voll winzig kleiner, krauser Locken. Die Frau hinter dem Tresen musste mit dem Kind verwandt sein, definitiv waren ihre Gene für die Lockenpracht der kleinen Baggerfahrerin verantwortlich.

Die Frage war nur: Mutter oder Oma? Denn die Kiosktante war sicher über vierzig. Graue Strähnen durchzogen ihre wilde, dunkle Mähne. Dass sie eine Tochter im Teenageralter hatte, war denkbar.

Sie klemmte die Plastikdeckel auf unsere Kaffeebecher und schob sie über den Tresen.

Als wir mit den Bechern in den Händen in die Kleingartenanlage zurückschlenderten, war der Wasserspiegel bereits deutlich abgesackt und hatte einen großzügigen Blick auf die schwarze Teichfolie freigegeben. Auch war wegen des niedrigeren Wasserstandes der tiefe Bereich des Sees jetzt viel besser einsehbar. Ohne Skrupel öffnete Danner Alwin Kopelskis Gartentor.

»Was ist das?«

Der weitläufige Teich war in großen Teilen kaum tiefer als einen Meter. Aber in der Mitte hatte Kopelski ausgeschachtet: ein rechteckiges, dunkles Loch. Sah aus wie ein mit Wasser gefülltes Grab, aus dem eine Seerose wuchs.

»Was ist denn hier los?«

Das Brummen des Bärs ließ mich zusammenzucken.

Alwin Kopelski stampfte auf uns zu, ich fühlte den Boden unter seinen Schritten beben.

Mist.

»Bei dir herrscht Ebbe, Kumpel«, informierte ihn Danner gemütlich, mit dem Kaffee in der Hand.

»Das kann doch wohl nicht wahr sein!«, brüllte der Bärtige. »Die Folie war nagelneu! Was hat mir Fiete da für einen Ramsch angedreht?«

Kopelski rauschte an uns vorbei. Einen Moment lang befürchtete ich, er würde nicht rechtzeitig bremsen können und ins Wasser stürzen. Doch im letzten Augenblick stoppte er und trippelte am Ufer hin und her wie ein Dreijähriger vor einem besetzten Klo.

»Das gibt's nicht!«, wütete Grizzly Adams weiter. Das bisschen Haut, das man unter seiner Gesichtsbehaarung erahnen konnte, färbte sich puterrot. Schimpfend zückte er ein Handy.

»Na dann …« Danner hob die Hand, als Zeichen, dass wir uns verabschiedeten.

»Fiete, du Spacken! Mein Nudelsieb hält das Wasser länger als deine Folie. Wo hast du den Gammel geklaut?«

»Sechs Minuten, vierunddreißig Sekunden.« Danner pfiff durch die Zähne.

Alwin Kopelski beendete die Freitagnachmittagsträgheit im Schrebergarten. Während er noch immer vor seinem fast leeren Teich auf und ab hopste und ins Handy brüllte, trabten Sergej und Kröte heran.

Nach neun Minuten, achtzehn Sekunden traf Bodo ein. Fiete folgte weitere drei Minuten später.

»Die Jungs scheinen alle in der Nähe zu wohnen«, folgerte Danner.

Im Nachbargarten war die Diskussion über die Ursache des versickernden Wassers in vollem Gange.

»Ich hab dir gleich gesagt, die Kanten sind zu scharf«, knurrte Sergej.

»Die Folie war jedenfalls einwandfrei«, erstickte Fiete jeden Vorwurf im Keim, die tätowierten Arme vor der Brust verschränkt.

»Hättest die Wanne doch abpolstern sollen«, gab Kröte seinen Senf dazu.

»Eindeutig ein Gespräch unter Fachmännern«, grinste Danner und schwang sich über den platt gedrückten Maschendraht, der die Grenze zu Klein-Kanada bildete. Er gesellte sich zu der Runde.

Ich blieb auf meinem Beobachtungsposten hocken. Eine Blumenpflanzerin hätte das Gespräch unter Baumkillern wohl gestört.

»Was ist das denn?«, erkundigte Danner sich bei Bodo. Er wies ins Wasser.

Bodo schwankte verdächtig. »Was?«

»Na, das Loch in der Mitte. Sieht aus, als hätte Alwin einen Sarg versenkt.«

»Das is 'ne Badewanne«, nuschelte Bodo. »Der Teich muss

an einer Stelle tiefer sein, damit er im Winter nicht durchfriert. Sonst sind die Fische hin. Mit der Badewanne wollte Alwin die Grube befestigen. Aber das war wohl nix.«

»Außerdem hat er die ganzen alten Spraydosen verbuddelt«, mischte sich Kröte ein. »Das ätzt die Folie weg.«

»In seiner Bude«, Bodo deutete auf Grizzly Adams Blockhütte, »hatten sich nämlich welche von diesen Graffitikünstlern breitgemacht, bevor Alwin die gepachtet hat.«

»Jetzt können wir alles wieder hochnehmen«, seufzte Fiete.

Ich horchte auf.

»Musste die Badewanne jetzt wieder rausholen, oder was?«, erkundigte sich Danner sofort bei Alwin Kopelski.

Super Idee! Die Hobbygärtner gewährten uns freiwillig einen Blick unter den Gartenteich. Ich biss mir auf die Zunge, um nicht zu begeistert auszusehen.

»Seid ihr bescheuert?«, brüllte Kopelski. »Das war eine Schweinearbeit! Ich suche das Loch und dann geh ich da mit Fahrradflickzeug ran.«

Ich hielt gespannt den Atem an. Es war klar – wenn Kopelski seine Frau im Teich hatte verschwinden lassen, würde er die Folie auf keinen Fall freiwillig anheben.

»Damit das Wasser übermorgen wieder weg ist?« Fiete stand vor Kopelski wie ein Terrier vor einem Bären.

»Dann eben mit einer Heißklebepistole!«, tobte Kopelski weiter.

»Du siehst doch, wie weit du mit deiner Schlamperei gekommen bist«, pflichtete Kröte Fiete bei.

Sergej und Bodo stellten sich mit verschränkten Armen hinter Fiete.

Plötzlich wirkte der kleine Tätowierte gar nicht mehr lächerlich. Von meinem Beobachtungsposten aus konnte ich die Veränderung genau verfolgen. Und auch Grizzly Adams registrierte, dass ihm unerwartet die gesamte Mannschaft gegenüberstand.

»Das hat man davon, wenn man sich mit der *Roten Rose* einlässt!«, donnerte er Fiete wütend an.

Was war das? Mein Gefühl sagte mir, dass Kopelski nicht über Blumen sprach. Eine *Rote Rose?* Und wieso hatte sich Kopelski mit ihr eingelassen? Das klang wie ›die Mafia‹. Waren wir womöglich an etwas viel Größerem als einer verschwundenen Schrebergärtnerin dran?

»Dafür besorgst du mir die neue Folie umsonst!«, informierte Kopelski Fiete aufgebracht.

»Hast du sie nicht alle?« Fiete tippte sich einen tätowierten Finger an die Stirn.

»Du hast mir doch den Mist verkauft!«

»Kann ich was dafür, wenn du deinen Schrott versenkst und damit die Folie zerstörst? Zwei Euro pro Quadratmeter.«

»Fünfzig Cent.«

»Eins fuffzig.«

»Siebzig Cent.«

»Eins dreißig.«

»Neunzig.«

»Ein Euro.«

»Und du besorgst einen Bagger.«

»Fang schon mal deine Goldfische ein.«

Klick.

Die italienische Schönheit raucht am Stehtisch vor dem Kiosk. Die Zigarette hält sie elegant zwischen den Fingern mit den rot lackierten Nägeln. Verträumt blickt sie dem aufsteigenden Qualm nach. Mit tiefen, dunklen Augen.

Sie scheint mit ihren Gedanken weit weg zu sein.
So weit, dass sie den Streit nicht bemerkt. Die mollige Kioskfrau droht mit geballten Fäusten, als die andere aus dem Laden stürmt.

12.

»Wenn der Kopelski wirklich eine Leiche unterm Teich hat, hat er jetzt ein Problem«, meinte Danner. »Dann muss er zusehen, wie er sie da wegschafft, bevor Fiete morgen mit dem Bagger anrückt.«

Ich deutete mit dem Kopf zur Kneipentür. Matthias Hesskamp sah sich suchend um. Freitagabends lief Molles Laden. Die Schnapsleichen am Tresen ließen ihre Gläser füllen, der Fußballstammtisch bestellte Schnitzel Pommes und der Flipperautomat bimmelte. Es dauerte einen Augenblick bis Hesskamp Danner und mich am Tisch vor der Theke entdeckte und zu uns herüberkam.

»Was gibt's?« Per Handzeichen orderte der Polizist sein Getränk bei Molle, noch bevor er sich hinsetzte. »Ich dachte, meine Frau ist jetzt zuständig.«

»Du bist als Zeuge geladen«, grinste Danner. »Chefermittlerin Ziegler brennen ein paar Fragen unter den Nägeln.«

Der Polizist faltete die kräftigen Hände auf dem Tisch, schob sein großes Kinn noch ein wenig weiter vor und musterte mich abschätzend.

Danner hielt sich absichtlich zurück, registrierte ich. Schon wieder ließ er mich befragen und ermitteln. Mein zunehmender Widerwillen gegenüber Hilfsarbeiten war ihm also doch nicht entgangen. Während mich Matthias Hesskamp abwartend ansah, hoffte ich, dass ich und Danner mich nicht überschätzten.

»Sie haben den Schrebergarten aufgegeben, weil Ihnen die Nachbarschaft nicht gefiel«, begann ich.

Molle schob Hesskamp ein Bier hin und er griff nach dem Glas.

»Mit Alwin und Bine als Nachbarn wären wir klargekommen«, brummte der Polizist. »Aber von den harten Jungs aus der Fischerstraße war meine Frau nicht begeistert. In deren Nähe wollte sie mit unseren halbwüchsigen Töchtern dann doch nicht die Wochenenden verbringen.«

Hesskamps dunkles Haar wurde von grauen Strähnen durchzogen. In seinem kantigen Gesicht zuckte kein Muskel.

»Ihre Frau sagt, Sie hätten das Problem mit den Jungs gehabt«, informierte ich ihn. »Sie hätten sie schon in Ihrer Schulzeit nicht leiden können.«

Jetzt zuckten Hesskamps Unterlider doch. Nach oben, seine blassen Augen wurden schmal. Er antwortete nicht, sondern griff stattdessen nach seinem Glas.

»Weil Kröte und Sergej jünger sind als Sie, nehme ich an, dass Ihre Frau von Fiete, Bodo oder Ulli spricht.«

Hesskamp nahm einen langen Schluck Bier.

»Kennen Sie einen der Schrebergärtner aus der Schule?«, fragte ich direkt.

»Ich wüsste nicht, was das mit dem Verschwinden von Bine zu tun hat«, bemerkte Hesskamp.

Danner lehnte sich vor und stützte die Ellenbogen auf den Tisch. Seine steingrauen Augen fixierten den Polizisten. Etwas zu hastig ahmte ich Danners Haltung nach.

»Das ist lange her.« Hesskamp stellte sein Glas auf den Tisch. »Aber gut, wenn es euch hilft. Alwin, Fiete, Ulli und Bodo sind in Gerthe aufgewachsen. Der Vereinsvorsitzende

Peter Bengel übrigens auch. Wir sind alle ein Jahrgang, man kennt sich zwangsläufig.«

Oh. Ich versuchte zu überschauen, was das bedeutete. Die Schrebergartenbekanntschaften waren alles andere als zufällig.

»Und?«, versuchte Danner, das Gespräch in Gang zu halten, weil ich nichts mehr sagte.

»Und nichts.« Hesskamp zuckte die Schultern. »Fiete und Ulli waren schon immer schräge Vögel.«

Ich strich meine Haarfransen hinter die Ohren und lehnte mich noch ein wenig weiter zu Hesskamp hinüber, um sein Gesicht sehen zu können: »Was ist die *Rote Rose?*«

Hesskamp erstarrte.

»Eine Schrebergartenmafia?«, ließ ich nicht locker.

Der Polizist fing an, die Wollfransen der Tischdecke zwischen den Fingern zu zwirbeln.

»K-lle Blm-kst«, murmelte er undeutlich.

»Was?«, wollte jetzt auch Danner wissen.

»Kalle Blomquist.«

Häh? Ich machte große Augen.

Hesskamp kniff sich mit Daumen und Zeigefinger in die Nasenwurzel. »Ich hab schon ewig nicht mehr daran gedacht. Als Kinder haben wir Astrid Lindgrens Geschichten von *Kalle Blomquist* gehört. Im Radio. Ich weiß noch, wie wir immer in der Küche vor dem Ofen gesessen und ganz gespannt drauf gewartet haben. Die *Weiße Rose* war der Name der Bande von Kalle Blomquist und seinen beiden besten Freunden Eva-Lotte und Anders.«

Ich staunte.

»Die *Weiße Rose* kämpfte gegen eine gegnerische Kinderbande, die *Rote Rose.* Wir haben das jahrelang nachgespielt, damals. Alwin Kopelski, Peter Bengel und ich waren die *Weiße Rose,* die Guten. Die Schwerinstraße war unser Revier.«

Hesskamp bemerkte meinen verwunderten Blick. »Das waren andere Zeiten damals«, erklärte er. »Im Winter bildete der Kohlenstaub eine schwarze Kruste auf dem Schnee. Unsere Väter sind täglich in die Zeche eingefahren, unsere Mütter mussten Haus und Garten bewirtschaften. Wir Kindern wurden nicht beaufsichtigt. Die meiste Zeit waren wir auf uns allein gestellt und Computerspiele und dergleichen gab es damals ja noch nicht.«

Der Fußballstammtisch grölte los und vertrieb das Bild vom schwarzen Schnee aus meinem Kopf.

»Und wer gehörte zur *Roten Rose?*«, wollte ich wissen.

»Die Jungs aus der Fischerstraße«, antwortete Hesskamp. »Fiete, Ulli und Bodo.«

Klick.

Das Lama glotzt blöde. Mit hängenden Ohren und hängender Unterlippe. Der Dicke streichelt grob, ungeschickt. Vergräbt die Finger im zottigen Fell und strahlt wie ein Dreijähriger. Doch das Vieh hält still.

Es ist offenbar intelligenter, als es aussieht.

13.

Der Nachthimmel war sternenklar und ein gelber Mond hing schwer über der weiten offenen Ebene. Krater und Hügel warfen Schatten auf die leere Fläche. In der Ferne ragten Kräne neben einer Planierraupe auf wie gigantische, stählerne Insekten.

Danner und ich schlichen über das alte Zechengelände an die Rückseiten der Gärten heran. Wenn es in Kopelskis Teich etwas gab, was bei der Reparatur nicht gefunden werden durfte, dann musste er es schleunigst beseitigen. Unbemerkt ging das nur nachts.

Wir duckten uns hinter den Büschen und lauschten. Doch es war still. Keine Geräusche, die verrieten, dass jemand mit einer Schaufel oder Ähnlichem hantierte. Kurzerhand nahmen wir die Abkürzung an Ullis Garage vorbei.

Als wir Kopelskis trockengelegten Bergsee erreichten, ließ Danner eine Taschenlampe aufflammen. Alles schien unverändert. Das Licht wanderte über den flachen Teichbereich, der nun stellenweise abgetrocknet war. Über die glitschige Teichfolie hinweg trat ich an das rechteckige Loch in der Mitte. Das Wasser unter mir glitzerte im Licht der Lampe. Das Loch hatte wirklich die Form eines Grabes.

»Es ist drei Uhr nachts«, zischte Danner. »Wenn Kopelski etwas hätte beiseiteschaffen wollen, hätte er längst damit anfangen müssen. Wahrscheinlich kann er aber ohne Bagger gar nichts ausrichten.«

Danner ließ das Licht weiter über die Teichlandschaft flitzen. Er hatte recht. Allein die dicke Folie musste Zentner wiegen. In den wenigen Stunden bis zum Morgen würden keine Beweise mehr beseitigt werden können.

Unseren Wagen hatten wir vor den Reihenhäusern in der Schwerinstraße geparkt. Bei den Kopelskis in Haus Nummer 82 herrschte Ruhe. Die Gardinen waren zugezogen, die Fenster dunkel. Trotzdem waren Danner und ich nicht die Einzigen, die nachts auf den Straßen in Gerthe unterwegs waren. Ein Pizzataxi verschwand um die Ecke. Ein Baby brüllte. Ein blasenschwacher Köter musste Gassi geführt werden und ein Mann mit Baseballkappe verteilte die Samstagszeitung.

Ich sah der quietschenden Zeitungskarre einen Augenblick lang nach.

Mit kreischendem Motor und krachenden Gelenken kämpfte der Minibagger mit der noch halb mit Wasser gefüllten Badewanne. Im Augenblick sah es aus, als würde die Badewanne die Auseinandersetzung gewinnen.

Der Bagger arbeitete vom Ufer aus. Den Schaufelarm der Maschine hatten die Schreber mit einer Kette verlängert, um die Badewanne heben zu können.

Bodo, Kröte, Fiete und Danner verfolgten das Spektakel mit Schaufeln in den Händen. Tarnwestenträger Sergej lenkte den Bagger. Er hatte sich das Gerät auf der Baustelle ausgeliehen, auf der er und Kröte zurzeit arbeiteten.

»Samstags brauchen die den Bagger ja nicht«, erklärte mir eine hochgewachsene Blondine kaugummikauend. Sie hatte sich als Sergejs Freundin Babsi vorgestellt und war wahrscheinlich jünger als ich. Sie hatte sich eine pinkfarbene Strähne in den platinblonden Pferdeschwanz gefärbt und die Fingernägel künstlich verlängert.

Außerdem hatte sich Krötes Freundin Chantal zu uns gesellt. Sie war ebenfalls jung und blond, aber kleiner und molliger als Babsi. Chantal trug Jeans mit Nieten, Lacklederstiefel und einen schwarzen Pullover, dessen Ärmel ihr bis über die Hände reichten.

Schlagartig wurde mir klar, was den Vereinsvorsitzenden Peter Bengel zu der Einschätzung bewogen hatte, dass Danner und ich uns bestimmt gut in die friedliche Nachbarschaft einfügen würden. Schmuddelig-schräger Kerl mit Teenagerfreundin schien hier ein durchaus übliches Bild zu sein.

»Nett vom Chef, dass er den Bagger so einfach verleiht«, fand ich.

Babsi winkte ab: »Der kriegt das doch gar nicht mit.«

Oh. Da bekam das Wort ›leihen‹ gleich eine ganz neue Bedeutung.

»Kröte und Sergej sind sowieso nur als Zeitarbeiter da.« Babsi schmatzte auf ihrem Kaugummi herum. »Nächste Woche geht es wieder auf einen anderen Bau.«

»Bine kriegt die Krise, wenn sie die Sauerei hier sieht«, bemerkte Chantal.

Bine! Der Name ließ mich aufwachen, als wäre es das Codewort bei einer Hypnose.

»Alwins Frau?«, ergriff ich die Gelegenheit. »Wo steckt sie denn? Will sie sich das hier gar nicht ansehen?«

Chantal zog die Schultern hoch. »Die kommt schon länger nicht mehr.«

Nach dem ersten kurzen Check schienen die beiden mich als eine der ihren einzuordnen. Wobei ich nicht darüber nachdenken wollte, woran das lag. Jedenfalls senkten Babsi und Chantal die Stimmen auf Tuschelton, was mich an die Hühnertreffen mit meinen Freundinnen erinnerte.

»Die hatten Zoff, hab ich im Kiosk gehört«, flüsterte Babsi.

»Gestritten haben Alwin und Bine ja immer, aber diesmal hat es wohl richtig gekracht.«

»Seitdem kommt sie nicht mehr in den Garten«, fügte Chantal hinzu. »Sie muss richtig sauer sein. Ich hab mich sowieso gefragt, warum sie sich alles von Alwin gefallen lässt.«

Ich machte ein erschrockenes Gesicht: »Hat er sie etwa geschlagen?«

Babsi zuckte die mageren Schultern. »Er putzt sie jedenfalls ganz schön runter, wenn es nicht nach seiner Nase geht. Blöde Sprüche machen Männer ja immer. Aber Alwins sind schlimmer als Sergejs Blondinenwitze.«

»An den Blondinenwitzen ist ja manchmal sogar was dran«, witzelte Chantal und drappierte ihre gebleichte Mähne dekorativ auf ihrer linken Schulter.

Ich spürte die bissige Bemerkung auf meiner Zunge kribbeln. Käme Danner je auf die Idee, einen Blondinenwitz über mich zu machen, würde ich mit einem Tritt in die Eier antworten. Vielleicht handelte es sich bei dem Wäscheberg auf unserem Sofa doch um eines der kleineren Probleme einer längeren Beziehung.

»Mir hat Alwin erzählt, seine Frau wäre weg«, erklärte ich.

Babsi und Chantal tauschten einen kurzen Blick.

»Bine doch nicht«, zweifelte Babsi. »Wo sollte die denn hin, wenn sie ihn verlässt?«

Babsis Worte ließen mich unerwartet frieren.

Ich zog die schlabberigen Ärmel meines lila Wollpullis über die Finger, vergrub die Hände unter meinen Achseln. Für eine Sekunde war das Gefühl wieder da. Das Gefühl, nicht nach Hause zurückkehren zu können. Und nicht zu wissen, wohin ich stattdessen gehen sollte.

»Vielleicht hat sie einen anderen?«, warf Chantal ein.

Ich merkte, dass ich die Schultern hochgezogen hatte. Ein anderer Mann war natürlich auch denkbar.

Mit kreischenden Motoren zerrte der Minibagger an Grizzly Adams Teichfolie. Wasser rauschte spritzend zu allen Seiten, als die Badewanne schmatzend aus dem Schlamm gehoben wurde. Durch die daran baumelnden Fetzen der Folie sah es aus, als zerrten die Bagger ein Seeungeheuer aus seinem Versteck. Wasser und Schlamm blubberten zurück in das Loch.

»Jetzt holt den Müll da raus!«, kommandierte Fiete die mit Schaufeln bereitstehende Mannschaft.

Knisternde Flammen fraßen sich durch die Äste. Der beißende Rauch brannte in meiner Kehle, die Hitze wärmte mir Gesicht und Busen. Asche und glühendrote Funken tanzten in den bewölkten Nachthimmel hinauf.

Ich war betrunken. Von klebrig-süßer Weißweinschorle, deren Nachwirkungen mir morgen früh Schmerzen bereiten würden. Ich lehnte meinen schweren Kopf an Danners Schulter. Der hob mein Gesicht am Kinn zu sich hoch und küsste mich. Kurz. Noch mal. Länger. Seine Zunge schmeckte nach wässrig-bitterem Billigbier.

Den ganzen Tag hatten die Männer den Untergrund von Kopelskis Gartenteich durchwühlt. Der geniale Gartengestalter hatte an die hundert Spraydosen und sämtlichen anderen Schrott, den er hatte loswerden wollen, unter der Teichfolie verschwinden lassen.

Natürlich war das Ausschachten des Teiches reine Männerarbeit. Die Aufgabe von Babsi, Chantal und mir hatte sich darauf beschränkt, die Jungs beim Buddeln zu bewundern. Die Weinschorle erleichterte uns unseren Job.

Danner war in die Grube unter der Badewanne gestiegen und hatte ein verrostetes Fahrrad, einen Kanister Motoröl und drei tote Ratten zutage gefördert.

Bine Kopelski war nicht ausgegraben worden.

Gegen Abend besorgte Kopelski aus *Angis Imbiss* Biernachschub. Sergej und Kröte schleppten das abgesägte Ende eines alten Heizöltankes aus ihrem Garten herbei. An die rostige Metallschale von einem guten Meter Durchmesser hatte jemand Füße angeschweißt.

Jetzt knisterte in dieser Schale das Lagerfeuer. Die Jungs hatten pyromanische Freude daran, den Grünschnitt aus unserem gerodeten Dschungel in die Flammen zu werfen und zuzusehen, wie die Funken in den Himmel wirbelten.

Mit bloßen Händen ruckelten sie brennende Äste zurecht. Das schien eine Art Wettbewerb zu sein. Wer wagt sich am dichtesten ans Feuer? Wer hält die Hitze am längsten aus? Wessen Hosenbein brennt zuerst?

Sergej packte einen brennenden Ast, der ins Gras zu fallen drohte, mit bloßen Fingern und schleuderte ihn zurück in die Glut. Hinterher massierte er stöhnend seine schmerzende Hand, der Held.

Die Männer grölten.

»Kopelski hat seine Frau nicht unterm Teich vergraben«, flüsterte ich Danner in diesem unbeobachteten Moment zu. »Wo steckt sie dann?«

Ein weiterer Ast ragte aus dem Feuer und fesselte die Aufmerksamkeit der Männer.

»Wir haben die Nachbarinnen, die Mutter und die Schrebergärtner gecheckt«, grübelte Danner. In meinem Kopf drehte sich alles. Komisch, dass das Bier auf Danner nie Auswirkungen zu haben schien.

»Etwas haben wir aber noch nicht überprüft«, fiel mir ein.

Bodo wartete gespannt darauf, dass der kleine Ast ins Gras fiel und die gesamte Kleingartenkolonie in Brand steckte. Sergej hielt sich noch immer die verbrannte Hand. Kröte griff nach einer Astschere, um einen Flächenbrand zu verhindern. Doch Fiete kam ihm zuvor. Der Tätowierte packte das brennende Holzstückchen. Ohne eine Miene zu verziehen, drückte er die Flammen in der Faust aus und bröselte die Reste zu Boden.

Ich wühlte die zerknitterte Stellenanzeige der Tageszeitung, die ich bei Katrin Hesskamp hatte mitgehen lassen, aus meiner Hosentasche.

Klick.

Blut. Eine richtige Lache auf dem schäbigem PVC. Es durchtränkt ihr graues Haar, lässt es klebrig wirken. Rinnt über ihr blasses Gesicht.

14.

Den Sonntag verbrachten wir damit, Alkohol abzubauen. Auch bei den friedlichen Nachbarn kehrte Ruhe ein, was möglicherweise mit einer dementsprechenden Vorschrift zusammenhing. Die Kleingärtner genossen die ungewöhnlich warme Aprilsonne. Mütter schaukelten lesend in Hängematten, während die Kinder die Blumen gossen oder auf Insektenjagd gingen, und die Männer die Liegestühle testeten.

Montagmorgen um halb vier begann für uns die neue Woche. Der gelbe Mond hing dicht über den Dächern von Gerthe. Vor der Garage eines Einfamilienhauses stand ein schmächtiger Mann mit Baseballkappe und rauchte. Neben seinen Turnschuhen auf dem Gehweg türmten sich zwei hüfthohe Zeitungsstapel.

»Seid ihr die Neuen?«, sprach er uns an. Seine Kippe glühte noch einmal auf. Dann ließ er sie aufs Pflaster des Gehwegs fallen und trat sie mit einer Drehbewegung seines Turnschuhs aus.

»Ich bin Torge. Bin als Vertretung für diese Tour eingesprungen. Normalerweise bin ich für Wattenscheid zuständig.« Torge sprach hastig. In kurzen Sätzen. Er drückte Danner eine Liste und mir ein liniertes Schulheft und einen Kugelschreiber in die Hand.

»Heute geht ihr mit, morgen macht ihr die Tour allein. Bis sechs müssen die Kunden ihre Zeitung haben. Das ist die Liste der Abonnenten.« Er deutete auf Danners Zettel. »Macht euch Notizen zur Tour. Sonst kommt ihr morgen ins Rotieren.«

Deshalb wohl das Schulheft.

»Schreibt auf, wo ihr die Straße überquert. Oder wo man ein Haus schlecht findet. Wenn ihr nur nach den Hausnummern geht, schafft ihr es nicht. Änderungen der Zustellung findet ihr jeden Morgen. Auf einem Zettel, der den Zeitungen beiliegt.«

Der Zeitungszusteller wippte auf den Zehenspitzen wie ein Sprinter vorm Start. Er war älter als Danner, mit der drahtigen Figur eines Radrennfahrers und einer vom Nikotin grauen Gesichtshaut.

»Der Lieferant deponiert die Zeitungen hier vor der Garage. Die gehört einem Kumpel von mir. Ich schließe die Hälfte ein und verteile erst links die Straße runter. Dann lade ich den zweiten Stapel auf und verteile nach rechts. Ihr könnt den Lieferpunkt ändern oder jeder eine Karre nehmen. Dann könnt ihr euch aufteilen und seid schneller.«

»Klingt gut«, nickte Danner.

»Noch Fragen?«

»Warum ist die Tour frei?«, wollte ich wissen.

Torge zuckte die Schultern. »Wir haben häufig Wechsel. Für viele ist Zeitungenaustragen nur ein Aushilfsjob. Studenten und Sozialhilfeempfänger bessern damit ihre Bezüge auf.« Der Zusteller fummelte seine Zigarettenpackung aus der Tasche und steckte sie wieder weg. »Das hier sollte erst nur eine Urlaubsvertretung werden. Dann hat demjenigen wohl das Ausschlafen zu gut gefallen. Plötzlich hieß es jedenfalls, die Tour wäre frei.«

Torge wuchtete den ersten Zeitungsstapel in eine Karre und wippte noch zweimal auf den Zehenspitzen. »Können wir jetzt?«

Gegen fünf passierten wir die Kleingärten und erreichten kurz darauf die Reihenhäuser in der Schwerinstraße. Inzwischen war der Vollmond hinter den Dächern der Wohngebäude abgetaucht. Nur die Straßenlaternen erhellten noch das trübe Grau der Dämmerung.

Im Laufschritt steckte Torge die Zeitungen in die dafür vorgesehenen Boxen. Der Zusteller schien jeden Briefkasten der Gegend zu kennen.

Der Pudel im Mantel, der mir schon einmal aufgefallen war, kam von einem frühen Gassigang zurück. Zielstrebig steuerte er einen Vorgarten in dem Reihenhauskomplex neben dem Gebäude der Hesskamps und Kopelskis an. Torge drückte dem Hundebesitzer seine Zeitung in die Hand.

Schröder, Archibald – Schwerinstraße 74, stand auf unserer Abonnentenliste. Auch dieser Pudelfreund gehörte zu den Menschen, die ihren vierbeinigen Begleitern mit der Zeit ähnlich sehen, bemerkte ich belustigt. Der Mann mit der Leine in der Hand war um die fünfzig, eher klein und dünn. Er hatte krause, blonde Locken und bewegte sich mit kurzen, aber eleganten Trippelschritten.

Torge und Danner waren bereits weitergegangen. Ich beeilte mich, sie einzuholen.

Pünktlich um sechs hatte Torge alle Zeitungen verteilt. Ich war allein durchs Hinterherlaufen ins Schwitzen geraten.

Ich dachte an die leere Kaffeedose in unserer Wohnung.

Weil wir uns gewöhnlich bei Molle durchschnorrten, sorgten eigene Vorräte nur für Schimmel. Doch Molle stand jeden Abend bis Mitternacht in der Kneipe. Die Idee, vor Sonnenaufgang zu frühstücken, würde ihn nicht vor Freude aus dem Bett springen lassen.

Klick.

Teichlandschaft mit Seerosen. Dunkelgrüne, fleischige Blätter auf glitzerndem Wasser. Unzählige zartrosa Blüten. Aus dem Wasser ragende Bruchsteine. Goldfische und schwarz glänzende Molche, deren winzige Körper zwischen den Wasserpflanzen umherflitzen.

Die beiden kindlichen, blonden Nixen sonnen sich im Gras. Oben ohne.

Trügerisches Paradies. Niemand ahnt, welch Schrecken die dichten Seerosenblätter verbergen.

15.

»Wenn Bine zurückkommt und die Sauerei im Garten sieht, macht sie gleich wieder die Biege.«

»Warum nimmt sie nicht Fiete? Ist doch nicht zu übersehen, dass der auf sie steht.«

Das Gespräch lenkte meine Aufmerksamkeit von der Zeitung ab. Glücklicherweise bot *Angis Imbiss* morgens ab sechs nicht nur Kaffee, sondern auch ein schnelles Frühstück an.

Der Zeitungsartikel auf Seite zwei war sowieso kein Stimmungsaufheller. Ein riesiger Mann mit einem quadratischen, glatt gebügelten Gesicht lächelte in die Kamera. Seine massige Gestalt ließ die Frau an seiner Seite puppenhaft schön wirken.

Polizeichefin Peters belobigt, lautete die Überschrift. *Seit Klara Peters als Vizepräsidentin für die Polizeiarbeit im Raum Bochum verantwortlich ist, ist die Aufklärungsquote um elf Prozent gestiegen. »Sie hat ihre Führungsqualitäten beeindruckend unter Beweis gestellt«, lobt Polizeipräsident Georg Mattek seine Stellvertreterin.*

Dass der Polizeipräsident die Fähigkeiten seiner Stellvertreterin hauptsächlich im Bett schätzte, blieb unerwähnt. Genau wie die Tatsache, dass sich hinter der püppchenhaften Fassade eine eiskalte Karrierefrau verbarg, die ihre Position nutzte, um ihren Exfreund mit Anzeigen und Polizeikontrollen zu terrorisieren. Ich wusste es zufällig genau, denn ich war mit ihrem Exfreund zusammen. Bei Klara ›die Schlampe‹ Peters, der umjubelten Frau an der Spitze der Bochumer Polizei, handelte es sich um Danners ehemalige Verlobte. Zehn Jahre hatte der Kleinkrieg zwischen den beiden angedauert. Sie hatte Danner erst in Ruhe gelassen, als er in den Besitz einiger peinlicher Fotos gelangt war, die die Polizeichefin nur ungern am Schwarzen Brett der Präsidiumskantine entdecken würde.

»Und Fiete passt doch gut zu Bine«, fand die dunkel gelockte Imbisstante. Mit einem Lappen wischte sie Krötes Kaffeepfützen vom Tresen.

Ich klappte die Zeitung zu.

»Mama!« Das Kleinkind mit dem Lockenkopf tauchte aus dem Nebenraum auf. Mit einem Pyjama bekleidet watschelte es hinter den Tresen und zupfte am Hosenbein der Kiosktante. Sie nahm es auf den Arm.

»Spinn weiter, Angi.« Kröte biss in sein Mettbrötchen. »Fiete is 'n Kopp kleiner als Bine.«

»Aber er hat gesessen«, konterte Angi. »Das macht ihn interessant.«

»Ihr bescheuerten Weiber seht einen ja nur, wenn man zwei Meter groß ist oder wie ein Gangster aussieht«, murrte Kröte.

Interessant, dass ausgerechnet er sich darüber beschwerte. Nachdenklich betrachtete ich seine klobigen Springerstiefel, Armeehose und Tarnweste und das aus seinem Ausschnitt züngelnde Tattoo einer Kobra. Kröte gab sich zweifellos Mühe, damit er nicht für Schwiegermutters Liebling gehalten wurde. Allerdings wollte sein rosiges Jungengesicht mit dem fliehenden Kinn nicht ganz zu seiner gefährlichen Aufmachung passen.

»Du bist auch ein interessanter Mann, Süßer.« Angi rubbelte Kröte die bartlose Wange. »Aber leider zu jung für Bine und mich. Und deine Chantal würde uns die Augen auskratzen.«

Auch Danner hatte das Gespräch interessiert verfolgt.

Unsere Blicke trafen sich.

Klick.

Allzeit bereit, die Blondine. Er hat nur ihren Rock ein Stück hochgeschoben, für die schnelle Nummer zwischendurch. Im Gras hinter der Gartenlaube.

Sie lässt es geschehen.

Und der Kerl hält das für selbstverständlich.

16.

»Vergesst es! Das hier ist nicht die Auskunft«, protestierte Staschek.

»Besorg uns doch mal einen Kaffee, Lenny.« Danner schob den Kriminalkommissar aus seinem eigenen Büro und nahm im Chefsessel vor dem Computer Platz. Ich sah ihm über die Schulter. Im Intranet der Kripo fand Danner nach kurzem Suchen das Vorstrafenregister.

Imbiss-Angis freundlichen Hinweis auf die Knastvergangenheit unseres Schrebergartenkumpels Fiete und seine angebliche Vorliebe für Bine Kopelski konnten wir nicht ungeprüft lassen.

Die einfache Eingabe *Fiete* ergab sofort drei Treffer. Foto Nummer zwei zeigte Friedbert ›Fiete‹ Cäsar Münz. Ohne Zweifel handelte es sich um unseren Schrebergartennachbarn, unschwer zu identifizieren an der tätowierten Träne im Gesicht.

»Eine Knastträne.« Danner tippte auf den Bildschirm. »Da hätte ich gleich draufkommen können.«

»Eine was?«

»Manche Sträflinge lassen sich im Knast eine Tätowierung machen. Als Zeichen der Zugehörigkeit. Meist drei Punkte am Daumen, die sind unauffälliger.«

Ich nickte. »Die hab ich schon mal gesehen.«

Nur wo?

»Fiete zeigt, wer er ist«, fuhr Danner fort. »Das lässt vermuten, dass er zumindest eine Zeit lang eher für das Leben hinter Gittern geplant hat als für draußen. Denn den Alltag macht das Ding ja nicht unbedingt leichter. Aber es zählt richtig was, wenn er das nächste Mal einwandert. Dann wissen alle sofort, dass er schon mal lange gesessen hat, und haben Respekt.«

Ich betrachtete nachdenklich das Polizeifoto. Auf dem Bild war Fiete jünger und guckte mit Gangsterblick in die Kamera. Heute machte er einen deutlich fröhlicheren Eindruck.

Danner pfiff durch die Zähne, als er sich die Vorstrafen unseres neuen Freundes ansah. Die Liste erreichte die Länge des Aldibons einer fünfköpfigen Familie.

»Respekt.«

Pünktlich zur Strafmündigkeit mit vierzehn war Fiete der Polizei zum ersten Mal aufgefallen, das war vor vierzig Jahren gewesen. Hauptsächlich durch Ladendiebstahl machte er sich bei den Gesetzeshütern bekannt: Zigaretten und Spirituosen. Fünf Mal hatte er sich beim Klauen einer Flasche Wodka erwischen lassen, was nicht gerade auf ein gottgegebenes Talent für diese Tätigkeit schließen ließ. Eine leichte Körperverletzung sowie Fahren ohne Führerschein standen ebenfalls auf der Liste. Die Quittung waren mehrere Jugendstrafen auf Bewährung. Bis Fiete – endlich volljährig – wegen Körperverletzung das erste Mal für ein Jahr im Gefängnis verschwand.

Mit zwei Komplizen zusammen folgte eine Serie bewaffneter Raubüberfälle auf Kioske, für die er mit Ende zwanzig fünf Jahre hinter Gitter ging. Der lange Knastaufenthalt schien endlich Wirkung gezeigt zu haben, denn danach geriet Fiete nicht mehr nennenswert mit dem Gesetz in Konflikt. Eine Beamtenbeleidigung war noch im letzten Jahr vermerkt worden. Dank der vielen Vorstrafen hatte man ihm eine stramme Bewährung verpasst.

Diese Bewährung lief noch.

Staschek kehrte mit Kaffee zurück. Er stellte die Becher auf den Schreibtisch und beugte sich über Danners andere Schulter.

»Da habt ihr ja einen fetten Fisch an der Angel«, bemerkte er. Ich sah Jagdfieber in Staschek's sonst so sanften Kastanienaugen aufleuchten, als er sich auf den Schreibtisch stützte und sich in die Liste mit Fietes Vorstrafen vertiefte.

»Vergiss es, Lenny.« Danner ließ die Daten mit einem Klick verschwinden. »Das ist unser Fall, du wolltest ihn nicht. Glaub nicht, dass du mitschnüffeln kannst, wenn es spannend wird.«

»Sabine! Guck mal, was ich hier habe!«

Fietes Schrebergarten befand sich neben Ullis Garage. Es war das Eckgrundstück, das eine akkurat gestutzte Buchsbaumwand vor neugierigen Blicken abschirmte.

Eine Tatsache, die nicht nur Danner und mich, sondern auch Obergärtner Bengel zu wurmen schien. Denn der blieb bei seiner täglichen Gartenbegehung jedes Mal vor der Holztür stehen, die Fiete in einen Rahmen aus Buchsbaum eingepasst hatte.

Hinter der Hecke krähte ein Hahn.

»Fiete hat bei der Vereinssitzung die Hühnerhaltung für den Eigenbedarf angemeldet«, erklärte Bengel Danner und mir, wohl um jeder Idee, Federvieh auf unserer Parzelle zu beherbergen, vorzubeugen. Der erste Vorsitzende schlenderte davon.

Doch Fietes Hahn interessierte uns wenig.

»Sabinchen«, säuselte Fiete hinter der Buchsbaumwand.

Konnte es sein, dass sich Bine Kopelski die ganze Zeit hinter dieser grünen Wand versteckte? Keine hundert Meter von ihrem Mann und uns entfernt?

»Fiete?« Danner klopfte polternd an die hölzerne Tür. »Biste schon wach?«

»Momentchen!« Hinter der Tür rasselte es, als würden mehrere Sicherheitsketten entfernt. Dann schwang die Gartenpforte auf. Fiete hielt in der einen Hand einen Hafereimer, unter dem anderen Arm ein braunes Huhn.

»Nachbarn«, begrüßte uns der ehemalige Kioskräuber jovial. »Was gibt's?«

»Wegen dem Teich.« Ich bedachte Fiete mit einem hilflosen, himmelblauen Augenaufschlag. »Ich hab mir was mit Wasserlauf vorgestellt. Und Seerosen. Hast du zufällig noch eine Folie da? Ungefähr dreißig Quadratmeter?«

Fiete zwirbelte an seinem Bart. »Zwei Euro pro Quadratmeter.«

Danner kramte sein Portemonnaie hervor.

»Und kannst du uns auch einen Minibagger besorgen?«

»Ich kann dir alles besorgen, Schätzken«, zwinkerte Fiete mir zu. Weil er sich wie magnetisch angezogen auf die Geldscheine in Danners Hand zubewegte und dabei die Tür freigab, konnte ich an ihm vorbei in den Garten linsen.

Zwischen Büschen und Bäumen entdeckte ich mehrere Schuppen, die meiner Meinung nach ganz und gar nicht den Bauvorschriften im Bundeskleingartengesetz entsprachen.

Und ich sah Hühner.

Fiete bemerkte meinen neugierigen Blick, schnappte Danner die Scheine aus den Fingern und stellte sich rasch wieder in die Tür.

Zweifellos versteckte der was.

»Die Folie bring ich euch rüber. Sergej besorgt einen Bagger.« Das schien eine Aufforderung zum Gehen zu sein. Weil wir uns nicht von der Stelle rührten, knurrte er genervt: »Sonst noch was?«

»Kann ich mal bei dir aufs Klo?«, startete ich einen letzten Versuch, in Fietes Garten zu gelangen.

Fiete lachte laut auf. »Sorry, Süße, aber bei mir wird im Stehen gepinkelt. Auf Damenbesuch bin ich nicht eingestellt. Aber ich schätze, du schaffst es noch bis hinter eure Hütte.«

Er deutete auf unsere Bude.

Und wohin pinkelte die Sabine, mit der er Minuten zuvor noch gesprochen hatte?

»Komm. Nicht, dass du dir in die Hose machst«, lenkte Danner ein, bevor ich nachhaken konnte.

Ich warf ihm einen wütenden Blick zu.

»Aber er hat laut und deutlich mit einer Sabine gesprochen«, flüsterte ich, während wir uns auf dem Kiesweg entfernten. »Sie muss in dem Garten sein. Wenn wir hineinkommen, haben wir den Fall gelöst, oder nicht?«

»Und wenn seine Mutter auch Sabine heißt?«, gab Danner zu bedenken.

Ich verdrehte die Augen.

»Der lässt uns nicht rein«, schüttelte Danner den Kopf.

»Weil wir es gar nicht versucht haben«, ärgerte ich mich.

»Weil er sein Revier verteidigt.«

»Er ist keine Bulldogge.« Auch wenn sich gewisse anatomische Übereinstimmungen nicht abstreiten ließen.

»Aber ein Exsträfling«, knurrte Danner.

»Hinterlässt ein Knastaufenthalt etwa die gleichen Nachwirkungen wie eine Zwingerhaltung?«

»Jedenfalls musst du im Gefängnis jeden Zentimeter verteidigen. Raum ist dort Luxus. Raum gibt man nur an den Stärkeren ab. Wenn du Platz machst, bedeutet das also automatisch, dass du gerade nicht der Stärkere bist.«

Ich runzelte die Stirn.

»Fiete lässt uns auf keinen Fall freiwillig rein«, bestand Danner auf seiner Meinung. »Er wird nur misstrauisch.«

»Aber er hat mit Sabine Kopelski gesprochen«, beharrte ich. »Wir müssen nachsehen, ob sie dort ist.«

»Richtig«, stimmte mir Danner zu. »Sobald Fiete nicht mehr den Türsteher spielt.«

Klick.

Gereinigt und frisch verfugt erstrahlen die Zechengebäude in neuem Glanz. Beherbergen jetzt das neue Kulturwerk Lothringen. *Die renovierte Turbinenhalle bietet Platz für Künstlerateliers und Werbeagenturen. Im Backsteinbau gegenüber residiert der Kulturrat. Eine Kleinkunstbühne. Sogar eine Zaubererfirma.*

Im Erdgeschoss eine Ausstellung von Aquarellen. Filigrane, fast durchsichtige Blüten. Während im neu gebauten Gebäude nebenan noch immer Grubengase aus den Schächten abgesaugt werden.

17.

Meine Gedanken kreisten um einen Sexroman, während ich Unkraut rupfte. Um einen Sexroman mit rosa Plüschhandschellen auf dem Cover. Genau gesagt, um das Buch, das mir beim Einbruch in das Reihenhaus der Kopelskis auf dem Wohnzimmertisch aufgefallen war.

Vielleicht lag Angi, die Kiosktante, mit ihrer Einschätzung gar nicht daneben? Vielleicht hat sich Bine wirklich nach ein bisschen Abwechslung gesehnt? Wenn Bine Kopelski eine Schrebergartenaffäre mit Fiete hätte, wäre es dann nicht naheliegend, nach einem Streit mit dem Ehemann zu ihm zu flüchten?

Etwas klickte leise. Meine Nackenhaare stellten sich auf. Ein unbestimmtes Gefühl, beobachtet zu werden, beschlich mich. Schnell sah ich hoch.

Danner schien nichts bemerkt zu haben. Er flickte am Zaun zu Kopelskis Garten herum. Kopelski sah mit einem Bier in der Hand zu, wie frisches Wasser in sein mit neuer Folie ausgelegtes Bassin sprudelte. Schrauber-Ulli schraubte. Fiete hockte noch immer auf seiner Parzelle wie ein Drachen auf seinem Schatz.

Vor unserem Gartenzaun, auf dem Kiesweg, der durch die Kleingartenkolonie führte, entdeckte ich Oberschreber Peter Bengel. Mit einem wohlwollenden Nicken nahm er die Beseitigung unseres Urwaldes zur Kenntnis. Als er meinen Blick bemerkte, hob er die Hand zum Gruß: »Lila.«

»Peter«, erwiderte ich zögernd.

Der Vereinsvorsitzende schlenderte weiter.

Ich bewegte die Schultern, um die Gänsehaut aus meinem Nacken zu scheuchen. Meine Reflexe schlugen immer noch viel zu schnell Alarm. Als ich noch in Hannover bei meinen Eltern gelebt hatte, war das notwendig gewesen.

Ohne Vorwarnung kracht die Hand auf meinen Kopf, mein Gesicht schlägt auf das Matheheft. »Du warst seit zwei Wochen nicht beim Religionsunterricht, Liana?« An den Haaren reißt er mich hoch. Eine Sekunde bin ich sicher, skalpiert zu werden. Ich habe ihn nicht kommen hören, nicht bemerkt, dass er hinter mir steht. Er lässt mich los und schüttelt die blonden Haarbüschel von seinen Fingern.

Ich verdrängte die Erinnerung. Längst hatte ich die Gespenster meiner Vergangenheit aus meinem neuen Leben in Bochum verbannt. Doch offenbar ließ sich mein Misstrauen nicht so schnell loswerden wie mein Vater selbst. Ich musste lockerer werden.

Ich registrierte, dass Danner sich ebenfalls aufgerichtet hatte. Hatten mir meine Nerven doch keinen Streich gespielt?

Jetzt hörte ich es auch. Tumult in Fietes Garten.

Wütendes Gebrüll, das wie »Bleib stehen, du Miststück!« klang. Und das während der Mittagsruhe.

»Du kommst hier sowieso nicht raus!«

Definitiv war Fiete nicht allein. Ich trat neben Danner an den Zaun. Kopelski im Nachbargarten betrachtete weiter das in den Teich plätschernde Wasser.

»Klingt für mich nicht nach einem Vorspiel«, erklärte ich.

»Geschmackssache«, fand Danner.

Wobei wir wieder bei dem Roman auf Bine Kopelskis Couchtisch angekommen waren. Blümchensex war out. Selbst unter Gartenzwergen. Hatte die Vermisste sich tatsächlich mit dem Vorbestraften eingelassen? Für den besonderen Kick?

Danner und ich streiften die Arbeitshandschuhe ab und näherten uns Fietes Garten.

»Hah!« Ein Triumphschrei.

Lautes Hühnergackern.

Ich stellte mir Fiete vor, wie er sich mit einem Hechtsprung auf die flüchtende Frau stürzte, während die Hühner kreischend zu allen Seiten davonstoben.

»Jetzt bist du dran!«, drohte Fiete.

»Glaubst du noch immer, dass er mit seiner Mutter spricht?«, erkundigte ich mich bei Danner. »Oder lösen wir den Fall endlich?«

Danner blickte sich nach Alwin Kopelski um, der sich nach wie vor nur rührte, um die Bierflasche zu heben.

»Wenn seine Freundin zufällig auch Sabine heißt, ist unsere Tarnung hin.«

»Nicht unbedingt.«

Zehn Minuten später standen Matthias Hesskamp und ein uniformierter Kollege von der nahen Gerther Tageswache vor Fietes Parzelle. Hesskamp klopfte mit der Faust an die Holztür.

Auf den Moment hatte ich gewartet. Ich schob eine mit Unkraut gefüllte Schubkarre durch unser Gartentor auf den Kiesweg hinaus. Danner folgte mir mit einer Schaufel auf der Schulter.

»Fiete?«, rief Hesskamp in die Buchsbaumhecke. »Mach auf.«

Ach ja. Fiete und Hesskamp kannten sich ja von früher, erinnerte ich mich. Als Kinder hatten sie zu verfeindeten Banden gehört und sich bekämpft. Und irgendwie hatte sich daran bis heute nicht viel geändert.

»Zisch ab!«, schnauzte Fiete im Garten. »Bin beschäftigt!«

»Ich bin dienstlich hier«, erklärte Hesskamp. »Es liegt eine Beschwerde vor.«

»Was?«, fauchte Fiete empört. »Wieso das denn?«

»Störung der Mittagsruhe. Mach endlich auf.«

»Das kann ja wohl nicht wahr sein! Das war bestimmt wieder der Bengel, dieser kleinkarierte Gärtner. Na, der kann was erleben!« Die wütende Stimme näherte sich dem Gartentor. »Ich dachte, der hätte kapiert, dass er mir mit seinen Vorschriften nicht kommen braucht! Dem polier ich die Fresse!«

»In deiner momentanen Situation würde ich mir Drohungen lieber verkneifen«, erinnerte Hesskamp.

Fiete riss die Tür auf.

Erschrocken atmete ich ein. Die Griffe der Schubkarre ließ ich los, mit einem dumpfen Laut setzte sie auf dem Boden auf.

Der kräftige, kleine Exhäftling stand vor dem Polizisten wie ein tollwütiger Rehpinscher vor einer phobischen Dogge. Sein muskelbepackter, dicht tätowierter Oberkörper war nackt, die Muskeln gespannt, die Fäuste geballt. Fietes Hände und Unterarme waren voller Blut. Es tropfte von seinen Fingern. Als hätte er die Hände hineingetaucht.

»Scheiße, Fiete!« Beim Anblick des Blutes geriet auch Matthias Hesskamp ins Stammeln. »Mann, was hast du gemacht?«

Fiete starrte böse an mir vorbei. Als ich mich umdrehte, stand Alwin Kopelski hinter uns.

Fiete fletschte das Gebiss zu einem spöttischen Grinsen: »Wenn du Sabine den Arsch retten willst, kommst du zu spät, Matze.«

Klick.

Ein neues Auto. Schick und sportlich. Ist ein Vermögen wert. Fünfzigtausend ohne Extras. Dieser hat Extras. Nicht wenige.

Die Elfe hat mehr Geschmack, als man ihr zutraut. Und mehr Geld. Steckt ein anderer Mann dahinter? Ein reicher Mann?

Sicher ein Arschloch. Der kauft sie. Mit einem schicken Auto. Vielleicht mit Schmuck. Und mit Blumen.

Das darf ihr niemand antun. Nicht der Elfe. Nicht meiner Elfe.

18.

»Sabine und Chantal waren einfach mal fällig.«

Amüsiert hielt Fiete Matthias Hesskamp und seinem Kollegen von der Tageswache das Gartentor auf.

Der Polizeibesuch erregte nun auch die Aufmerksamkeit von Schrauber-Ulli und Bodo. Neugierig näherten sich die Schreber Fietes ausnahmsweise unbewachtem Gartentor. Die Gelegenheit, einen Blick in die sonst abgeriegelte Parzelle zu werfen, wollte sich offenbar niemand entgehen lassen. Danner und ich selbstverständlich auch nicht.

Fietes Kleingarten war eine Mischung aus Hühnerparadies und Baustelle. Neben die obligatorische Gartenlaube hatte er drei garagengroße Schuppen an den Zaun zu Schrauber-Ulli gesetzt. Zwei Hühnerhäuser standen im Dickicht.

Unter einem Dach auf Holzpfosten stapelte sich ein Brennholzvorrat, mit dem man mühelos die nächsten drei Winter in der Schrebergartenhütte überstehen konnte. Neben einem Rasenmähertrecker gab es einen Haufen Pflastersteine, einen Berg aus Kies und einen aus Sand.

Dazwischen hockten Hennen in selbst gescharrten Kuhlen und Küken pickten Körner aus dem spärlichen Gras.

Fiete führte die Polizisten einen schicken Gartenweg aus naturbelassenen, gelben Sandsteinplatten entlang, direkt auf einen schwergewichtigen Holzklotz zu, der auf einer Terrasse aus Waschbetonplatten stand. Der Holzklotz war von hellrotem Blut überströmt, ein kleines Beil steckte darin. Und auf dem Tisch daneben lagen zwei Hühnerleichen. Ohne Kopf.

Noch immer troff ein dünnes, rotes Rinnsal aus den zerhackten Hälsen. Die Köpfe entdeckte ich auf dem Waschbeton, blutig, mit erstarrten Vogelaugen. Einen Augenblick lang hatte ich das Gefühl, mich übergeben zu müssen.

»Tut mir schon ein bisschen leid, dass die Sabine dran glauben musste. Aber die legte schon seit Wochen nicht mehr ordentlich. Und Chantal war einfach dran. Wenn die Viecher zu alt sind, werden sie zäh wie Leder.«

Sabine war der Name des Huhns? Fiete hatte mit dem Federvieh gesprochen?

»Tja, Matze«, grinste Fiete, »ich habe die Sabine gekillt und heute Abend werde ich sie grillen und mir schmecken lassen. Willst du mich jetzt verhaften?«

Matthias Hesskamp rümpfte den Schnurrbart. Offensichtlich ärgerte er sich über Fietes Schadenfreude, doch ihm fiel keine Antwort darauf ein. Sein jüngerer Kollege mit dem rosa Babygesicht hatte offensichtlich keine Ahnung, dass der Polizist und der Exhäftling sich kannten. Jedes Mal, wenn Fiete Hesskamp duzte, pustete er empört seine Pausbacken auf. Sah aus, als würde er in absehbarer Zeit platzen.

»Ist sonst noch was?«, erkundigte sich Fiete frech.

Hesskamp zuckte ratlos die Schultern.

»Ja«, platzte der jüngere Uniformierte dazwischen, wohl um zu verhindern, dass Fiete mit seiner Unverschämtheit ungestraft davonkam. »Wie viele Hühner laufen hier herum?«

Fietes buschige Brauen rückten zusammen. »Um die fünfundzwanzig. Schätze ich.«

Babyface trat einen Schritt dichter an Fiete heran. Einen Schritt zu dicht. Dank Danners Erläuterungen zum männlichen Territorialverhalten war mir klar, dass Fiete die Annäherung des Jüngeren auf knapp einen Meter als persönlichen Angriff werten würde.

Tatsächlich versteinerte Fietes Gesicht augenblicklich.

Noch mehr staunte ich aber fast darüber, dass Babyface den Schritt in Fietes Richtung durchaus als Angriff gemeint hatte.

»Ich habe bei sechsundfünfzig aufgehört zu zählen«, blaffte der Jüngere Fiete an.

Der Tätowierte ballte die Fäuste, als sein Blick den von Alwin Kopelski traf. Kopelski grinste schadenfroh.

»Hat sich über die Viecher etwa auch einer beschwert?«, schnauzte Fiete los. »Hast du gesehen, dass die Öko-Tusse am Eingang ein Lama hat?«

»Ihnen ist also bekannt, dass das Gesetz für den Eigenbedarf zwanzig Hühner vorsieht«, verbuchte Babyface den nächsten Punkt für sich. Von Fietes lautstarkem Ausbruch ließ er sich nicht einschüchtern. »Sind Ihre Tiere angemeldet?«

»Klar. Außerdem stören die hier hinten im Garten keinen, du Ei!« Fiete wurde immer wütender. Ich hielt es für durchaus denkbar, dass er Babyface eine reinhaute. Nach der Regel, Gewalt ist gleich Stärke.

»Vorsicht!«, warnte Hesskamp. Offenbar war ihm die brenzlige Situation nicht entgangen.

Kannten eigentlich alle Männer diese Regeln?, fragte ich mich unwillkürlich. Mein Blick flitzte von Fiete und Babyface über Matthias Hesskamp und Alwin Kopelski zu Danner.

Klar. Und ich kannte sie ebenfalls. Mein Vater hatte sie mir eingeprügelt. Aber egal, wie hart er zugeschlagen hatte: Auch ich war nicht zurückgewichen. Im Nachhinein ein ganz gutes Gefühl.

»Was wollen Sie mit den ganzen Hühnern?«, biss Babyface sich weiter fest. »Sie verspeisen wohl kaum jeden Tag eines.«

»Ich versorge meine Kumpel mit Eiern.«

»Umsonst?«

»Natürlich umsonst!«

»Pfffft!«, machte Babyface verächtlich. »Sie haben einen hübschen kleinen Nebenverdienst zu Ihren Hartz-IV-Bezügen am Laufen.« Er richtete seinen erhobenen Zeigefinger auf Fietes Nase. Nur Zentimeter trennten seine Hand von Fietes Gesicht.

»Ich kassiere keine Kohle von meinen Freunden«, zischte der.

Das war nicht mal gelogen, hier zahlte man ja mit Bier.

»Aber ich breche dir deinen Finger, wenn du ihn nicht runternimmst. Dann können wir auf dem Präsidium weiterreden. Sobald du aus dem Krankenhaus raus bist.«

Fiete sah tatsächlich aus, als könnte er jeden Moment eine neue Körperverletzung begehen.

Babyface schluckte. Er vergewisserte sich, dass sein Kollege noch neben ihm stand. Doch Matthias Hesskamp betrachtete gerade nachdenklich den schicken, gelben Sandstein unter seinen Füßen. Die naturbelassenen Platten waren unterschiedlich groß mit unregelmäßigen Kanten.

Etwas zu schnell ließ Babyface seinen Zeigefinger sinken.

»Verzieh dich, solange du noch kannst.« Fiete machte einen raschen Schritt auf den Beamten zu.

Der zuckte zurück und fauchte: »Drohen Sie etwa einem Polizisten?«

»War nur ein gut gemeinter Rat«, grinste der Schrebergärtner.

Matthias Hesskamp scharrte mit den Füßen, als wollte er klebrige Hühnerscheiße an den gelben Steinplatten abstreifen. »So schnell wirst du uns nicht los, Fiete.«

Klick.

Hier versteckt sie sich also. Innenstadt. Ein neues Wohngebäude. Sechsstöckig. Roter Klinker mit Balkonen aus grün lackiertem Metall. Direkt am Bergbaumuseum. Der rechte Balkon ganz oben.

Stockrosen in Keramikkübeln. Ein Blumenmeer. Handtellergroße Blüten. In Violett und Weiß. Ein violett gestrichenes Holztischchen neben einem Liegestuhl.

Ein dickes Buch in ihren Elfenhänden.

Die unendliche Geschichte. Der Zoom macht es möglich. Eine Träumerin. Zu schön, um wahr zu sein. Sie sucht noch immer den einen. Seelenverwandten. Der mit ihr geht. Sie begleitet. Und begehrt.

Keine Angst, du wirst begehrt, meine Elfe.

19.

Die Polizisten staunten nicht schlecht, nachdem sie die dicken, verzinkten Riegel von Fietes Schuppen gelöst und die Flügeltüren geöffnet hatten.

Fiete besaß an die hundert gut sortierte Marmeladengläser, gefüllt mit verschiedensten Schrauben, Nägeln, Dübeln und Muttern, mehrere Kilometer Gartenschlauch samt Duschköpfen und Wasserhähnen, Klappstühle aus Tropenholz und eine Ersatztoilette. Außerdem gut fünfzig angebrochene und noch verschlossene Farbeimer, eine Kinderschaukel aus Plastik, eine rostige Rutsche, Klappstühle aus Metall, Holzbretter in allen Längen, unbenutzte Grillgeräte, einen Stapel Waschbetonplatten, Klappstühle aus Plastik, Pumpen und Filter für Teichanlagen, kartonweise Fischfutter, nagelneue DVD-Player, Folien, Abdeckplanen und Teichschalen. Es gab einen Rasenmäherfuhrpark, ein Arsenal an Sensen, Kettensägen, Baumschneidern, Astkneifern, Heckenscheren mit Motor, mehrere Werkzeugkisten, Akkuschrauber, Bohrmaschinen, einen Dampfreiniger und einen Presslufthammer.

Am meisten bewunderten die Beamten jedoch den in einem hübschen Bogen angelegten Gartenweg aus gelbem Natursandstein.

Der gleiche teure Bodenbelag verbreitete im Vorgarten der Hesskamps sonnige Strandatmosphäre. Welch Zufall, dass während der Pflasterarbeiten vor zwei Jahren eine gute Tonne Material über Nacht aus dem hesskampschen Vorgarten verschwunden war. Dem Polizisten war es damals ein Rätsel gewesen, wie Diebe die schwere Beute, ohne Aufsehen zu erregen, hatten abtransportieren können.

Ich hingegen konnte mir jetzt, nach unseren ersten Erfahrungen als Neuschreber, gut vorstellen, wie Fiete, Bodo, Kröte und Sergej nachts mit Schubkarren angerückt waren. Mit vereinten Kräften war Hesskamps Pflaster garantiert in Minuten aufgeladen und lautlos in den Schrebergärten um die Ecke verschwunden gewesen. Zusammen mit Fietes aktueller Bewährung reichte das, um ihm eine vorläufige Unterbringung auf Staatskosten zu organisieren.

»Das zahl ich dir heim, Kopelski«, zischte Fiete den noch immer grinsenden Grizzly Adams an, als die Polizisten ihn in die Mitte nahmen.

Fiete glaubte, dass Alwin Kopelski ihm seinen alten Kumpel Matthias Hesskamp auf den Hals gehetzt hatte. Wieso? Wohl kaum wegen einer alten Feindschaft aus Kindertagen.

Die übrigen Schreber blieben ratlos zurück.

»Das war's dann wohl mit unserem Grillabend«, murmelte Bodo enttäuscht, als die Uniformierten außer Sicht waren.

»Und was ist damit?« Sergej packte die toten Hühner. An den gelben Füßen, die waren noch dran. Die Leichname baumelten in der Luft. Sabine und Chantal. Kopflos, halb gerupft und mit einem klaffenden Längsschnitt in der Brust. »Die können wir doch nicht vergammeln lassen.«

»Wär schade drum«, fand auch Bodo.

»Was ist?«, wandte sich Kröte an Danner und mich. »Kommt ihr nachher zum Grillen rüber?«

»Fiete sehen wir so schnell nicht wieder«, vermutete Danner. »Die werden ihn in U-Haft behalten, weil sie Angst haben, dass er sonst die Fliege macht.«

Ich war heilfroh, dass ich kein gegrilltes Bein von Sabine auf dem Teller hatte, sondern Pommes mit Ketchup von Molle. Ein Schnitzel hatte ich dankend abgelehnt, woraufhin sich Danner hatte halb totlachen wollen.

Tatsächlich hatte ich aber den Weg eines halben Hähnchens auf den Teller noch nie so unmittelbar miterlebt wie heute. Plötzlich erschien mir der Gedanke, mich in Zukunft vegetarisch zu ernähren, durchaus verlockend.

»Du meinst, Fiete taucht überhaupt nicht wieder auf?«

Danner schob sich ein großes Stück Schnitzel in den Mund: »Bewährt hat er sich nicht gerade. Den Rest seiner Strafe kann er jetzt absitzen.«

»Selbst schuld«, meinte Molle. »Einem Bullen die Steine aus dem Garten zu klauen, grenzt ja an Geistesschwäche.«

Ich musste an die Knastträne denken. *Das machen Menschen, die eher für das Leben hinter Gittern planen als für die Zeit draußen*, hatte Danner gesagt.

»Fiete denkt, er hat die Verhaftung Alwin Kopelski zu verdanken«, bemerkte ich.

»Hab ich mitgekriegt«, brummte Danner kauend. »Wir brauchen also nicht zu befürchten, dass Fiete uns mit Spaten bewaffnete Schläger auf die Parzelle schickt.«

»Kopelski hat es gar nicht bestritten«, ließ ich nicht locker. »Ist das nicht komisch?«

Immerhin wussten wir sicher, dass Danner derjenige gewesen war, der die Polizei in die Kleingartenanlage bestellt hatte.

»Kopelski schien sogar erfreut über Fietes Ärger zu sein«, schilderte ich meine Beobachtungen. »Ich halte es immer noch für möglich, dass Fiete ein Verhältnis mit Bine hat. So dicke Freunde, wie es auf den ersten Blick scheint, sind Alwin und er jedenfalls nicht.«

Danner ließ die Gabel sinken. »Weil Fiete sich an seine Frau rangemacht hat?«

»Vielleicht kam es deshalb zum Krach zwischen den Kopelskis, in dessen Anschluss Bine spurlos verschwunden ist?« Ich steckte mir eine Pommes in den Mund. »Jedenfalls würde ich Fiete gern genauer nach seiner Beziehung zu Bine Kopelski befragen.«

Klick.

Sie ist neu hier. Aber die Gartenarbeit passt nicht zu ihr. Das Unkraut jätet sie nur für ihn. Sie hat blaue Augen in einem kleinen, spitzen Gesicht. Die blonden Haare eher kurz als lang, ungekämmt. Der schlabberige, lila Pulli verhüllt ihren mickrigen Körper. In ihren zerrissenen Jeans wirkt sie rebellisch. Wie junge Leute sein wollen.

Aber ihr Blick sagt etwas anderes. Ein Foto kann man nicht belügen. Ihre Augen sind groß, ernst und misstrauisch. Man sieht ihr an, dass ihre Seele verletzt wurde.
Anders ist nicht zu erklären, dass sie den notgeilen, alten Sack ranlässt. Schmuddliger Kerl. Glatze, unrasiert, dicke Oberarme. Dabei könnte er ihr Vater sein.
Jemand muss die Kleine beschützen.

20.

Um vier Uhr nachts hielt der winzige, feuerrote Wagen vor Hausnummer 68.

Pizza-Taxi – Wir liefern rund um die Uhr, stand in gelber Schrift auf dem knallroten Lack. Bestellten denn viele Menschen nach Mitternacht eine Pizza?

Zumindest für den Bewohner des Reiheneckhauses schien das nichts Ungewöhnliches zu sein. Hinter den dünnen Vorhängen flimmerte künstliches Licht. Fernsehen oder Computer, vermutete ich.

Eher Computer. Denn beim Fernsehen schliefen die meisten Leute doch irgendwann ein, während ein Computerfreak beim guten Lauf eines Onlinespiels locker eine Nacht durchzocken konnte. Und vielleicht sogar erst morgens um vier von seinem knurrenden Magen daran erinnert wurde, dass er das Abendbrot vergessen hatte.

Nummer 68 war das erste Haus des zweiten Komplexes der Reihe ehemaliger Zechenarbeiterhäuschen.

Ein Mann öffnete der Pizzalieferantin. Das Alter des Typs ließ sich schlecht einschätzen. Dünn und schlaksig war er. Jeans und Turnschuhe, mit Gel in die Höhe gestrubbelte

Haare und eine dicke, eckige Hornbrille auf seiner dünnen Nase ließen ihn wie einen Realschüler wirken. Die Ringe und Falten um die Augen hinter der Brille zeugten von fehlendem Schlaf. Er passte ganz gut zu meiner Vorstellung eines Computersüchtigen.

»Die achtundsechzig«, sagte die Pizzabotin.

Danner joggte mit ein paar raschen Schritten durch den Vorgarten und legte die Zeitung auf den Karton, der die Teigfladen enthielt.

Unterdessen machte ich mich auf den Weg zum nächsten Hauseingang. Zu zweit kamen wir mit dem Ausliefern zügig voran.

Huch! Ein Bewegungsmelder sprang an.

Erschrocken fuhr ich zusammen, als ich im aufflammenden Licht eine weiße Gestalt im Hauseingang entdeckte.

Ein Gespenst?

Beim zweiten Hinsehen verwandelte sich das Gespenst in eine dürre, alte Frau, die im hellen Morgenmantel auf dem Plastiksitz eines Rollators hockte. Weiße Haarsträhnen hingen über knochige Schultern, runzlige Wangen fielen unter hervorquellenden Augen nach innen, blau geäderte Füße standen nackt auf den Fliesen im Windfang.

Ich meinte, Alkohol zu riechen.

»Guten Morgen«, grüßte ich, nachdem ich mich vom ersten Schreck erholt hatte.

Die Alte musterte mich grimmig. »Was glotzt du so blöd?«

Ich hielt ihr das zusammengerollte Blatt hin: »Ihre Zeitung, Frau …«, ich las das Klingelschild, »Sprack.«

»Werd bloß nicht frech!« Das Gespenst schnappte mir das Blatt aus der Hand. »Und glotz mich nicht an, hab ich gesagt!«

Blitzschnell hatte sie die Zeitung zusammengefaltet, ausgeholt und mir um die Ohren geschlagen.

»Hilfe! Überfall! Hilfe!«, kreischte sie, rutschte mit ihrer Gehhilfe zurück in den Hauseingang und donnerte die Tür zu.

Verblüfft stand ich da. Das Gespenst war verrückt. Wahrscheinlich hatte es mit seinem Auftritt die gesamte Nachbarschaft hinter den hellhörigen Reihenhauswänden geweckt. Und irgendein hilfsbereiter Nachbar hetzte uns in diesem Augenblick die Polizei auf den Hals.

Tatsächlich ging jetzt das Licht neben der nächsten Haustür an. Der Mann, der sich unter dem Türrahmen hindurchbückte, war hauptsächlich riesig. Und leicht übergewichtig, doch bei seiner Körpergröße verteilten sich die überflüssigen Pfunde bequem. Volles, graues Haar schmiegte sich an die Schläfen seines quadratischen Gesichts. Seine Haltung war lässig, was nicht recht zu den dünnen, haarigen Beinen passen wollte, die aus seiner fliederfarbenen Pyjamahose ragten und in Badelatschen endeten.

Suchend sah er sich nach der Ursache des Geschreis um. Er war bestimmt über sechzig, hatte sich aber gut gehalten. Das Gesicht war faltenfrei, das volle Haar gekämmt, das Kinn rasiert.

Jetzt sah Danner aus, als stünde er vor einem Geist. Ich bemerkte es, weil ich durch den Vorgarten der verrückten Frau auf ihn zulief. Doch Danner fing sich beinahe sofort wieder und brachte dem Riesen seine Zeitung.

»Guten Morgen, Herr Mattek.«

Irgendwo ganz hinten in meinem Kopf klickte es. Den Namen hatte ich schon mal gehört.

Der Riese musterte Danner mit nachdenklichem Gesicht. Interessanterweise bildete sich auch dabei keine einzige Falte auf seiner Stirn.

»Danner«, begrüßte der Pyjamaträger den Detektiv. »Tragen *Sie* jetzt die Zeitung aus?«

»Von irgendwas muss man ja leben«, grinste Danner schulterzuckend. »Die Geschäfte laufen im Moment nicht. Die Wirtschaftskrise lässt uns alle darben.«

»Sie veräppeln mich. Sie haben doch neulich erst diesen Todesengel-Fall aufgeklärt.«

»Wer eine Frau hat, braucht sich ums Geldausgeben keine Gedanken zu machen.«

Wie bitte?

Doch der Mann in der Haustür lachte, als hätte Danner einen Witz gerissen. Danners Blick wanderte unterdessen an der schmalen Reihenhausfassade hinauf. »Und Sie leben nicht mehr in der Innenstadt?!«

Der Riese verschluckte sich an seinem Lachen.

»Zurzeit nicht.« Erst jetzt schien er zu bemerken, dass er im Pyjama vor Danner stand. Er trat einen Schritt ins Haus zurück.

»Ist die Sprack wieder stramm, dass die hier so rumbrüllt?«, wechselte er unvermittelt das Thema. »Seien Sie vorsichtig, im Suff wird sie schnell aggressiv. Ihre Vorgängerin hat sie mit einem Messer angegriffen.«

Danner wurde hellhörig: »Frau Kopelski?«

»Ich glaube, so heißt sie. Sie wohnt da drüben.« Der Riese deutete eifrig an der Häuserreihe entlang. Offensichtlich war er froh, das Gespräch von seiner eigenen Wohnsituation abgelenkt zu haben.

»Ist der Zustellerin bei dem Angriff etwas passiert?«, hakte Danner sofort nach.

Ich hörte aufmerksam zu. Natürlich musste die Ursache der Blutspuren in der Küche der Kopelskis gar nicht dort entstanden sein. Genauso denkbar war, dass Bine Kopelski nach einem Angriff verletzt hereingekommen war.

Doch der Riese winkte ab: »Ach wo. Die Sprack ist nicht

gut zu Fuß. Trotzdem sollten Sie auf Überraschungen gefasst sein.«

Der Mann verschwand mit der Zeitung im Haus.

Danner fing an zu grinsen.

»Hilf mir«, forderte ich ungeduldig. »Wer ist der Typ?«

Klick.

Er hält ihre Hand zu lange fest. Zu lange, um nur eine Pizza zu bezahlen. Sie lässt es zu. Lächelt mit roten Lippen.

Ist am Ende sie der Grund seiner ständigen Bestellungen?

Hat er es auf meine schöne Italienerin abgesehen?

Dabei scheint er leise, schüchtern fast. Kein Mann, auf den die Damen gewöhnlich fliegen. Hat auch nie Frauenbesuch. Eigentlich ein Chancenloser.

Doch ihr Lächeln sagt etwas anderes.

21.

»Warum zum Teufel hast du nicht erwähnt, dass der Polizeipräsident bei dir nebenan wohnt?«, schnauzte Danner in sein Handy. Er hatte den Lautsprecher angeschaltet.

»Schschschscht!«, hörte ich Matthias Hesskamp zischen. »Ich bin gerade im Präsidium.«

Hallende Schritte. Er ging auf den Flur.

»Kein Wort darüber, Ben! Auch nicht zu Staschek, kapiert? Bis jetzt hat es keiner mitgekriegt. Und das soll auch so bleiben, sonst hab ich meinen Ruf als Spitzel vom Dienst weg. Du weißt doch, wie schnell das geht.«

Danner schnaufte.

»Das Haus, in dem ich lebe, ist mein Elternhaus«, rechtfertigte sich Hesskamp aufgebracht. »Seit über hundert Jahren lebt meine Familie in Gerthe. Mein Urgroßvater ist bei dem Grubenunglück 1912 umgekommen. Mein Großvater ist noch bis zur Schließung in *Lothringen* eingefahren. Was kann ich dafür, dass Mattek plötzlich nebenan einzieht?«

»Seit wann wohnt er da?«, wollte Danner wissen.

Die Frage ließ mich zusammenzucken. Das interessierte Danner wohl kaum, weil er glaubte, dass der Polizeipräsident etwas mit Bine Kopelskis Verschwinden zu tun haben könnte.

Mein Blick suchte die Augen meines Freundes, doch er wandte sich mit dem Handy am Ohr ab und entfernte sich ein paar Schritte.

Die Antwort war sowieso klar: Er wollte wissen, ob *sie* womöglich auch dort wohnte. Klara Peters, Matteks letzter Scheidungsgrund und Danners Lieblingsfeindin.

»Er ist kurz nach Weihnachten eingezogen«, erklärte Hesskamp.

»Allein?«

»Frag doch gleich, ob er noch mit der Peters zusammen ist«, fauchte Hesskamp gereizt.

Ich hatte die Frage kommen sehen. Trotzdem trafen mich die Worte wie eine Nadel. Ins Herz.

Nach der Trennung von der Schlampe hatte sich Danner zehn Jahre lang auf keine neue Beziehung eingelassen. Noch heute knisterte die Luft, wenn die beiden aufeinandertrafen. Ob vor Erotik oder Feindseligkeit, konnte ich nicht sicher sagen.

»Die Peters ist wohl in der Eigentumswohnung in der Innenstadt geblieben.« Hesskamp dämpfte seine Stimme wieder. »Sieht aus, als hätten sie sich getrennt. Geht mich aber nichts an.«

Danner schüttelte unzufrieden den Kopf, nachdem er das Gespräch beendet hatte: »Auf solche Überraschungen kann ich verzichten. Wir sollten uns dringend einen besseren Überblick über die Siedlung verschaffen.«

Ich versuchte, die nagende Eifersucht zu ignorieren, die mir einflüsterte, dass er in Wirklichkeit nur mehr über das Privatleben seiner Exverlobten herausfinden wollte.

In der Frühe eine Person aufzutreiben, die genau über die Nachbarschaft informiert war, war kein Problem. Silvia Fromm strahlte, als wir auf dem Willkommensgruß ihrer Fußmatte standen.

»Herr Danner! Frau Ziegler! Schön, dass Sie vorbeischauen, ich habe Neuigkeiten für Sie.«

Sollten nicht eigentlich wir diesen Spruch aufsagen?

»Kommen Sie rein. Der Kaffee ist gerade durch.«

Eine Hellseherin?

»Meine Tochter bringt gleich den Kleinen. Dienstag- und Donnerstagvormittag arbeitet sie wieder. Setzen Sie sich schon mal auf die Terrasse.«

Mit aufmunternden Handbewegungen scheuchte sie uns durch den Flur. Ich widerstand dem spontanen Impuls, meine Turnschuhe ausziehen zu wollen. Die großen Fliesen spiegelten blitzblank. Drei altmodische Paar Schuhe standen auf einem dafür vorgesehenen Brett unter der Garderobe. Zwei Jacken hingen am Haken. Am Stoffverlauf der Willkommensaufschrift der Fußmatte konnte ich noch die Streifen erkennen, die der Staubsauger hinterlassen hatte. Kein Staub auf den Bilderrahmen, keine Fingerabdrücke am Spiegel. Trotz Enkelkind.

Die Raumaufteilung war bekannt. Neben dem Flur eine kleine Küche, dahinter das Wohnzimmer mit Sofagarnitur und zweiflügeliger Terrassentür. Draußen stand eine wetterfeste Sitzgruppe, umringt von Plastikrehkitzen.

»Die Sprack ist wieder auf die Zeitungsleute losgegangen«, verkündete die Fromm in der Küche, noch bevor sie mit einem mit Rosen bedruckten Tablett auftauchte.

»Ach, wirklich?«, wunderte sich Danner.

Weder Katrin Hesskamp noch Silvia Fromm wussten, dass Danner und ich Bine Kopelskis Zustellerjob übernommen hatten. Wie hatte unsere Auftraggeberin so schnell vom Gespensterangriff erfahren?

»Der Herr Präsident hat es erzählt«, zögerte sie nicht, uns aufzuklären. »Und Lorenz Wiesinger aus dem Eckhaus soll es auch gesehen haben. Vielleicht wollen die Zeitungsleute Anzeige erstatten.«

Da wusste sie sogar mehr, als die Zeitungsleute selbst.

»Der Polizeipräsident? Herr Mattek?«, hakte Danner nach. Womit wir wieder beim Thema waren.

»Schön, so jemanden in der Nähe zu haben.« Silvia Fromms rote Wangen röteten sich noch ein wenig mehr vor Stolz über die Beinahe-Prominenz in der Nachbarschaft. »Der sorgt, wenn nötig, auch mal für Ruhe. Er wohnt ja links neben der Sprack. Als sie auf Bine losgegangen ist, war er sofort zur Stelle und hat die Sprack in die Psychiatrie bringen lassen. Seitdem lässt sie ihn in Ruhe. Und Lorenz Wiesinger im Eckhaus, das ist ein ganz Ruhiger. Er macht wohl irgendwas mit Computern, jedenfalls sieht man ihn nie. Ist einer von den jungen Kreativen, die neuerdings die Wirtschaft ankurbeln sollen. Mit dem kann sich nicht mal die Sprack anlegen.«

»Und wie kommt Matteks Frau mit der schlecht gelaunten Nachbarin zurecht?«, erkundigte sich Danner.

»Eine Frau hat der nicht.« Silvia Fromm dämpfte verschwörerisch die Stimme. »Drei Exfrauen kassieren ihn ab, hab ich gehört. Aber die Finger von den Weibern kann er noch immer nicht lassen.«

Jetzt erinnerte ich mich dunkel an meine Begegnung mit dem Polizeipräsidenten.

Sie tanzen nicht, Sie schweben, Lila.

Matteks riesige Hand liegt nicht auf meinem Rücken, sondern auf meinem Hintern, wo ich sie mit Sicherheit nicht haben will. Ich brauche besorgniserregende drei Anläufe, bis ich seine Pranke in die richtige Position geschubst habe.

Matteks Schwäche für das andere Geschlecht war kein Geheimnis.

»Ist ja auch ein schmucker Mann, für sein Alter.« Silvia Fromm wiegte den Kopf hin und her, während sie an ihrer Kaffeetasse nippte. »Und sicher kein Kostverächter. Ich will ja keine Gerüchte in die Welt setzen …«

Nein, so etwas lag Silvia Fromm vollkommen fern.

»… aber ich glaube, er hat was für die Hausschulz übrig.«

Jetzt horchte ich auf: »Für wen?«

»Jeanette Hausschulz, die Nachbarin aus der Nummer 78. Verheiratet, drei Kinder.« Der Busen der Fromm schien anzuschwellen, weil sie sogar echten Privatdetektiven Neuigkeiten erzählen konnte.

»Eigentlich sind wir hier, weil wir gehofft haben, Sie könnten uns einen Überblick über die Siedlung und ihre Bewohner verschaffen«, schmeichelte ich noch ein wenig mehr. »Sie scheinen sich ja besonders gut auszukennen.«

»Natürlich.« Silvia Fromm holte Luft, wie vor einem langen Tauchgang. Der Kaffee und der Arbeitseifer ließen ihre Wangen leuchten. »Ich bin hier aufgewachsen, komme ursprünglich aus einer der großen Bauernfamilien in Gerthe.

Sie wissen sicher, dass der Bochumer Norden bis Ende des neunzehnten Jahrhunderts hauptsächlich von der Landwirtschaft lebte?«

Danner nickte rasch.

Bauern? Einen Rückblick bis in die Steinzeit hatte ich nicht gemeint. Ich bemerkte, dass Silvia Fromm auf eine Antwort von mir wartete. In dem halben Jahr, seit ich im Ruhrgebiet gestrandet war, hatte ich noch nichts von den Bochumer Bauern gehört.

»Du weißt schon, die Sache mit dem Kuhhirten.« Danner boxte mir einen Ellenbogen in die Rippen. Den Kuhhirten kannte ich natürlich. Der grüßte als Wahrzeichen Besucher in der Innenstadt. Doch als ich halbherzig nickte, war es schon zu spät.

»Noch Mitte des neunzehnten Jahrhunderts war die Gegend hier ländlich geprägt: Es gab Felder, Wiesen und Bauernhöfe. Bis der berühmten Sage nach ein Hirte bemerkte, dass die schwarzen Steine neben seinem Lagerfeuer Feuer gefangen hatten.«

Ach so. Der mittelalterliche Cowboy hatte also die Kohle entdeckt. Deshalb die Heldenverehrung.

»Mit Beginn der Industrialisierung rückte die Landwirtschaft in den Hintergrund, 1870 trieb der letzte Kuhhirte seine Tiere von der städtischen Weide. Dafür zog der Bergbau Menschen aus ganz Europa an und Bochum wuchs innerhalb von hundert Jahren vom Zweitausend-Seelen-Städtchen zur Großstadt. Mein Großvater hat sein Land verkauft und meine Eltern haben in der Zeche gearbeitet. Ich habe den Bergbau in Gerthe noch miterlebt.«

Klang fast, als wäre Silvia Fromm ein sprechendes Fossil.

»Das Gebäude, in dem wir uns befinden und das baugleiche Haus nebenan wurden zwischen 1952 und 1956 für die

Zechenarbeiter errichtet. Damals sind hier ganze Straßenzüge aus dem Boden geschossen«, referierte Silvia Fromm weiter. »Jedes der beiden Häuser enthält fünf Wohnparteien. Ganz hinten im Eckhaus des Gebäudes nebenan, in der Nummer 68, wohnt der Lorenz Wiesinger. Zur Miete übrigens. Er ist vor fünf Jahren hergezogen.«

Der Pizza-Fan, jetzt wurde es interessant.

»Bis 2008 hat ein Sohn der Besitzerfamilie das Haus noch selbst bewohnt. Aber dann hat er bei der Schließung des Nokiawerks seinen Job verloren und ist ins Ausland gegangen. Daneben lebt die besoffene Sprack, die Miete zahlt wohl das Amt. In der Mitte der Polizeipräsident. In dem Gebäudeteil der Schröders lebt noch der Junge, der Archibald, mit seinem Hund. Ganz allein, der Arme, seit die Mutter verstorben ist.«

Silvia Fromm redete vermutlich von der gut gekleideten Pudeldame. Mit dem ›Jungen‹ meinte sie dann wohl den Hundebesitzer, der längst über fünfzig war.

»Und auf der anderen Ecke wohnen die Ebel-Brüder, die sind auch hier geboren. Der Jüngere ist schon ewig bei Opel.«

Danner kratzte sich am Kopf. »Ich glaube, ich mach mir 'ne Skizze.«

Tatsächlich zückte er Kugelschreiber und Notizblock.

»Im Eckhaus unseres Gebäudes wohnt die Familie Hausschulz. Er ist Fernfahrer, die ganze Woche unterwegs. Sie kümmert sich um die drei Kinder.«

Und neuerdings auch um den Polizeipräsidenten?

»Meine Tochter und ihr Mann wohnen daneben. Mit meinem kleinen Enkel Leon. Das ist ein ganz süßer Wonneproppen. In der Mitte haben wir das Haus von Bine und Alwin, nebenan die Hesskamps und hier im Eckhaus lebe ich allein, seit mein Mann vor drei Jahren gestorben ist.«

Danner kritzelte die Namen in die grob skizzierten Reihenhäuser in seinem Notizblock.

»Wie kam es zu der Messerattacke?«, nutzte ich Silvia Fromms Atempause, um selbst zu Wort zu kommen. »Gab es Streit zwischen Frau Sprack und Bine Kopelski?«

»Ach!«, Silvia Fromm schnaufte verächtlich. »Die Sprack stiftet gern Unruhe. Sie beklagt sich ständig. Die Zusteller wären unhöflich, zu spät, unzuverlässig. Sie hat die Zeitung auch schon mal selbst verschwinden lassen, um sich beschweren zu können. Kein Wunder, dass Bine den alten Drachen hasst.«

»Hasst?« Ein starkes Wort für eine Kundin, der man die Zeitung brachte.

Silvia Fromm rührte einen Löffel Zucker in ihren Kaffee. »Na ja, die beiden sind sehr gegensätzlich. Die Sprack hat ihren Kerl vor vielen Jahren rausgeschmissen und drei Kinder allein großgezogen. Als die Kinder aus dem Haus waren, hat sie mit dem Saufen angefangen.«

»Und?«

Silvia Fromm rührte noch immer in ihrem Kaffee.

»Bine hat nichts übrig für Menschen, die nicht arbeiten.«

Hm. Das konnte zu Schwierigkeiten führen, wenn der eigene Ehepartner ebenfalls seit Jahren keinen Job mehr fand.

»Sie hat die Sprack wohl mal als Parasiten beschimpft«, druckste Silvia Fromm herum. »Danach hat die Sprack angefangen, ihr aufzulauern. Nachts hat die auf der Straße rumgebrüllt. Bine solle sich bloß nichts einbilden auf ihre Ehe und ihren Zeitungsjob. Sie würde lieber allein saufen, als einen Typen wie Alwin zu bedienen.«

Oha, das Gespenst besaß ein Gehirn.

»Das ging so weit, dass sie irgendwann mit dem Messer auf Bine losgegangen ist«, beendete Silvia Fromm ihren Bericht.

»Wurde Bine bei der Attacke verletzt?«

Der Kaffeelöffel klingelte gegen die Keramik.

»Ich glaube, die Sprack hat sie an der Schulter erwischt. Jedenfalls wollte sie Anzeige erstatten.«

Danner hatte aufgehört, Häuser zu malen.

»Glauben Sie, Frau Sprack könnte mit Bine Kopelskis Verschwinden in Zusammenhang stehen?«, mischte er sich ein.

Auf einmal war es still. Silvia Fromm rührte nicht mehr in ihrem Kaffee, sondern starrte Danner staunend an: »Also jetzt, wo Sie es sagen ...«

Klick.

Der Behinderte besucht wieder das Lama. Sein Bruder geht oft mit ihm in den Gärten spazieren. Er darf bei der Heufütterung helfen.

22.

Es gab nur eine Möglichkeit herauszufinden, ob die Sprack Bine Kopelski tatsächlich mit einem Messer an der Schulter verletzt hatte: Wir mussten sie selbst fragen.

Wenn ja, wäre das eine mögliche Erklärung für die Blutspuren in der Küche der Kopelskis. Außerdem war ihr Ehemann dann nicht der Einzige, mit dem Bine Kopelski Streit gehabt hatte.

Danner hielt den Klingelknopf gedrückt. Ein durchdringendes Rasseln schnarrte durch das ganze Haus. Weder Wände noch Haustür dämpften den Schall nennenswert. Drinnen regte sich nichts.

»Die schläft ihren Rausch aus«, winkte ich ab.

Danner drückte die Klingel im Intervall. *Anneliese Sprack* las ich auf dem Briefkasten.

Ich trat einen Schritt zurück, raus aus dem Windfang, in dem noch immer der Rollator stand. Die Hände in den Taschen meiner Cordjacke betrachtete ich das Fenster links neben der Haustür, direkt über den Plastiktonnen für Restmüll, Grünschnitt und Papier. Dahinter lag die Küche, vermutlich. Dann wanderte mein Blick zurück zur Haustür. Anscheinend noch der Originaleingang aus den Fünfzigern. In Augenhöhe war ein Messingring als Klopfer angebracht.

Danner entdeckte das Teil im gleichen Moment und knallte den Metallknauf lautstark gegen die hohl klingende Tür.

Nichts.

Dafür streckte der Pizza-Fan seinen Kopf heraus.

»Guten Morgen«, lächelte ich freundlich.

Er zog den Kopf zurück wie eine erschrockene Schildkröte. Anscheinend war der junge Kreative schüchtern.

Ich trat an die Mülltonnen heran.

»Guten Morgen«, ließ mich ein Gruß innehalten.

Genervt sah ich mich um. Hier war ja mehr los, als vor dem Hauptbahnhof in der Innenstadt. Der Mann mit Pudel führte sein stilbewusstes Haustier am Vorgarten vorbei.

Die Hundedame kackte ihr Häufchen auf Frau Spracks von Unkraut überwucherten Kiesweg, den das Tier offenbar für eine Wiese hielt.

Was der Pudel an Geschmack zu viel hatte, fehlte seinem Herrchen. Doch dafür erwies sich der blond gelockte Pulunderträger als besser erzogen. Mithilfe eines Plastikbeutels sammelte er die Hinterlassenschaft seines Lieblings ordnungsgemäß ein. Dann verschwanden Pullunderträger und Pudel zwei Haustüren weiter in Nummer 74.

Mit einem Satz schwang ich mich auf den Deckel der Papiertonne und spähte in das gardinenlose Küchenfenster. Auf der Fensterbank hinter der Scheibe war ein gutes Dutzend Spinnen um eine Flasche Himbeergeist herum damit beschäftigt, aus massenweise winzigen, toten Fruchtfliegen passend portionierte Zwischenmahlzeiten zu wickeln. Wie erwartet, blickte ich in eine Küche. Eine verlotterte Küche, auch das war keine Überraschung. Auf der Eckbank stapelte sich Gerümpel, auf der Spüle Geschirr, auf dem Stück Boden, das ich einsehen konnte, Einkaufstüten und gelbe Säcke voller Abfall. Eine Waschmaschine erbrach nasse Klamotten in das Chaos. Und zwischen Handtüchern, Socken und Spitzen-BHs lag ein rissiger, von Hornhaut verkrusteter – Fuß?!

Ich schluckte trocken. Drückte meine Nase an die fleckige Fensterscheibe, um besser sehen zu können.

Der Fuß war noch da.

»Schöne Scheiße«, stöhnte ich.

Ich prallte zurück, als hätte ich eine Glastür übersehen. Der Gestank war überraschend ausgeprägt.

»Nee!«, stöhnte auch Danner. Mit einem Tritt hatte er das Türschloss aus dem morschen Holz gebrochen, während ich den Notruf absetzte. »Das geht ja gar nicht.«

Die überwärmte Luft im Reihenhaus von Frau Sprack war zum Schneiden dick. Im Geruchsgemisch identifizierte ich Erbrochenes, vermodernde Wäsche und Alkohol.

»Sie muss erstickt sein«, schlussfolgerte ich.

»Warte hier.« Danner presste sich den Ärmel seiner Jacke auf den Mund und verschwand im Flur. Zum ersten Mal spielte ich mit dem Gedanken, tatsächlich auf ihn zu hören. Aber nur für einen kurzen Moment.

Schon der Eingangsbereich verriet die schwere Erkrankung der Bewohnerin. Das hier war keine vollgestapelte Messie-Bude. Nur Chaos und Schmutz. Herumliegende Schuhe und Jacken, Einkaufstüten voller Flaschen, einfach abgestellt, die Tageszeitungen, die jeden Morgen auf einem Stapel neben der Tür landeten, ohne gelesen zu werden.

Anneliese Sprack interessierte sich einfach nicht mehr für die Welt, in der sie lebte. Die Frau war alkoholabhängig. Schwerstkrank. Keine Luxus-Trinkerin wie meine Mutter, die mit einer Pulle Sekt zum Frühstück verdrängte, dass sie sich eigentlich scheiden lassen müsste.

Hier gab es Wodka und Himbeergeist.

»Sie lebt«, hörte ich Danner aus der Küche.

Ich hätte aufgeatmet, wenn der Gestank es zugelassen hätte. Zögernd trat ich in die Küchentür. Obwohl ich ahnte, was ich zu sehen bekam, übertraf der Anblick meine Erwartungen. Zwischen den schimmelnden gelben Säcken und der Schmutzwäsche hatte die Sprack quer durch die Küche gekotzt. Und nicht das erste Mal. Seit Wochen hatte sie es sich erspart, die Sauerei wegzuputzen.

Jetzt lag sie im Erbrochenen. Schnarchend. Im offenen Morgenmantel. Eine schlappe, alte Brust und ein Slip aus dunkelblauer Spitze ragten unter dem Frotteestoff hervor.

Danner drehte sie in die stabile Seitenlage.

Ich trat über ihre nackten Beine hinweg an den Küchentisch, auf dem sich neben vier Dosen mit Speckbohnen die Post stapelte. Obenauf mehrere Briefe. Der Absender weckte augenblicklich meine Neugier.

Das Amtsgericht.

Schnell überdachte ich die Situation.

In spätestens fünf Minuten würde der Notarzt eintreffen und die Sprack mitnehmen. Die, wenn sie irgendwann wieder ansprechbar war, uns im besten Fall beschimpfen würde. Wahrscheinlich würde sich irgendeine Betreuerin um den Briefstapel kümmern.

Genug gedacht. Ich riss den obersten Brief vom Amtsgericht auf. Gerichtstermin. Strafsache wegen versuchter Körperverletzung. Schon nächste Woche sollte die Sprack sich wegen der Messerattacke auf die Zeitungszustellerin Sabine Kopelski verantworten.

Volltreffer.

»Bine Kopelski hat die Sprack angezeigt«, informierte ich Danner. »Der Gerichtstermin ist nächste Woche.«

Blaulicht zuckte über den Müll, als der Rettungswagen vor dem Haus zum Stehen kam.

Danner musterte die schnarchende Besoffene. »Vielleicht ein Grund für den Vollrausch.«

»Vielleicht auch ein Grund für Bine Kopelskis Verschwinden?« In Gedanken setzte ich Anneliese Sprack auf die Liste meiner Lieblingsverdächtigen für das Verschwindenlassen von Bine. Unter den einzigen anderen, den ich mir bisher im Geiste notiert hatte: Alwin Kopelski.

Klick.

Mist. Eine Zimmerpflanze ragt ins Bild.

Trotzdem ist das Wesentliche zu erkennen: Die Frau liegt am Boden. Geknebelt und blutend. Die Augen aufgerissen. Die Beine gespreizt. Sie hat Angst. Und Schmerzen.

Nur ein kranker Mann kann so etwas erregend finden.

23.

Ich war noch nie im Gefängnis gewesen. Als Häftling nicht, klar, aber auch nicht zu Besuch. Und das, obwohl mein Vater Oberstaatsanwalt war.

Eine Tatsache, die mir heute zum ersten Mal seltsam vorkam. Doch für den Hautausschlag der Meerschweinchen im Zoo hatte ich mehr Interesse aufgebracht als für die Arbeit meines Vaters.

Staschek hatte uns tatsächlich ein spontanes Date mit Fiete organisiert. Bisher war ich nicht einmal darüber informiert gewesen, dass sich die Justizvollzugsanstalt Bochum ganz in der Nähe befand: im Ortsteil Grumme, neben der Bereitschaftspolizei und gegenüber vom Stadion.

Praktisch, so brauchten die Polizisten nur über die Straße zu gehen, wenn die VfL-Fans mal wieder eine Niederlage nicht verkrafteten.

Der Besuchereingang befand sich an der Rückseite des Geländes. Wir passierten ein Pförtnerhäuschen und näherten uns über einen videoüberwachten Platz dem Eingang. Zu sehen gab es nicht mehr als eine Tür in einem flachen Backsteinbau, über der große, schwarze Blockbuchstaben auf die Nutzungsart des Gebäudes hinwiesen.

Einfach eintreten konnte man allerdings nicht. Im Vorraum standen wir zusammen mit weiteren Besuchern vor zwei von Sicherheitsglas geschützten Justizvollzugsbeamten. Ihre Stimmen schnarrten aus Lautsprechern. Die Besucher wurden angewiesen, Ausweise, Handys, Portemonnaies, Uhren, Rauschgiftvorräte, alle Arten von Waffen und ihre Toupets abzulegen.

Im Gegenzug erhielt man einen Besucherausweis und eine Nummer, damit man auch das richtige Toupet zurückbekam.

Im Computer wurde kontrolliert, ob man eine Besuchserlaubnis hatte. Erst wenn die Identität des Besuchers geklärt war und feststand, dass er keine Feile im Schuh einschmuggelte, öffnete ein grimmig dreinblickender Beamter mit klirrendem Schlüssel die Sicherheitsschleuse.

Drei ausländisch aussehende junge Männer verschwanden gerade im Gebäude und eine ältere Frau trat vor die streng durch die Glasscheibe blickende Beamtin.

Die Frau murmelte undeutlich ihren Namen. Sie wollte nicht, dass wir ihn hörten, begriff ich.

Nachdenklich betrachtete ich die farblosen Haarsträhnen, die sich aus ihrem unordentlich gebundenen Zopf gelöst hatten und ihr ins zerfurchte Gesicht hingen. Den zwischen den Schultern eingeklemmten Kopf, das gebeugte Rückgrat unter der Bluse.

Sie wollte nicht gesehen werden. Sie schämte sich, hier zu sein. Wen sie wohl besuchte? Ihren Mann? Ihr Kind? Oder ihre Eltern?

Sogar das war möglich …

Die letzte Besucherin, die noch darauf wartete, an den Schalter gerufen zu werden, wollte bestimmt zu ihrem Mann, fantasierte ich weiter. Sie war groß, schlank, gepflegt, geschminkt und blondiert, attraktiv im geschmackvollen Hosenanzug in Pastell. Eine, der man auch auf einer Geburtstagsfeier des Oberstaatsanwaltes begegnen könnte.

Ich spürte, wie sich der bereits kurz aufgeblitzte Gedanke entfaltete. Wie ein gerade aus dem Kokon geschlüpfter Schmetterling, der seine schillernd schönen Flügel ausbreitete. Ich konnte nicht verhindern, dass mein Blick sich an der chirurgisch verkleinerten Nase der fremden Frau festsog.

So würde meine Mutter auf einen Besuch bei meinem Vater warten, wenn er endlich da gelandet war, wo er hingehörte.

Der Besucherraum war ein schmuckloses Zimmer mit weißen Wänden, einem Tisch und ein paar Stühlen aus Plastik.

Fiete wartete bereits auf uns, als wir hereinkamen. Naiverweise hatte ich erwartet, ihm im schwarz-weiß gestreiften Häftlingsoutfit zu begegnen. Doch er trug wie immer ein Muskelshirt.

»Nachbarn«, begrüßte er uns erstaunt. Seine Stimme hallte durch den kahlen Raum. »Ihr solltet euch von diesem Gebäude fernhalten, man kommt hier schlecht wieder raus.«

Danner hielt dem Inhaftierten die Hand hin und der schlug klatschend ein. Für eine reine Begrüßung fiel das Händeschütteln zu kräftig aus.

»Die mögen dich so sehr, dass sie dich hierbehalten wollen, hm?« Ich schenkte Fiete ein aufmunterndes Lächeln.

»Sieht aus, als hätten sie mich vermisst«, nickte Fiete grinsend. Die Träne auf seiner Wange verschwand tatsächlich für einen kurzen Moment zwischen den Lachfältchen seiner Augenwinkel.

Ich setzte mich Fiete gegenüber.

»Was ist mit deinem Garten?«, plauderte ich gleich weiter.

Danner lehnte sich zurück. Ich meinte, seine grauen Augen glitzern zu sehen.

»Kümmert sich Alwin drum?«, erkundigte ich mich. »Der wollte seinen Garten doch sowieso erweitern.«

»Alwin?« Fiete spuckte den Namen angeekelt wie ein Stück ranzigen Käse aus. »Der soll die dreckigen Finger von meinem Land lassen! Der meint wohl, er kann mich einbuchten lassen und sich bedienen. Ulli kümmert sich, verklickert ihm das!«

Ich klimperte erstaunt mit den Augen: »Du glaubst, Alwin hat dir die Bullen auf den Hals gehetzt? Wieso sollte er das tun?«

Fietes Augen wurden schmal. »Rache«, zischte er. »Das würde ihm ähnlich sehen.«

Der Häftling lehnte sich zu mir herüber und hielt mir seinen kräftigen Zeigefinger unter die Nase: »Ich hab ihm was weggenommen, jetzt versucht er, an meinen Garten zu kommen.«

Ich schluckte. In Fietes verdrehter Welt war das womöglich vollkommen logisch.

»Schwachsinn.« Danner tippte sich an die Stirn und lenkte Fietes Aufmerksamkeit damit von mir ab. »Der schickt dich doch nicht in den Knast. Da müsstest du ja schon seine Alte gebügelt haben.«

Fiete lehnte sich zurück und zuckte die Schultern.

Danner pfiff durch die Zähne: »Du hast Kopelski tatsächlich die Frau ausgespannt? Die Bine?«

»Er hat nicht gut genug auf sie aufgepasst.« Fietes Grinsen war das eines kleinen Jungen, der dem Rivalen eine Tüte Bonbons geklaut hatte. Ich musste an Matthias Hesskamps Schilderungen denken, an das Kalle-Blomquist-Gedächtnisspiel. Damals hatten Fiete und Kopelski auf den Straßen gegeneinander gekämpft, sich ihre Schätze abgejagt und hinterher wahrscheinlich damit angegeben.

Vielleicht hatte Alwin Kopelski irgendwann damit aufgehört. Fiete nicht. Fiete kannte nur Rivalen, nur Stärkere oder Schwächere. Er verteidigte noch heute sein Revier und es machte ihm noch heute Spaß, Kopelski etwas wegzunehmen. In diesem Fall die Ehefrau.

»Alwin hat die Bine seit Jahren behandelt wie den letzten Dreck«, erklärte Fiete, als er mein skeptisches Gesicht bemerkte. »Der hat geglaubt, er kann sich alles rausnehmen. Alles. Er hat gemeint, er könnte sie vor die Tür setzen, wann er wollte. Er wusste genau, dass Bine niemanden hatte, zu dem sie hätte gehen können.«

Erneut stieg Mitleid mit der Unbekannten in mir auf.

»Aber dann hat sie plötzlich einen Batzen Geld gehabt«, grinste Fiete. »Da hat Alwin nicht mit gerechnet.«

Der Autogewinn?!

»Und ich hab ihr gesagt, mit der Kohle fliegen wir nach Thailand und vögeln den Rest unseres Lebens am Strand. Da fing Alwin an, auf Knien zu rutschen. Die Kohle gönnte er mir natürlich nicht.«

Im Gegensatz zu der Frau? Ich rieb mir die Stirn.

»Und wo steckt Bine jetzt?«, kam ich auf den Punkt.

Fiete zuckte die Schultern: »Keine Ahnung. Wollte ja nicht nach Thailand. Dafür hat Alwin mich jetzt kaltgestellt.«

»Gab es Streit mit ihm?«

»Mit mir legt der sich nicht an!« Fiete ballte die Fäuste.

»Aber mit Bine?«, verdeutlichte ich. »Hatte Bine Streit mit ihrem Mann?«

»Klar. Der wollte ihr Geld. Die Hälfte steht ihm zu, weil sie verheiratet sind, meint er. Sie sah das anders.«

»Und?«

Fiete schnaufte: »Sie wollte ihm nichts abgeben. Das ist das Letzte, was ich von ihr gehört habe. Schätze, sie versteckt sich bei ihrer Mutter. An den alten Drachen traut Alwin sich nicht ran.«

»Sehen das viele Männer so?«, fragte ich Danner, nachdem ich eine Weile schweigend neben ihm im Auto gesessen hatte.

»Was?«

»Die Sache mit den Frauen.«

Danner warf mir einen belustigten Seitenblick zu.

»Du bist doch ein Mann, du musst es doch wissen.« Ich klatschte ihm die Hand auf den Oberschenkel. »Sind Frauen für euch Männer so eine Art Wanderpokal, den man sich gegenseitig abjagt, um einander zu ärgern?«

Danner lenkte die Schrottschüssel auf den Ring.

»Für manche sicherlich«, nickte er nachdenklich, während er beschleunigte. »Für andere sind sie Eigentum«, fügte er nach kurzem Schweigen hinzu.

Sein Gesicht blieb unbewegt, doch die Worte ließen mich frösteln. Dabei hatte ich es bis vor Kurzem selbst als sportliches Ziel angesehen, möglichst viele schräge Kerle auf die Matratze zu zerren.

Was genau sah Danner in mir?

Einen Moment lang meinte ich, ein Grübchen zwischen seinen Bartstoppeln zu entdecken.

»Wenn du das genau wissen willst, musst du Fiete oder Kopelski fragen.« Er bremste die Schrottschüssel vor der roten Ampel am Bahnhof. »Meine Frau ist nämlich ein Mensch.«

Klick.

Ihre wunderschönen Hände streichen ihr graues Haar zurück.

Die Elfe ist anders als die Kleine. Eine Frau. Erwachsen. Sie kann arbeiten, zupacken. Sie kann sich aber auch hingeben, wenn sie es will. Sie sucht keinen Beschützer, sondern einen Begleiter. Einen Gefährten. Der ihren Weg gleich schnell mit ihr geht.

Es geht jetzt jemand mit ihr.

24.

»Wir haben eine gewalttätige Nachbarin, einen wenig besorgten Ehemann und einen vorbestraften Geliebten«, fasste Danner den Stand unserer Ermittlungen für Staschek zusammen. Der Kriminalkommissar fand sich regelmäßig in Molles Kneipe ein, um den vegetarischen Kochkünsten seiner Frau zu entkommen.

»Das ist nicht viel«, bemerkte Staschek sachlich.

»Nicht zu vergessen ein verschwundenes Fünfzigtausend-Euro-Auto, eine blutverschmierte Küche und eine Kühltruhe voller Fleisch«, ergänzte ich schnell.

»Eine Kühltruhe voll mit Schafsfleisch«, bremste Staschek.

»Und toten Küken«, knirschte ich.

»Tote was?« Molle sank ächzend vor seinen mit Spargel und Soße überfüllten Teller. Seine kleine, schwarze Hündin Mücke sprang auf seinen Schoß.

»Küken«, wiederholte ich schulterzuckend.

»Wofür braucht man denn tote Küken?« Molle verputzte mit einem schlürfenden Geräusch eine Stange Spargel. Etwas gelbe Soße blieb in den grauen Bartstoppeln an seinem Doppelkinn hängen.

»Grillen will er sie wohl kaum«, vermutete Staschek schinkenschneidend. »Und illegal ist es auch nicht. Im Zoo füttert man Viecher damit.«

»Kopelski hat aber keinen Zoo«, wandte Danner ein. »Nicht mal einen Wellensittich.«

»Vielleicht gehören sie ihm nicht mal«, überlegte Staschek. »Sondern einem seiner Schrebergartenkumpel. Ich denke, in den Gärten läuft Viehzeug rum? Fragt doch mal Sergej und Molch.«

»Kröte«, berichtigte Danner.

»Esel«, konterte Staschek.

»Mann, der Name von Kopelskis Kumpel ist Kröte. Nicht Molch.«

»Ach so?«

»Welche Viecher fressen denn Küken?«, versuchte ich, die Diskussion in eine produktivere Richtung zu lenken.

»Katzen?«, schlug Molle vor.

Ich musterte den dicken Wirt zweifelnd. »Fütterst du deinen Hund etwa auch mit toten Tieren?«

Mücke blinzelte Molle mit glänzend schwarzen Knopfaugen an.

»Schlangen«, sagte Staschek.

Schon eher.

»Eulen?«, überlegte ich.

»Frettchen und Marder und so ein Zeug«, trug Danner bei.

»Komodowarane«, kam von Molle.

Staschek, Danner und ich sahen den dicken Wirt an.

»Was zum Geier hätte ein Komodowaran in Bochum-Gerthe verloren?« Ich tippte mir an die Stirn.

Der dicke Wirt zog eine Schnute. »Auf Schlangen und Eulen trifft man dort sicher wesentlich öfter.«

Touché.

»Schluss jetzt«, beendete Danner unser Gerangel. »Ich glaube kaum, dass Bine Kopelski wegen der tiefgefrorenen Küken verschwunden ist.«

»Bis jetzt haben wir nur herausgefunden, wo Bine Kopelski nicht steckt.« Danner schob unzufrieden den Wäscheberg auf dem Sofa zur Seite und ließ sich in die Polster fallen.

»Und was machen wir jetzt?« Ich schob die Klamotten zu ihm zurück, um mich neben die andere Seite des Haufens setzen zu können.

»Warten, bis Staschek das Ergebnis des DNA-Abgleichs bekommt. Für das bisschen Kohle, was die Hesskamp und die Fromm uns zahlen, brauchen wir unsere Zeit nicht mit ziellosen Ermittlungen verschwenden.« Danner legte seine Füße auf der Tischplatte aus Marmor ab. »In der Zwischenzeit kannst du ja endlich mal die Wäsche wegräumen.«

Während er die Beine hochlegte? Das war doch wohl ein bequemer Traum!

Über die Klamotten hinweg funkelte ich Danner wütend an. Doch bevor ich ihn darüber in Kenntnis setzen konnte, dass eine gleich berechtigte Beziehung auch die gleiche Berechtigung zur Hausarbeit beinhaltete, klopfte es an der Wohnungstür.

Ich klappte den Mund wieder zu und verschränkte trotzig die Arme. Danner erhob sich seufzend und ließ Staschek herein.

»Ich war gerade am Auto, als das Handy klingelte.« Der Kriminalkommissar winkte mit seinem Smartphone. »Die Rechtsmedizin.«

Ich richtete mich ruckartig auf.

»Es ist amtlich.« Staschek nickte langsam. »Die DNA der Blutspuren von Küchenboden und Handtuch stimmt mit der DNA der Haare an der Bürste überein. Die genetischen Merkmale sind weiblich. Sieht aus, als stammt das Blut wirklich von Bine Kopelski. Und laut Aichinger lässt vor allem die Menge am Handtuch auf eine größere Verletzung schließen.«

Danner griff nach seiner Jacke. »Na gut. Dann schnüffeln wir jetzt ziellos weiter. In alle Richtungen, bis wir irgendeine Spur von Bine Kopelski finden.«

Klick.
Die Kleine passt einfach nicht ins Bild.
Auf den ersten Blick fällt es nicht auf. Sie trinkt mit den anderen Schrebergartenbräuten. Alle drei halten mit Alkohol gefüllte Plastikbecher in den Händen. Alle sind blond und blutjung. Alle könnten hübsch sein, wenn sie sich nicht selbst entstellen würden. Und alle machen sie für weitaus ältere Machotypen die Beine breit.
Doch es gibt Unterschiede. Erstaunliche Unterschiede.
Die Große will gefallen. Männern natürlich. Deshalb der Minirock, die platinblonde Mähne, die rosa Fingernägel. Sie macht sich niedlich. Für einen Idioten, der keinen grammatikalisch richtigen Satz zustande bringt. Merkwürdig, dass ihr sein Urteil so wichtig ist.
Die Mollige hat Angst. Sie sucht Schutz. Sie schminkt sich dunkel und sie steht mit gebeugtem Rücken. Duckt sich.
Aber die Kleine …
Auch sie hat Angst, man sieht es ihr an. Aber sie ist kaum geschminkt. Und ihre zerrupften Haare sind wahrlich kein Paarungsangebot. Ihr schlabberiger Pullover versteckt ihre Reize.
In dieser Hinsicht ist sie meiner Elfe ähnlich. Auch die Elfe hat es nicht nötig, die Männer zu bezirzen.
Doch die Kleine sieht nicht stark aus. Eher verletzt.
O Gott. Womöglich wurde sie misshandelt? Wird es noch immer? Von diesem groben Kerl? Der nicht den Anstand besitzt, seine dreckigen Finger von ihr zu lassen? Seiner rein körperlichen Kraft hat sie nichts entgegenzusetzen.
Arme Kleine.

Du schaffst es nicht, dich von ihm zu befreien. Du brauchst Hilfe.
Dringend.

25.

Die langen Ohren hingen mal wieder herunter. Die Unterlippe ebenfalls, sie entblößte lange, gelbe, schiefe Zähne im Unterkiefer. Über den Zaun hinweg starrte mich das Lama grimmig an.

Ich starrte zurück. Ich erinnerte mich noch gut an das Sabbergeschoss, das mich bei unserem ersten Besuch der Kleingartenanlage nur knapp verfehlt hatte. Der Blick des Lamas drohte mir schon wieder. Mit größtmöglichem Abstand zu dem Tier trat ich an das brusthohe Gatter, während Danner weiterging.

Eine ältere Frau in gelben Gummistiefeln zerteilte mithilfe einer Mistgabel einen Heuballen in einem Treckerreifen. Umringt wurde sie dabei von einem Esel, einem Hängebauchschwein und einem Schaf. Auf dem knapp fünfhundert Quadratmeter großen Areal aus festgetrampeltem Erdboden stand ein offener, dick mit Stroh ausgelegter Unterstand.

Patsch! Ich zuckte zusammen, als die Lamaspucke den Kragen meiner Jacke traf.

»Na, vielen Dank!«, fluchte ich.

»Toni, du ungezogenes Vieh!«, schimpfte die Frau und fuchtelte mit der Mistgabel. Das Lama zeigte ihr unbeeindruckt das pelzige Hinterteil.

»Entschuldigen Sie!« Die Gummistiefelträgerin rammte die Mistgabel vor mir in den Boden und putzte bereits an meiner Jacke herum, während der Stiel des Werkzeuges noch hin und her federte.

Balkonbäume.de, stand auf ihrer Latzhose.

»Er hat einfach keine Manieren. Julietta Engele.«

Es dauerte einen Augenblick, bis ich ihre hingehaltene Hand registrierte und begriff, dass die Frau sich vorgestellt hatte.

»Lila Ziegler.« Ich wunderte mich über ihren festen Griff. Die Frau war sicher über sechzig, aber ziemlich gut in Form. Die Gesichtshaut faltig, aber trotzdem geschmeidig. Vermutlich dank des regelmäßigen Einsatzes höherpreisiger Pflegeprodukte. Das Blau ihrer Augen betonte sie mit einem schimmernden Lidschatten und Lippenstift benutzte sie auch. Ihre glänzenden, grauen Locken fielen ihr bis auf den Rücken. Und sogar mit einer Mistgabel in der Hand duftete sie nach einem unaufdringlichen Parfum. Eine angenehme Erscheinung.

»Kann ich Ihnen sonst noch irgendwie helfen?«, erkundigte sich Julietta Engele, nachdem sie meine Jacke vom Sabber befreit hatte. Dabei setzte sie eine ernste, fast schon betroffene Miene auf.

Unwillkürlich sah ich an mir herunter. Wie immer trug ich zerrissene Jeans und einen zu großen, lila Pulli unter meiner alten Cordjacke. Auf die gepflegte Frau wirkte ich wohl, als hätte ich eine Kleiderspende nötig.

»Schlachten Sie auch?«, erkundigte ich mich spontan.

Ich deutete auf ihr Schaf. Der schmutzig weiße Wollproduzent zerkaute nachdenklich ein Maul voll Heu.

»Wie bitte?« Die Gummibestiefelte sprang entsetzt vor mir zurück. Sie starrte mich an, als hätte ich ihr einen Mord unterstellt.

»Wenn Sie einen Sonntagsbraten suchen, müssen Sie dahinten fragen.« Sie deutete vage in den hinteren Teil der

Anlage, in dem sich auch unser Garten befand. »Da finden Sie die Tiermörder.«

Da war ich wohl an eine Vegetarierin geraten.

Danner hatte sich auf eine Kiste Bier gestellt und angefangen, die morschen Bretter unserer Hütte herauszureißen und durch neue zu ersetzen. Die einfachste Art, die friedliche Nachbarschaft heranzulocken.

Bodo tauchte beinahe sofort auf. Unentschlossen drückte er sich vor dem fehlenden Gartentor herum wie vor einer unsichtbaren Absperrung.

»Was ist?«, rief Danner mit Nägeln zwischen den Zähnen. »Komm endlich rein, Mann.«

Bodo schlurfte zögernd heran und stellte sich neben mich. Ich konnte riechen, dass er die ersten Bierflaschen bereits geleert hatte.

»Ich muss dir was beichten, Benni.«

Danner hörte auf zu hämmern. Bodo schnappte sich eine Flasche unter Danners Stiefeln weg aus der Kiste. »Der dicke Ford mit der Ladefläche ist doch deiner?!«

»Wieso?«

»Das war so: Der Hesskamp ist wieder wie ein Bescheuerter gerast. Mit seiner Miele.«

Matthias Hesskamp raste mit einer Miele? War das nicht eine Waschmaschinenmarke? Ich konnte Bodo nicht folgen und überlegte, ob das an seinem Frühstücksbier oder meinem Denktempo lag.

»Hesskamp? Der Bulle?«

»Hat wohl zum Mittagessen einen Abstecher nach Hause gemacht. Die Tageswache ist ja hier direkt um die Ecke, im alten Amtshaus. Der hatte mindestens achtzig Sachen drauf.«

Ich ging mal davon aus, dass der Polizist nicht auf einer Waschmaschine unterwegs gewesen war. Allerdings hatte Hesskamp bisher nicht den Eindruck eines rücksichtslosen Verkehrsrowdys gemacht.

»Und?«, erkundigte sich Danner.

Bodo trippelte von einem Bein aufs andere, als müsste er das Bier dringend hinter den nächsten Busch bringen.

»Die dumme Sau hat mich umgeputzt. Da ist meine Vespa gegen deinen Kotflügel, mit dem Lenker …«

Danner nahm die Nägel aus dem Mund. »Und?«

»Ich hab schon den Ulli angehauen, der macht dir das Loch wieder zu.«

Vorn rechts im Kotflügel der Schrottschüssel klaffte eine schwarze Öffnung von etwa zehn Zentimetern Durchmesser. Weil das Blech so stark vom Rost zerfressen war, dass nur der Lack es noch zusammenhielt, hatte die Lenkstange von Bodos Motorroller es einfach durchschlagen.

Allerdings hatte Danner den Wagen mit der Beifahrerseite zum Bürgersteig geparkt. Wenn Matthias Hesskamp Bodo wirklich auf der Straße umgefahren hätte, hätte die Vespa über unsere Motorhaube fliegen müssen, um dann mit der Lenkstange auf der anderen Seite im Kotflügel stecken zu bleiben.

Die Wirklichkeit sah wohl eher so aus, dass Bodo nach zwei bis fünf Frühstücksbier hierhergedonnert und beim Parken samt Roller umgekippt war. Vielleicht war Hesskamp in dem Moment gerade vorbeigefahren.

»Ich bring dir das wieder in Ordnung. Der Ulli guckt schon auffem Schrottplatz nach 'nem neuen Kotflügel. Wär schön, wenn wir die Polizei rauslassen und das unter uns regeln könnten.«

Weil die seine Fahne bis zur Tageswache um die Ecke riechen konnten. Klar, da wäre der Lappen weg.

»Ist doch Ehrensache unter Nachbarn. Mach dir da mal keinen Kopp.« Danner klopfte dem Pummeligen mit dem hochroten Gesicht auf den Rücken. »Hauptsache, die Karre fährt noch.«

»Ich wusste gleich, dass du ein Kumpel bist«, atmete Bodo erleichtert auf.

Ich staunte nicht schlecht, als das elektrische Garagentor von Schrauber-Ullis Gartenlaube hochsurrte. Im Inneren des winzigen Fachwerkhäuschens kam eine gut ausgestattete Kfz-Werkstatt samt Hebebühne zum Vorschein.

Und zwischen Gartenlaube und Zaun gab es einen mit dicken Folien abgehängten Bereich, der ein Lager für Gartengeräte darstellen könnte. Vom Weg aus war davon nichts zu sehen. Dort fände bequem ein weiteres Auto Platz.

Bodo hatte unterdessen zwei Pfosten des Gartenzauns aus dem Boden gerupft. Danner rangierte unseren unhandlichen Wagen über den Schleichweg hinter den Gärten, durch die Lücke im Zaun und zentimetergenau in Ullis Werkstatt. Das Garagentor senkte sich wieder ab und verschluckte das Ungetüm mit einem Happs. Schneller hätte auch eine Bande professioneller Autodiebe einen Wagen nicht verschwinden lassen können.

»Der ist hin. Klinisch tot, sozusagen«, murmelte Ulli nach einem ersten, kurzen Check. Der Mechaniker richtete sich auf und strich sich die gelben Haarfransen aus dem Gesicht. Beim Blick auf die aus seinem Ärmel rankenden Tätowierungen fiel mir ein, wo ich die drei schwarzen Punkte am Daumen schon mal gesehen hatte. Genau wie sein Kumpel Fiete hatte auch Ulli ein Knast-Tattoo. Der Mechaniker spuckte schleimig-schwarze Kautabakreste auf den Betonboden.

Bäh.

Bodo und Danner schwiegen betroffen.

»Der hat doch nur ein Loch«, widersprach ich dem vernichtenden Urteil und deutete auf den Kotflügel.

»Der Motor läuft einwandfrei«, protestierte nun auch Danner.

Ulli spuckte noch einmal. Dann tickte er die Spitze seines Schraubendrehers gegen das Blech. Sofort bröselte der Rost.

»Von unten sieht der nicht besser aus.«

Danner verschränkte trotzig die Arme.

»Ein Wunder, dass ihr noch keine größeren Teile verloren habt. Der Auspuff hängt am seidenen Faden. Die Karre muss doch röhren wie ein einsamer Hirsch.«

Eher wie ein brünftiger T-Rex.

»Und der TÜV ist schon vor drei Monaten fällig gewesen«, erinnerte Ulli. »Aber die Kohle könnt ihr euch sparen. Eher bekommt Bodo den Nobelpreis als das Ding 'ne Plakette. Normalerweise dürfte ich euch gar nicht mehr losfahren lassen. Aber ich hab nix gesehen, bin ja keine Politesse.«

Danner und ich starrten auf die verbeulte Motorhaube des Wagens, auf der wir das erste Mal miteinander geschlafen hatten.

»Mist«, sagten wir gleichzeitig.

Als wir Ullis Hobbywerkstatt verließen, war mir tatsächlich zum Heulen zumute. Irgendwie hatte ich mich an das brüllende und stinkende Monstrum gewöhnt, auch wenn es den Wendekreis eines Kreuzfahrtschiffs besaß und für den Stadtverkehr ungefähr genauso gut geeignet war.

Kurz überschlug ich, was nach Zahlung des Mietrückstandes noch von den Einnahmen aus unserem letzten Fall übrig geblieben war. Für die Entsorgungskosten von zwei Tonnen Schrott reichte es definitiv nicht. Geschweige denn für einen neuen Wagen.

»Ich hasse die U-Bahn«, stöhnte Danner.

»Schöner Mist«, murmelte Bodo. Der Schreber schien tief betroffen, obwohl sein Roller ja noch fuhr. Er klopfte Danner aufmunternd auf die Schulter. »Komm Alter, ich spendiere ein Bier auf den Schock.«

Ich musterte den Schreber verstohlen. Erstaunlicherweise zeigte sein Trost Wirkung, das Wort ›Bier‹ richtete Danner augenblicklich etwas auf. So simpel war das. Der dauerstramme Langzeitarbeitslose war mit einer einfachen Geste in der Lage, Mitgefühl zu zeigen. Damit besaß er eindeutig mehr emotionale Kompetenz, als mir je beigebracht worden war. Ironie des Schicksals, dass ausgerechnet emotionale Analphabeten wie mein Vater täglich über Menschen wie Bodo Urteile fällen durften.

Bodo bewirtschaftete den letzten Kleingarten in der hinteren Reihe. Das Gelände war von einem hohen Metallmaschendraht umgeben. Der alte Baumbestand der Parzelle war irgendwann jeder Kontrolle entwachsen. Jetzt benötigte man einen Kran, um die Kronen zu stutzen. Buschige Thujastämme verhinderten die Einsicht. Die Brombeerhecken und Obstbäume waren, seit die Zechenarbeiter aufgehört hatten, sie zur Selbstversorgung zu nutzen, durch keine Astschere mehr behelligt worden.

»Haste Angst, dass einer bei dir einsteigt?« Danner deutete auf den Zaun.

Bodo hielt uns das Tor auf. »Hier gibt's nix zu klauen. Den Zaun brauche ich wegen der Viecher. Die hauen sonst ab.«

»Giraffen?«, riet Danner mit einem Blick auf die Zaunhöhe.

»Schafe. Die Sorte kann angeblich springen.«

Springen? Fliegen traf es wohl eher. Der Zaun war selbst für ein Pferd unüberwindbar. Bodo führte uns durchs Gebüsch bis zu einem mit Wein bewachsenen Backsteinhäuschen. Zwischen zwei Zwetschgenbäumen baumelte eine Hängematte, Sofakissen auf Getränkekisten dienten als Sitzgelegenheiten neben einem verkrusteten Fünf-Euro-Grill aus dem Baumarkt.

Neben dem Grill stand ein Reh. Na ja, ein etwa rehgroßes, rehbraunes Tier mit langen Ohren. Auf den zweiten Blick erschien es mir reichlich hässlich.

Bodo schnalzte mit der Zunge.

»Zisch ab«, verscheuchte er das Vieh. Unelegant trippelte es davon.

»Ein Kamerunschaf«, brummte Bodo und reichte Danner eine Pulle Bier. »Gehört Sergej. Eine sehr genügsame Sorte. Merkt kein Schwein, dass die hier rumlaufen.«

Damit wären wohl die ›Tiermörder‹, von denen die Lamafrau gesprochen hatte, identifiziert. Denn, dass Sergej die Viecher aus reiner Tierliebe hielt, konnte ich mir beim Gedanken an den Tarnwestenträger kaum vorstellen. Und auch die Herkunft des Schafs in Alwin Kopelskis Kühltruhe konnten wir vermutlich als geklärt betrachten.

In Post-Bergbau-Zeiten verliehen Niedriglöhne und prekäre Beschäftigungsverhältnisse dem traditionellen Selbstversorgungsgedanken der Kleingärten neue Bedeutung.

Klick.

Nahaufnahme. Die Elfe im Porträt. Ihr Kopf auf schneeweiße Kissen gebettet. Ihre Lider schimmern. Die Haut ist

blass, kühl, nicht glatt, aber samtweich. Die Augen offen. Dieses Dunkelblau, in dem alles versinkt.
Wie wunderbar, ihr so nah sein zu können.
Oft wird gesagt: Sie war mal eine schöne Frau. Wahrscheinlich hat sie den Satz auch schon gehört.
Unsinn. Sie wird noch immer schöner.
Mit jedem Foto.

26.

Ein Auto rumpelte den Schleichweg hinter den Gärten entlang. Mittlerweile dämmerte es, deshalb konnte ich die Scheinwerfer durch das Gebüsch näher kommen sehen.

Es war kühl geworden, doch der Sekt, den Bodo aus seiner Gartenlaube gekramt hatte, wärmte mich von innen. Ich stand auf und registrierte einen Anflug von Schwindel.

Danner und Bodo schienen den näher kommenden Wagen nicht zu bemerken, was vermutlich an der Wodkaflasche lag, die Bodo hervorgeholt hatte, als die Kiste Bier zur Neige ging.

Wer schlich sich denn abends noch in die Schrebergärten?

Eine Autotür wurde behutsam ins Schloss gedrückt. Der Wagen hatte hinter dem Garten von Kröte und Sergej gehalten.

Ich stand auf.

»Ey, Lila! Warte, ich muss auch mal pinkeln!« Bodo erhob sich schwankend. Im nächsten Moment plumpste er verdutzt zurück auf seine Getränkekiste. Danner hatte ihn mit einem Ruck am Arm aus dem Gleichgewicht gebracht.

»Du hältst es noch aus, bis sie wieder da ist«, erklärte er Bodo bestimmt.

Ich schlug mich ins Dickicht. Bis zum Zaun des Nachbargrundstücks konnte es nicht weit sein. Ich duckte mich unter den bis zum Boden hängenden Zweigen eines Apfelbaumes hindurch und stand vor drei Meter hohen Thujapflanzen. Die baumdicken Stämme verhinderten jede Einsicht ins Nachbargrundstück.

Hinter der Hecke war ein dumpfer Laut zu hören. Ein leises, gleichmäßiges Quietschen folgte. Jemand schnaufte.

Kurz entschlossen drückte ich das glücklicherweise weiche, nadelartige Grün der Zweige auseinander. Tatsächlich gelang es mir, mich zwischen die Pflanzen zu schieben und in den Garten von Kröte und Sergej hinüberzuspähen.

Direkt hinter dem Zaun begann eine Teichlandschaft, hier und da sah ich die Wasseroberfläche im Licht der Dämmerung glänzen.

Auf dem Weg, der von der Gartenlaube in Richtung Teich führte, erkannte ich nun die dunklen Umrisse einer Gestalt. Sie schob eine quietschende Schubkarre vor sich her, die offenbar schwer beladen war.

Statur und Gang nach zu urteilen, handelte es sich um Sergej oder Kröte. Der Typ ächzte, kam ins Schaukeln und rumste die Karre endlich auf den Boden.

Ein großer, runder Behälter stand darauf, eine Art Maurerkübel vielleicht. Vermutlich eine weitere unfreiwillige Leihgabe seines Chefs. Der Mann stellte sich breitbeinig neben die Schubkarre und schüttelte demonstrativ die Arme aus wie ein Gewichtheber, der gleich zweihundert Kilo Eisen in die Höhe reißen wollte. Dann packte er in den Kübel und wuchtete etwas Großes heraus. Etwas wirklich Großes.

Ich blinzelte, in der Hoffnung, dadurch mehr erkennen zu können.

Der Kerl hatte das Ding vorn und hinten gegriffen. Wie

einen Sandsack. Er keuchte vor Anstrengung, hob seine Last über eine niedrige Mauer hinweg und machte einen weiteren Schritt Richtung Teichufer. Bückte sich zum Wasser.

Da! Mein Herz machte einen Satz. Eine Sekunde lang bildete ich mir ein, das Ding hätte sich bewegt.

Was, zum Teufel, passierte da gerade?

Was versenkte der da?

Jetzt rutschte dem Mann seine Last aus der Hand, klatschte ins Wasser.

Ich rieb mir die Augen.

Scheiße. Das Teil war versunken wie ein Stein.

Die dunkle Gestalt am Ufer verschwamm in der Finsternis. Ich meinte, sie noch einige Augenblicke ins Wasser starren zu sehen, bevor sie sich abwandte und verschwand.

Wie gelähmt stand ich da, eingeklemmt zwischen Bodos Büschen. Eins war klar: Ich konnte mich nicht einfach umdrehen und weiter Sekt trinken, als wäre nichts gewesen.

Gleich darauf öffnete ich Bodos Gartentor und stolperte über den Kiesweg. Zum Glück herrschte auf Krötes und Sergejs Gelände kein Chaos. Der Boden war eben, der Rasen kurz.

Ein Schatten löste sich vor mir aus der Dunkelheit. Ich zuckte zusammen. Eine Sekunde lang blieb ich mit klopfendem Herzen stehen, doch als nichts weiter geschah, zog ich mein Handy aus der Tasche. Die Taschenlampenfunktion leuchtete auf. Ich richtete den Strahl nach vorn.

Nur ein Baum. Weiter.

Ich leuchtete ein Stück vor.

Vor meinen Füßen erhob sich eine kniehohe Bruchsteinmauer. Dahinter glitzerte Wasser im Licht des Handys.

Der Teich!

Eilig stieg ich über die Mauer hinweg. Das Ufer war leicht abschüssig. Nur nicht ausrutschen und reinfallen! Besoffen bei einer Ermittlung im Gartenteich gelandet, das war nicht gerade die Geschichte, mit der ich Danner und Staschek erfreuen wollte.

Ein schabendes Geräusch ließ mich abermals innehalten.

Ich horchte in die Finsternis.

Wasser plätscherte.

Dann knackte etwas – neben mir!

Ich wirbelte herum.

Im gleichen Moment vernahm ich ein Fauchen. Ein grässliches, unmenschliches Fauchen! Und viel zu nah. Ich wich zurück, während ich noch mit dem Handylicht nach der Ursache suchte.

Büsche erschienen im Lichtkegel, Felsen und – ein Ungeheuer! Klumpige, schuppige Füße mit zentimeterlangen Krallen. Ein gepanzerter, mit Knochenzacken gespickter, breiter Rücken. Der schwere, plumpe Körper eines Reptils, der mit einem schabenden Geräusch über den Boden rutschte. Ein gigantischer, angriffslustig aufgerissener Schnabel!

Ich schrie auf.

Das Vieh sprang auf mich zu.

Ich hatte nicht an die Mauer gedacht, stolperte rückwärts darüber und fiel.

Das Ungeheuer zuckte fauchend hinter mir her.

Mein Handy fiel ins Gras. Ich landete auf dem Po, riss blitzschnell die Beine über die Mauer. Ich hörte das Krachen, mit dem die gewaltigen Kiefer zuschnappten.

Ich hielt den Atem an. Wagte nicht, mich zu rühren. Saß mit panisch pochendem Herzen im kalten Gras.

Mit zitternden Fingern tastete ich die Grashalme ab, in die Richtung, in der ich mein Handy vermutete.

Da hörte ich es wieder: Das Kratzen der Krallen auf dem Boden, das schabende Geräusch, mit dem sich der schwere

Körper entfernte. Ein Klatschen und Gluckern, mit dem das Ungeheuer im Wasser verschwand.

Im Nachbargarten rief Danner nach mir.

Es war soweit.

Das war der Kollaps, mit dem ich schon viel früher hätte rechnen müssen. Die Folge der Misshandlungen meines Vaters, vor denen ich einfach davongelaufen war, statt sie in einer Psychoanalyse aufzuarbeiten, um mir dadurch auch die nächsten Jahre meines Lebens von ihm vermiesen zu lassen. Wie hatte ich mir einbilden können, dass das funktionierte?

»Lila? Alles in Ordnung?«

Was sollte ich Danner sagen? Dass ein Ungeheuer von Loch Ness in Krötes Teich sitzt?

Letztendlich entschied ich mich für die altbewährte Methode: Das Gesehene verdrängen, den Rausch ausschlafen und hoffen, dass morgen alles von selbst besser wurde.

»Alles okay!«, antwortete ich.

Klick.

Der Kleinen bereitet der voll beladene Zeitungstrolley keine Mühe. Sie ist stärker, als gedacht. Trainiert und sportlich.

Doch der Mistkerl ist ebenfalls in Form. Er weicht nicht von ihrer Seite.

Keine Gelegenheit, sie allein zu erwischen.

27.

Als mich die Weckfunktion meines Handys um vier Uhr früh aus dem Schlaf riss, musste ich mich kurz orientieren. Ich hatte mich neben Danner unter einer zerschlissenen Decke auf der sperrmüllreifen Couch in Bodos Gartenlaube zusammengerollt. Bodo schnarchte in einem Sessel. Neben dem Sofa stand ein Kamerunschaf und döste.

Ach ja, die Zeitungen mussten verteilt werden.

Ich rüttelte Danner wach.

Die Bewegung in der klaren, kalten Luft half mir zu ernüchtern. Mit dem mürrischen Danner an meiner Seite verschwamm die gruselige Begegnung am Gartenteich zu einem abgefahrenen Albtraum.

»Was siehst du heute Morgen so scheiße aus, Junge?« Sergej klopfte Danner mitleidig auf die Schulter, als wir nach unserer Zeitungstour auf den obligatorischen Kaffee in *Angis Imbiss* einkehrten. Sergej und Kröte hatten sich vor der Arbeit hier eingefunden.

Danner berichtete vom Todesurteil für unsere Schrottschüssel und, dass wir gestern Abend gebührend getrauert hatten.

»Ich besorge dir eine neue Karre«, drängte Sergej Danner sofort seine Hilfe auf. »Ich kenne jemanden, der immer Autos da hat. Ganz günstig.«

Ich musterte den Kerl. Sein Auftreten in Tarnweste und Springerstiefeln machte ihn ja schon auf den ersten Blick nicht unbedingt zum Sympathieträger. Der zweite, genauere

Blick verstärkte diesen Eindruck noch: Quer über sein Gesicht lief eine feine Narbe. Sie teilte die linke Augenbraue in zwei Hälften, hinterließ eine Kerbe im Rücken der krummen, platten Boxernase, kappte die rechte Spitze seines Schnurrbartes und lief als helle Linie weiter durch die Bartstoppeln am unrasierten Kinn. Sah aus, als wäre Sergej um ein Haar sein Gesicht abhandengekommen. Seinen linken Ellenbogen zierte ein Spinnennetztattoo. Das zugehörige Tier krabbelte auf seinem Handrücken.

Vertrauenerweckend war was anderes.

»Lass mal«, winkte auch Danner ab.

»Ey, du sprichst mit Fachleuten.« Sergej legte Kröte einen Arm um die Schultern. »Wir waren beide bei Opel, wir haben Connections. Ich sag dir was: Heute Nachmittag schickst du deine Süße mit Babsi zum Shoppen und wir gucken uns ein paar Schlitten an.«

Ich sagte nichts. Ausgerechnet shoppen. Ersatzbefriedigung meiner Mutter, die ihren Selbstwert größtenteils darin begründete, in eine Fünfhundert-Euro-Jeans Größe null zu passen.

Aber zweifellos eine gute Gelegenheit, über Bine Kopelski zu reden.

Ich seufzte.

Nach dem schnellen Imbissfrühstück bei Angi manövrierten wir unsere Schrottschüssel aus Ullis Gartenlaube. Streng genommen hätten wir damit natürlich nicht fahren dürfen. Nicht nur wegen der fehlenden TÜV-Plakette, sondern auch wegen des Restalkoholgehalts unseres Blutes.

Aber so streng nahm Ulli das nicht.

Nach einer ausgiebigen Dusche war auch Danner wieder fit.

»Unsere messerschwingende Schnapsleiche müsste inzwischen wieder ansprechbar sein«, vermutete er. »Wird Zeit für einen Krankenbesuch.«

Tatsächlich war Anneliese Sprack inzwischen von der Intensivstation des Otto-Ruer-Klinikums auf die normale Station für innere Medizin und Gastro-Enterologie verlegt worden. Die kleinen, dunklen Augen der alten Frau blitzten feindselig hinter ihren langen, weißen Haarflusen. Ihr winziger Körper versank in einem schneeweißen Kissenberg und eine Infusion träufelte Kochsalzlösung in ihre Venen.

Die Sonne schien durchs Fenster auf eine jüngere Frau im Nebenbett. Ich bemerkte den Speichel, der sich im Winkel ihres offen stehenden Mundes sammelte.

»Was wollen Sie?«, schnarrte die Sprack, noch bevor Danner die Tür hinter uns geschlossen hatte. Offensichtlich hatte ihre Streitlaune nicht gelitten.

»Sie besuchen natürlich, Frau Sprack«, lächelte ich liebenswürdig.

»Schleimen Sie nicht!«, giftete die Alte prompt. »Ich kenne Sie nicht.«

»Wir bringen Ihnen die Zeitung.«

Ihr Gesicht zerknitterte sich. »Das macht doch die Kopelski, die Kuh.«

Danner und ich tauschten einen kurzen Blick. Sie erinnerte sich anscheinend nicht an uns. Wie lange war sie nicht mehr nüchtern gewesen?

»Sabine Kopelski ist seit drei Wochen verschwunden«, klärte Danner sie auf.

Die weißen Augenbrauen und der zerfurchte Mund der Frau rückten auf die Nase zu: »Verschwunden?«

»Wir haben gehört, Sie hatten Streit mit Frau Kopelski.«

»Streit? Streiten tun wir beide, Kleines. Die Kopelski hasse ich. Die tut, als wär sie was Besseres.« Die Aufregung verlieh den bleichen Wangen der Frau einen blassrosa Schimmer. »Die kann die Wahrheit nicht vertragen, das ist alles. Die beschimpft mich, weil sie nicht zugeben kann, dass sie selbst gern wäre wie ich! Aber das lasse ich mir nicht gefallen! Ich nicht.«

»Deshalb sind Sie mit einem Messer auf sie losgegangen?«

Die Sprack kniff die Augen zusammen und musterte mich scharf. »Weil sie nicht glotzen soll, Schätzchen. Das kapierst du wohl nicht.«

»Ehrlich gesagt: Nein.« Ich starrte zurück.

»Die fühlt sich ganz toll, wenn sie mich sieht«, zischte die Sprack. »Weil sie glaubt, dass es mir noch beschissener geht als ihr. Dabei kennt sie mich gar nicht.«

»Haben Sie Bine Kopelski bei dem Angriff verletzt?«, mischte sich Danner ein.

Die Sprack schnaufte: »Quatsch. Die kann ja rennen wie ein Karnickel.«

»Hatten Sie später noch mal Streit mit Frau Kopelski?«, ließ er nicht locker. »Immerhin hat sie Sie angezeigt. Sie müssen sich nächste Woche vor Gericht verantworten.«

»Diese Idiotin!«, brauste die Sprack auf.

Die Frau im Nebenbett gab ein erschrockenes Stöhnen von sich.

»Natürlich hatten wir Streit! Ich lass mir nicht das Maul verbieten, nur weil die mit den Bullen droht! Meinen Alten hab ich damals zum Teufel gejagt, nachdem er mir die Suppenschüssel über den Kopf gezogen hat.«

Sie fummelte mit knotigen Fingern in ihren Haarfusseln. Einen Augenblick lang sah ich die breite Kerbe im Haaransatz aufblitzen. »Und die klebt an einem Kerl, der seine Finger nicht von anderen Weibern lassen kann.«

Ich zog die Brauen hoch. Ein Frauentyp schien mir Grizzly Adams nicht gerade zu sein. Doch dann musste ich an sein Getatsche beim Sektholen in seiner Blockhütte denken.

Erstaunlich, dass der Sprack das aufgefallen war. Das alte Gespenst passte unerwartet gut auf.

»Ins Gesicht hab ich ihr das gesagt«, spuckte die Sprack aus. »Da hat die mir doch eine gescheuert.«

Zwischen Bine Kopelski und der Sprack war es ein zweites Mal zu Handgreiflichkeiten gekommen?

»Wann war das?« Ich fragte, ohne Hoffnung, eine vernünftige Antwort zu bekommen.

Die Sprack zuckte die knochigen Schultern.

»Haben Sie Bine Kopelski noch mal mit einer Waffe angegriffen?«, wollte Danner es genau wissen.

»Verdient hätte sie es.«

»Bine Kopelski ist seit drei Wochen verschwunden. Ist Ihnen das klar?«

Die dunklen Augen der Frau flitzten irritiert zwischen Danner und mir hin und her.

»Haben Sie Frau Kopelski etwas angetan, nachdem sie Sie angezeigt hatte?«, ließ Danner nicht locker.

Die rosa Farbe ihrer Wangen verblasste schlagartig. »Nein!«

»Sie wissen es nicht«, interpretierte Danner ihre Verwirrung. »Sie erinnern sich nicht an die letzten Wochen.«

Ein Zittern schlich sich in die fauchende Stimme der Alten: »Sie glauben doch nicht, dass ich etwas mit dem Verschwinden der Kopelski zu tun habe?«

»Glauben Sie es denn selbst?«

Eine Sekunde herrschte Schweigen.

»Das könnte Ihnen so passen, mir das anzuhängen!«, keifte die Sprack dann los. »Fragen Sie doch ihren Mann!«

Eine junge Krankenschwester mit roten Haaren stürzte

herein und erfasste die Situation mit einem Blick: »Sie müssen jetzt gehen.«

Die Pflegerin schob uns zur Tür.

»Wahrscheinlich hat sie sich totschlagen lassen von dem Scheißkerl!«, schrie die Sprack uns hinterher. »Das würde ihr ähnlich sehen.«

Klick.

Pflanzen. Pflanzen versperren die Sicht durch die Terrassentür. Die großen, grünen Gewächse scheinen den ganzen Raum zu füllen.

Mist.

28.

Es gab etwas Schlimmeres als eine dreistündige Shoppingtour durch sämtliche Boutiquen der Innenstadt: eine Shoppingtour beim Textildiscounter.

Das kollektive Einkaufen erzeugte ein ähnliches Gefühl wie die Hühnertreffen mit meinen Freundinnen: Der eigentliche Zweck der Veranstaltung blieb mir verborgen.

Und in einem Discounter, der Shirts für 2,99 € anbot, multiplizierte sich dieses Gefühl noch.

Ich war noch nie in einem Billigladen für Mode gewesen. Nicht nur aus Überzeugung, weil ja bekannt ist, dass solche Preise nur durch Sklavenarbeit von Frauen und Kindern möglich werden. Ehrlich gesagt, hatte ich in meinem vorherigen Leben als Oberstaatsanwaltstöchterchen nicht einmal bemerkt, dass man eine Jeans für zehn Euro bekommen konnte.

Babsi kannte es nicht anders. Als Friseurin verdiente sie knapp vier Euro die Stunde, erzählte sie mir freimütig. Das reichte gerade für ihren Anteil der Miete. Das Sozialamt stockte ihren Lohn regelmäßig auf, damit sie ihre Grundbedürfnisse erfüllen konnte. Shoppen gehörte nach Ansicht der Behörden nicht zu den Grundbedürfnissen.

Babsi sah das anders. Die hochgewachsene Blondine stöckelte im gefühlt zwanzigsten Rock den Gang hinunter.

»Da sieht man meine X-Beine so«, mäkelte sie vor dem Spiegel.

»Du hast keine X-Beine«, wiederholte ich zum zwanzigsten Mal. Warum lief Babsi in kurzen Röcken herum, wenn sie nicht wollte, dass man ihre Beine sah? Während ihr Sergej sich an glühenden Stöcken die Hände verbrannte, um zu zeigen, was für ein toller Kerl er war, mäkelte Babsi chronisch an sich herum.

»Bist du blind?« Sie drehte die Fußspitzen absichtlich nach innen.

Ich fühlte mich verarscht und schwieg.

Mit meiner Wortlosigkeit konnte Babsi nichts anfangen. »Was meinst du? Lieber den mit Rüschen? So ein Teil hatte Heidi neulich im Fernsehen an. Das ist doch sexy, oder? Meinst du, Sergej findet es geil?«, bombardierte sie mich beinahe ärgerlich mit Fragen.

»Geil?« Ich rieb mir die Stirn. »Bestimmt. Männer mögen's ja praktisch.«

»Genau.« Babsi nickte, sichtlich erleichtert, dass wir uns endlich verstanden. »Steht Ben auch drauf, wenn du nichts drunter trägst? Wenn er jederzeit zur Sache kommen kann?«

Wow! Stopp. Das war deutlich mehr, als ich über Babsis

Intimleben wissen wollte. Konnte man meine Erinnerung an diese Unterhaltung löschen, so wie bei *Men in Black* das Wissen um die Anwesenheit der Außerirdischen?

»Komm, ich gebe einen Kaffee aus«, wechselte ich überhastet das Thema.

Gleich darauf saß ich Babsi gegenüber. Auf einem Supermarktparkplatz, auf dem ein Backshop Plastikstühle in die Sonne gestellt hatte. Die Blondine schlug ihre glatt rasierten Beine übereinander. Mein Blick wanderte vom Leopardenaufdruck ihres T-Shirts über das offenherzige Dekolleté zu ihrer platinblonden Mähne. Ihre künstlichen Fingernägel klickerten gegen das Porzellan ihrer Tasse, als sie sie an ihren rosa Schmollmund hob. Warum, um alles in der Welt, imitierte sie eine fünfzig Jahre alte, amerikanische Plastikpuppe?

»Wohnst du eigentlich schon immer in Gerthe?«, versuchte ich, ein unverfängliches Gespräch in Gang zu bringen.

»Nee, ich komme aus Bochum-Eppendorf. Aber in Querenburg und Dahlhausen hab ich auch mal gelebt. Jetzt musste ich zu Hause raus, da bin ich zu Sergej gezogen.«

Für eine Sekunde glaubte ich, einen echten Menschen hinter Babsis aufgemotzter Fassade sprechen gehört zu haben.

»Gab es Stress zu Hause? Mit deinen Alten?«, fragte ich nach.

»Ach«, Babsi winkte ab. »Nur das Übliche.«

Ich wartete. Wieder schien ihr mein Schweigen unangenehm zu sein. Sie stellte den Kaffee ab und fummelte ein Päckchen Zigaretten hervor.

»Meine Mutter wollte sowieso gerade zu ihrem Freund ziehen«, füllte Babsi die Stille mit Geplapper. »Da dachte ich, wenn ich eh umziehen muss, kann ich auch gleich die Biege machen.«

»Und dein Vater?«, hakte ich nach.

Babsi winkte ab.

»Weg oder was?«, blieb ich dran.

»Der ist abgehauen, als ich vier war. Mein Stiefvater mit elf. Der Nächste, als ich vierzehn war. Meine Mutter ist mit mir bei den Typen ein- und zwei Jahre später wieder ausgezogen. Das nervt irgendwann.« Sie zündete ihre Zigarette an und sog erleichtert das Nikotin ein.

»Also, der Rock ist schon mal geil«, kam sie auf ihr Lieblingsthema zurück. »Eigentlich brauche ich noch passende High Heels dazu. Sergej steht total auf lange Beine.«

Ich seufzte genervt. Einen Moment lang hatte ich mir eingebildet, mit Babsi so etwas wie eine Unterhaltung führen zu können.

»Sergej ist aber bestimmt nicht wegen deiner Beine mit dir zusammen«, fauchte ich gereizter, als beabsichtigt.

Babsi öffnete erstaunt die Lippen. Die Kippe fiel ihr aus dem Mund und versank zischend im Kaffeerest. »Warum denn sonst?«

Mir fehlten die Worte. Dabei war Babsis Outfit dem meiner Freundin Karo nicht unähnlich. Bis auf die Wahl des T-Shirts: Stinkefinger oder Leopard – anscheinend machte der Aufdruck den Unterschied zwischen Krawallbürste und Pole-Dance-Sportlerin.

»Was anderes«, wechselte ich erneut das Thema. »Schlachten Kröte und Sergej eigentlich auch selbst?«

»Braucht ihr Fleisch?«

»Äh – ja«, entschied ich spontan.

»Ich hab noch ein halbes Schaf in der Kühltruhe. Sergej macht euch bestimmt einen Freundschaftspreis. Ich frag ihn gleich.« Sie zückte ein glitzerndes Handy und tippte eine SMS.

»Ist es denn erlaubt, im Kleingarten Tiere zu schlachten?«, erkundigte ich mich.

Babsis Lachen klang, als hätte sie es geübt. »Erzähl es bloß nicht dem Vereinsvorstand, die schmeißen uns raus. Und die Tierschützerin am Eingang zündet uns die Gartenlaube an.«

»Und wie macht ihr das dann?«

Babsi legte ihr mit Strass verziertes Handy neben ihre Kaffeetasse und zuckte die Schultern: »Letztes Mal hat Sergej das Vieh bei Bodo im Garten gekillt. Da kann man ja nicht reingucken. Dann kommt es gleich in einen Sack.«

»Und dann?«

»Zerlegt haben sie es bei Alwin in der Küche.«

»Echt?« Ich stellte mir das frisch geschlachtete Schaf auf dem winzigen Küchentisch der Kopelskis vor, mit herunterhängendem Kopf und Füßen und aufgeschnittenem Bauch. Während die Männer lachten und Bier tranken.

Ich schüttelte mich.

»Ich guck da auch nicht zu«, schaffte Babsi es, meine Miene richtig zu deuten.

»Und die Frau vom Alwin hilft mit?«, wunderte ich mich.

»Im Leben nicht!« Babsi schüttelte den Kopf. »Vorher hatten die ja Zoff gehabt und Bine war nicht da. Sonst hätte Alwin bestimmt nicht vorgeschlagen, das Schaf zu ihm zu bringen. Wenn Bine die Sauerei gesehen hätte, wäre sie ausgerastet.«

Das bedeutete, Alwin Kopelski hatte kurz nach Bines Verschwinden die Schreber zum Schlachtfest in seine Küche eingeladen. Absichtlich? Um die schlampig weggeputzten Blutspuren seiner Frau mit Schafsblut zu überdecken? Bine Kopelskis Bild drängte sich in meine Gedanken. Auf dem winzigen Küchentisch. Nackt, bis auf die altmodische Kette aus ungewöhnlich dunkel schimmernden Perlen. Mit herunterhängendem Kopf und aufgeschlitztem Bauch.

Babsis Glitzerhandy piepte. Sie warf einen Blick aufs Display. »Sergej lässt euch probieren, bevor ihr kauft«, informierte sie mich. »Er schmeißt den Grill an.«

»Na, hast du ein neues Auto gefunden?«, erkundigte ich mich bei Danner, als wir uns am späten Nachmittag im Kleingarten von Kröte und Sergej einfanden. Babsi schleppte zwei Plastiktüten voll mit neuen Klamotten. Ich nicht.

Danner winkte ab.

Sergej stand bereits am Grill, Danner und Kröte deponierten ihr Bier auf dem Tisch und Chantal stellte Pappteller und eine Schüssel Krautsalat daneben.

Wenn die Krise den Euro verschlang und die Inflation über den Kontinent rollte, würden zumindest die Schrebergärtner auf ihrer grünen Insel in Bochum-Gerthe nicht hungern müssen. Mit ihrem ganz eigenen Währungssystem aus Nachbarschaftshilfe, Bier und ökologisch angebauten Schrebergartenprodukten konnten sie sich mitten im Ruhrgebiet fast so autonom versorgen wie eine Veganer-Sekte im kolumbianischen Busch. Durch selbst geerntete Äpfel und gemeinschaftliches Bäumefällen vermittelte so eine Parzelle in Zeiten von Zeitarbeit und Hartz IV eine gewisse Sicherheit.

Mein Blick wanderte durch den Garten von Kröte und Sergej, als ich mich neben Danner setzte. Die Erinnerung an meinen alkoholbedingten Albtraum der letzten Nacht holte mich ein. Dabei hatte der Kleingarten bei Tageslicht keine Ähnlichkeit mit einer düsteren, verzerrten Traumlandschaft. Im Gegenteil.

Kröte und Sergej besaßen den vielleicht beeindruckendsten der über hundertfünfzig Kleingärten der Kolonie. Die beiden Männer und Krötes Freundin Chantal hatten je eine Parzelle gepachtet, die Zäune entfernt und verfügten so über ein Areal von über tausend Quadratmetern, wie Kröte stolz berichtete.

Mit viel Geduld, gärtnerischem Geschick und Liebe zum Detail hatten sie die kühnsten Schreberfantasien ausgelebt. Es gab japanischen Ahorn und knorrige Bonsais. Die obligatorische Gartenlaube stand in der Mitte der Anlage: eine schmucke Holzhütte mit überdachter Veranda.

Die Teichanlage aus meinem Traum allerdings existierte wirklich. Genauer gesagt, verherrlichten sogar zwei weitläufige Biotope die Aussicht. Im Wasser des einen Teiches deuteten große, orangerote Flecken auf eine vermehrungsfreudige Population an Koikarpfen hin.

Der zweite Teich war nicht einsehbar. Trozdem wusste ich, dass es ihn gab, eine Tatsache, die meine Kopfhaut kribbeln ließ. Ein Weg, dessen Bepflasterung bei genauerer Betrachtung verdächtig an gelben Sandstein erinnerte, führte um die Gartenlaube herum zu einer dicken Bruchsteinmauer von ungefähr einem halben Meter Höhe, etwas abgelegen im hinteren Bereich der Anlage. Direkt vor der undurchdringlichen Gebüschwand von Bodos Parzelle.

Die Mauer machte mich nachdenklich. Ansonsten vermittelte das Gelände den Eindruck, unter der rauen Oberfläche der Stadt einen funkelnden Diamanten entdeckt zu haben. Hinter den Tarnwesten und Tattoos der auf den ersten Blick etwas beängstigenden Schreber steckten engagierte Pflanzenliebhaber.

»Die Lende ist durch«, riss mich Sergej aus den Gedanken.

Der Edelstahlgrill stand auf den bekannten Waschbetonplatten aus Fietes Gartengroßhandel. Auf dem Rost brutzelte saftiges Fleisch. Vom Kamerunschaf vermutlich.

Babsi versorgte mich mit Weinschorle.

»Jungtier, eigene Zucht. Sehr zart.« Sergej legte Danner

ein Stück Schaf auf den Pappteller. »Drei Euro pro Kilo. Unsere Kühltruhe ist voll.«

»Voller toter Schafe, Mäuse und Küken.« Babsi verdrehte die Augen, allerdings erst, als Sergej es nicht mehr mitbekam. Denn er hielt Danner bereits wieder sein Handy mit dem Foto eines Autos unter die Nase. Die große Blonde setzte sich zwischen Chantal und mich.

Chantal kicherte, als wäre ihr das Mäuseproblem bekannt. Mit meinem Plastikbecher wandte ich mich den beiden zu. Prickelnd-süßlicher Alkoholgeruch stieg mir in die Nase.

»Wofür denn Mäuse und Küken?«, wollte ich wissen.

Babsi und Chantal tauschten einen raschen Blick. Dann rückten sie ein bisschen dichter an mich heran.

»Als Futter.« Babsi senkte geheimnisvoll die Stimme, was sie beim Gespräch über die sexuellen Vorlieben ihres Freundes nicht für nötig gehalten hatte.

»Futter? Für was?« Ich hatte das Gefühl, die Pointe nicht mitbekommen zu haben. Meine Augen suchten automatisch die kniehohe Mauer, hinter der ich den zweiten Teich vermutete.

Chantal stand auf. »Komm mit.«

Klick.
Das Tier sieht aus wie eine Kreuzung aus Rehbock und Ziege. Es hat kurzes, braunschwarzes Fell und lange Ohren, die wie Propeller kreiseln, um die Fliegen zu verscheuchen. Es mummelt am Unkraut. Zufrieden.
Es weiß nicht, in welcher Gefahr es schwebt.

29.

Der Albtraum war keiner. Er hockte am Ufer des Gartenteichs und sonnte sich.

Ich wagte kaum zu atmen.

Ein Ungeheuer aus der Urzeit. Schlammig und moosbewachsen, als wäre es gerade aus den Tiefen der Erde hervorgekrochen. Mit scharfkantigen Knochenzacken auf dem gepanzerten Rücken, fingerlangen Klauen an den schwerfälligen Füßen und einem gewaltigen Schädel, dessen Kiefer sich zu einem messerscharfen Schnabel schlossen. Kleine, kalte Reptilienaugen starrten zwischen den dicken Hautfalten hervor. Was im ersten Moment aussah wie ein schmutziger, skurril gezackter Felsen, war in Wirklichkeit ein Monster. Mit einem Durchmesser von beinahe einem Meter musste das Ding uralt sein.

»Was ist das?«, flüsterte ich tonlos.

Ich hielt respektvollen Abstand zu der massiven, kleinen Mauer, hatte ich doch heute Nacht bereits erlebt, dass sich das Ding unerwartet schnell bewegen und mit fauchend aufgesperrtem Schnabel angreifen konnte.

»Eine Geierschildkröte«, erklärte Babsi fröhlich. »Sie gehört zu den Alligatorschildkröten. Das Ding ist Krötes ganzer Stolz, er hat es von seinem Vater geerbt. Soll um die sechzig Jahre alt sein. Ein Männchen, die werden besonders groß und sind selten.«

Der gepanzerte Dinosaurier hatte mit einer Schildkröte ungefähr so viel gemeinsam wie ein Komodowaran mit einer Eidechse.

»Gerade haben wir noch ein Weibchen dazubekommen. Kröte träumt von einer Zucht.«

Womit geklärt wäre, was Kröte nachts im Teich versenkt hatte. Ehrfürchtig starrte ich das Monstrum an. Mit seinen kleinen, kalten Augen starrte es viel weniger beeindruckt zurück.

»Bei dem hier müsstest du nur den Keilriemen austauschen, dann ist die Kiste wieder flott. Der Ulli macht dir das für ’n Hunni.«

Als ich mit Babsi und Chantal zum Tisch zurückkam, versuchte Sergej noch immer, Danner ein Auto anzudrehen. Der Schreber mit dem vernarbten Gesicht saß auf meinem Stuhl und hielt Danner sein Smartphone unter die Nase.

Ich stellte mich hinter Danner, um auch etwas sehen zu können. Das Display zeigte einen Unfallwagen mit eingedellter Tür. Ein Fiat Panda, mindestens zwanzig Jahre alt. In Türkis. Das Modell wäre mir nicht auf Anhieb als Schrottschüsselersatz in den Sinn gekommen.

Danner starrte Sergej an, als hätte der ihm eine Kloschüssel mit Rädern angeboten.

»Zu klein?«, begriff der Schreber. »Für zwei Riesen kann ich dir diesen hier besorgen.«

Nach kurzem Tippen zeigte der handliche Bildschirm einen dicken Audi in spießigem Silbergrau mit beängstigender PS-Zahl. »Ein dicker Schlitten. Da fahren die Muschis drauf ab.«

Sergej schlug sich grinsend die Faust auf die Brust.

Danner seufzte.

»Dann kann ich dir auch nicht helfen«, murrte Sergej. »Eine uralte Riesenkutsche wie deine hab ich nicht auf Lager. So was wird man ja nicht los.«

»Na ja, ein Wagen mit niedrigeren Steuern, der auf einen Parkplatz passt, wär auch okay«, mischte ich mich ein.

Danner tippte sich mit dem Zeigefinger gegen die Stirn. »Bevor ich die Kohle in einen Fiat Panda stecke, kaufe ich mir 'ne Bahncard.«

»Männer.« Chantal und Babsi verdrehten synchron die Augen.

»Ach, du suchst was Sportliches?«, rief Sergej. »Mit Chrom und Faltdach?«

»Klingt schon interessanter«, gab Danner zu.

»Der Ulli hat einen alten Triumph stehen«, mischte sich Kröte ein. »Ein Spitfire, Baujahr 1972.«

»Im Ernst?« Danner horchte auf. Für einen Moment meinte ich, die Begeisterung eines kleinen Jungen für den Sportwagen des reichen Onkels in seinem Gesicht zu erkennen. Irrationale Gefühlsduselei wegen eines Autos sah Danner gar nicht ähnlich.

»Wenn der auch noch laufen soll, legst du mindestens fünf Scheine dafür hin«, gab Kröte zu bedenken.

»Übersteigt mein Budget«, knurrte Danner. »Hat Ulli im Lotto gewonnen, oder was?«

Kröte zuckte die Schultern.

»Eigentlich wollte der sauber bleiben«, sagte Sergej. »Hat ja grad die kleine Nutte geheiratet, die er bei dem Türsteherjob im Bordell aufgerissen hat. Ich wette, wenn der einfährt, ist er die Braut los.«

»Wir sind keinen Schritt weiter als heute Morgen. Dafür haben wir zehn Kilo Kamerunschaf im Kühlschrank und ein kaputtes Auto.« Danner quetschte den letzten Beutel ins Eisfach. Weil in unserem Kühlschrank chronische Leere herrschte, fand Sergejs Grillware problemlos Platz.

»Na ja, wir wissen jetzt, was für ein Tier man mit toten Küken füttert«, widersprach ich.

»Ach ja?« Danner hatte von Krötes Haustier nichts mitbekommen.

»Eine Geierschildkröte«, klärte ich ihn auf.

»Eine Schildkröte frisst Küken?« Er runzelte skeptisch die Stirn.

»Eine große«, fügte ich hinzu. »Außerdem wissen wir mittlerweile, dass Bine vor ihrem Verschwinden mit Fiete geschlafen und mit der Sprack gestritten hat. Die Sprack glaubt, dass Alwin Kopelski ebenfalls nicht treu ist. Dann ist Bine anscheinend unerwartet zu Geld gekommen. Es gab Streit mit Alwin und Bine hat in der Küche Blut verloren. Seitdem sind sie und das Geld verschwunden. Kurz danach hat Alwin Kopelski Sergej und Kröte zum lustigen Schafeschlachten zu sich eingeladen.«

Danner ließ sich aufs Sofa fallen.

»Das alles klingt nicht besonders gut für Bine Kopelski«, stellte er fest. »Die Nachbarinnen könnten recht haben. Alwin Kopelski hat seine Frau beiseitegeschafft und ihre Kohle eingesteckt.«

»Genauso gut kann die Sprack Bine Kopelski im Suff aufgelauert haben«, wandte ich ein.

»Das Problem bleibt das Gleiche: Wo ist die Leiche?«, erinnerte Danner.

»Sie könnte auch mit ihrem Liebhaber und dem Geld durchgebrannt sein. Dagegen spricht allerdings, dass ihr Liebhaber hinter schwedischen Gardinen sitzt.« Ich schob den Wäscheberg in die Couchecke.

Danner runzelte die Stirn. »Fiete wusste von dem Geld. Sicher hätte er seinem alten Rivalen Kopelski zu gern nicht nur die Frau, sondern auch die Kohle abgejagt.«

Ich legte mich auf den Rücken, den Kopf auf Danners Schoß und die Füße auf die Wäsche. »Eigentlich komisch, dass Fiete nicht probiert hat, an das Geld zu kommen. Die Versuchung muss für so einen ehemaligen Kioskräuber doch riesig sein!«

Klick.
Die schöne Italienerin liefert einen ganzen Stapel Pizzakartons bei den Kindern im Eckhaus ab.
Sie wirkt unabhängig, erwachsen. Doch auch sie muss beschützt werden. Vor sich selbst.

30.

Während ich meinen Zeitungskarren rasch an den Schrebergärten vorbeizerrte, hielt Danner inne.

Ich sah mich nach ihm um. Er starrte ins Gebüsch.

Plötzlich hatte ich wieder das Gefühl, beobachtet zu werden. Was war Danner aufgefallen? Der Gehweg wurde vom Mondlicht und den Straßenlaternen beleuchtet. Ich konnte nichts Ungewöhnliches erkennen.

»Lass uns Ullis Oldtimer ansehen«, sagte Danner spontan.

»Wie bitte? Jetzt?«

»Nur ganz kurz. Oder willst du kneifen?«

Danners Augen glitzerten herausfordernd. Mein Bedarf an nächtlichen Abenteuern im Kleingarten war nach der Begegnung mit Krötes Seeungeheuer eigentlich gedeckt. Doch andererseits weckte dieses mysteriöse Auto meine Neugier.

Es zeigte mir womöglich eine Seite von Danner, die ich noch nicht kennengelernt hatte. Die Gelegenheit wollte ich mir nicht entgehen lassen.

»Ich kneife nie«, antwortete ich.

Kurz darauf parkten wir unsere Zeitungskarren auf dem alten Zechengelände. Die riesige, leere Fläche wirkte im Mondlicht unwirklich. Wie die Oberfläche eines fremden Planeten.

Danner und ich folgten dem Schleichweg zwischen dem aufgeschütteten Plateau und den Schrebergärten. In der schmalen, hohlen Gasse herrschte Finsternis. Gleich darauf zog Danner mit einem kurzen Ruck einen der dünnen Eisenpfosten von Ullis Zaun aus der Erde und wir schlüpften in den Garten. Hier konnte sich das fahles Mondlicht wieder einen Weg bahnen.

»Da muss er das Ding verstecken.« Ich deutete auf den mit Teichfolie abgehängten Bereich zwischen Ullis Kfz-Werkstatt und dem Zaun.

Neugierig schob Danner die schwere Plane zur Seite. Ich schaltete die Taschenlampenfunktion meines Handys ein und – pfiff durch die Zähne. Chrom und glänzend schwarzer Lack blitzten auf. Das Leder der Sitze konnte ich riechen.

Es wurde hell!

Erschrocken fuhr ich herum. Eine einzelne Glühbirne baumelte an der zeltartigen Stangenkonstruktion, die das Dach stützte. Danner nahm den Finger vom Schalter am Kabel.

»Was ist mit Detektivregel Nummer drei?«, zischte ich.

Er winkte ab: »Pennen doch alle um die Zeit.«

»Bis auf die Fromm«, scherzte ich. »Die beobachtet mit einem Fernglas die Zeitungszusteller. Und jetzt klingelt sie bestimmt gerade ihren Nachbarn aus dem Bett, bei dem es sich zufällig um den Polizeipräsidenten handelt.«

Doch die dicke Folie war lichtundurchlässig, die Plastiklappen der hineingeschnittenen Fensteröffnungen hingen herab. Und vor die Öffnung, durch die wir hereingeschlüpft waren, war die steife Folie größtenteils wieder zurückgefallen.

»Ich will das Schätzchen ja nur kurz bei Licht ansehen.« Fast ehrfürchtig strich Danner mit dem Finger über den polierten Lack, die Holzarmaturen, das mit Leder ummantelte Lenkrad.

Das allererste Mal, seit wir uns kannten, fand ich Ben Danner irgendwie – süß.

»Mein Alter hatte so einen«, sagte er unvermittelt.

Ich rührte mich nicht, um Danner nicht zu unterbrechen. Danners Vater vegetierte, seit er den Rest seines Gehirns versoffen hatte, in einem örtlichen Pflegeheim vor sich hin.

»Ich durfte den Wagen nicht einmal anfassen«, fuhr er fort. »Er meinte, ich würde garantiert etwas kaputt machen. Ich sollte ihm erst beweisen, dass ich gut genug wäre … für sein Auto.«

Vorsichtig trat ich neben Danner. Er legte mir einen Arm um die Schultern und das kratzige Kinn gegen die Stirn.

»Und?«, fragte ich.

Danner lachte leise. »Ein halbes Jahr später hat er die Kiste besoffen gegen die Brücke an der Universitätsstraße gesemmelt.«

Einen irritierenden Moment lang hatte ich das Gefühl, dass Danner sich an mir festhielt, um nicht aus dem Gleichgewicht zu geraten.

Dann zog er mich mit einem Ruck an sich. Ich spürte seine Hände rau und warm unter meine Jacke gleiten, meinen Pulli hochschieben. Er vergrub den Kopf an meinem Hals, küsste mein Haar, meinen Nacken, die Stelle, an der mein Hals in die Schulter übergeht.

Mein Herz sprang gegen meine Rippen, schien gegen seinen harten Brustkorb zu trommeln, während meine Finger seinen Gürtel aufzerrten.

Das Licht zuckte.

Irritiert hielt ich inne und sah zu der in Spinnweben eingewickelten Glühbirne unter der Decke, dann zu der Öffnung in der Teichfolie.

Hatte es draußen geblitzt? Nein, Quatsch, seit einer Woche war keine Wolke am Himmel zu sehen. Allerdings hatte Danner ebenfalls aufgeblickt. Hatte auch er etwas bemerkt?

Ich zog meinen Pulli zurück über meine Brust. Das fehlte ja noch, dass Ulli uns beim Bruch in seiner Gartenlaube erwischte. Oder dass Silvia Fromm uns tatsächlich die Polizei auf den Hals gehetzt hatte. Ich konnte die Schlagzeile vor mir sehen: *Privatdetektive nackt bei Einbruch in Schrebergartenlaube erwischt.* Klara, die Schlampe, würde mit Freude dafür sorgen, dass wir Fiete in der U-Haft Gesellschaft leisteten.

»Machen wir zu Hause weiter«, schlug Danner flüsternd vor und langte nach dem Lichtschalter. Wir lauschten in die Dunkelheit. Doch kein Polizeikommando stürmte die Gartenlaube.

Ich folgte Danner unter der Folie hindurch nach draußen.

Im Garten herrschte Stille.

Lächerlich, dieses unwohle Gefühl. Wer sollte uns mitten in der Nacht auflauern? Danner hängte den Eingang sorgfältig zu.

Im gleichen Augenblick zerriss ein Knall die Stille.

Ich wirbelte herum, ohne zu wissen, wohin ich schauen sollte. Im nächsten Moment wurde ich an beiden Schultern gepackt und zu Boden geschleudert.

Klick.

Ihr blasser Körper sieht wunderschön aus auf dem weißen Laken. Edel. Ihr graues Haar ergießt sich über das Kissen. Die blutrote Rosenblüte auf ihrer weißen Brust ist der einzige Farbtupfer im Bild.

Sie lächelt.

31.

»Was zum Teufel war das?«, keuchte ich. »Ben?«

Ich spürte Danners Atem im Nacken, sein Gewicht auf meinem Rücken, den kalten Erdboden unter meinen Knien.

»Ein Schuss«, flüsterte er.

»Ein – was!?!«

»Ich glaube, die Kugel ist neben mir eingeschlagen. In die Folie.«

»Was?«, wiederholte ich schrill.

»Irgendein Spinner ballert hier rum.«

Das schien mir so unwahrscheinlich, dass sich mein Gehirn weigerte, diese Information zu verarbeiten.

Ich erinnerte mich an das aufblitzende Licht. Hatte uns doch jemand beobachtet? Darauf gewartet, dass wir Ullis Hütte wieder verließen? Um uns dann als Einbrecher erschießen zu können?

Ich schluckte trocken.

»Was machen wir jetzt?«, krächzte ich.

»Abhauen«, schlug Danner vor.

In dem Moment nahm ich eine Bewegung wahr. Keine zwanzig Meter von uns entfernt, im Gebüsch; dort, wo man durch den Zaun schlüpfen konnte.

Ich tippte Danner an und zeigte in die Richtung.

Danner sprang auf und brüllte: »Ey! Stehen bleiben!« Mit wenigen Sätzen hatte er Ullis Rasen überquert und verschwand ebenfalls im Gebüsch.

War der wahnsinnig? Der andere war bewaffnet!

Nach einer Schrecksekunde rannte ich hinterher.

Danner stand auf dem leeren Zechengelände und drehte sich suchend um sich selbst. Außer ihm war niemand zu sehen. »Mist!«, fluchte er wütend.

»Wir müssen die Polizei holen!«, fand ich.

Danner stützte die Hände auf die Hüften. »Um denen zu erzählen, dass wir in einen Schrebergarten eingebrochen sind und dabei auf uns geschossen wurde? Vielleicht war es Kopelski, der gestern Abend besoffen in seiner Gartenlaube eingepennt ist und uns für Einbrecher gehalten hat. Dann haben wir uns selbst eine Anzeige eingebrockt.«

Danner legte ein Plastiktütchen neben meinen dampfenden Kaffeebecher auf den Stehtisch vor *Angis Imbiss.* In der Tüte steckte ein metallisch glänzender, kleiner Trichter mit abgerundeter Kuppe.

Während der Kaffeebecher in meinen Händen verdächtig wackelte, war Danner tatsächlich kaltblütig genug gewesen, um noch einmal in den Schrebergarten zurückzukehren und das Beweisstück aus der Teichfolie von Schrauber-Ullis Zeltgarage zu fummeln.

»Luftgewehr«, erklärte er mir jetzt. »Das hätte uns nicht umgebracht, aber ganz schön gezwirbelt. Sieht aus, als wollte uns einer einen Schreck einjagen.«

Mit einem Gefühl von Übelkeit in der Magengegend betrachtete ich das Geschoss. »Wer erschreckt denn Menschen, indem er nachts auf sie schießt?«

»Ein militanter Gärtner?«

»Wohl eher ein Irrer«, meinte ich. Ich erinnerte mich an das ungute Gefühl, beobachtet zu werden. Es hatte mich heute nicht zum ersten Mal beschlichen. Irgendwas stimmte ganz und gar nicht bei den friedlichen Nachbarn.

»Oder ein Nachtwächter«, suchte Danner nach einer logischen Erklärung. »Vielleicht überprüft nachts eine Sicherheitsfirma die Anlage.«

»Und die schießen auf alles, was sich bewegt?«, zweifelte ich. »Vielleicht war der Schuss als Warnung für uns gemeint?«

Angi, die Imbisstante, wischte den Nebentisch ab. Sicherheitshalber wartete ich, bis sie wieder verschwand. Inzwischen färbte die Dämmerung den Himmel rosa und die ersten Geräusche der erwachenden Stadt beruhigten meinen Herzschlag.

»Vielleicht will uns jemand mitteilen, dass wir unsere Nasen nicht in fremde Gartenlauben stecken sollen«, überlegte ich weiter.

Jetzt runzelte Danner skeptisch die Stirn.

»Mann, Ben! Jemand hat auf uns geschossen. Das ist kein dummer Scherz.«

»Ich schätze, Fiete würde es lustig finden«, widersprach Danner.

Das stimmte. Dass Fiete seinen Grund und Boden mit dem Luftgewehr verteidigte, war denkbar. Und dass er sich darüber totlachen würde, wenn ich mir vor Schreck in die Hose machte, ebenfalls.

»Aber Fiete sitzt hinter Gittern«, zuckte Danner missmutig die Schultern.

»Sind dir eigentlich mal die drei Punkte an Ullis Hand aufgefallen?«, erkundigte ich mich.

Klick.
Er fällt über sie her. Seine Hände drängen unter ihren Pullover, berühren viel zu grob ihren zerbrechlichen Körper. Sie weiß, dass er stärker ist. Kann sich nicht wehren, spielt sein Spiel mit.

32.

»Mehr habt ihr nicht?«, Staschek verdrehte die Augen. »Nur Ulli ist ja ein bisschen knapp. Was soll ich denn eingeben? Ulrich?«

»Wahrscheinlich«, meinte ich schulterzuckend.

»Erst Ulrich, dann Ulli, dann alle Namen, die mit Ul beginnen«, erklärte Danner.

»Das heißt wohl, ihr bleibt zum Mittagessen«, seufzte Staschek. Er tippte ›Ulrich‹ in den Polizeicomputer und der spuckte wie erwartet eine ziemlich lange Liste von Namen aus. Wir mussten jeden einzelnen anklicken und uns das Foto und die persönlichen Daten ansehen, um herauszufinden, ob Schrauber-Ulli ein Exhäftling war.

Ulrich brachte kein Ergebnis.

Ulli ebenfalls nicht. Da hatte uns Fiete die Suche deutlich einfacher gemacht.

»Moment.« Eine Stunde später tippte ich auf den Monitor. Mittlerweile hatten wir uns gut die Hälfte aller ehemaligen

Gefängnisinsassen aus dem Bochumer Raum, deren Namen mit Ul begannen, angesehen. Außerdem hatten wir den Muffinvorrat von Stascheks ältester Mitarbeiterin Herta leer gefuttert. Und die humorlose, dafür aber umso strebsamere Jungkommissarin Wegner hatte bereits dreimal unter einem Vorwand ihre lange Nase in Stascheks Büro gesteckt. Wahrscheinlich in der Hoffnung, uns bei etwas zu ertappen, was das Petzen bei Stascheks Vorgesetzter lohnte.

»Das könnte er sein, oder?«

Der Bildschirm zeigte ein gleichgültiges Gesicht, einmal frontal, einmal im Profil fotografiert. Der Mann war deutlich jünger als Schrauber-Ulli, der Kopf kahl geschoren, ein Silberring im linken Ohrläppchen. Trotzdem kam er mir bekannt vor.

»Franz-Adolf Ullmann«, las ich die persönlichen Daten. »Jahrgang 1960. Das käme hin.«

»Da haben die Eltern ja schlappe fünfzehn Jahre nach Kriegsende noch mal ein politisches Statement abgegeben«, grinste Danner.

Ein guter Grund sich einen Künstlernamen zuzulegen, fand ich. Mehrere Raubüberfälle gingen auf Ullis Konto. Er hatte – oha! – zu der berüchtigten Bande von Kioskräubern gehört, die bis Anfang der Neunzigerjahre den Raum Bochum unsicher gemacht hatten. Was für ein Zufall, dass wir einen seiner Komplizen bereits ausfindig gemacht hatten.

»Soll ich mal raten, wer das dritte Bandenmitglied gewesen ist?«, sagte Danner.

Es dauerte einen Augenblick, bis ich schaltete. »Du meinst Bodo?«

Hatten die Mitglieder der *Roten Rose,* Fiete, Ulli und Bodo, auch als Erwachsene nicht aufgehört, die Straßen unsicher zu machen? Während ihre Gegner von der *Weißen Rose,*

Matthias Hesskamp, Alwin Kopelski und Peter Bengel brav ihre Ausbildungen absolviert hatten?

Jedenfalls hatte man Ulli erwischt und er war für sechs Jahre im Knast in Werl verschwunden, bis zur vorzeitigen Entlassung wegen guter Führung.

Allerdings war er vor knapp zwei Jahren erneut straffällig geworden. Man hatte ihm eine Körperverletzung bei einer Prügelei im Rotlichtviertel an der Gußstahlstraße nachweisen können. Die Bewährung lief noch.

Plötzlich schien die Vorstellung, dass er mit einem Luftgewehr im Schrebergarten herumballerte, nicht mehr ganz abwegig.

Nach erneuter Suche konnten wir schließlich auch den dritten Kioskräuber identifizieren. Bodo war mit drei Jahren davongekommen, er hatte den Fluchtwagen gefahren.

»Und mit Anfang fünfzig treffen die Kalle-Blomquist-Fans im Schrebergarten wieder aufeinander«, erkannte Danner.

»Und um der alten Zeiten willen jagt Fiete seinem Lieblingsrivalen Kopelski die Frau ab«, sagte ich. »Aber von Bine Kopelskis Geldhaufen lassen die bösen Jungs artig die Finger?«

Auch Staschek runzelte skeptisch die Stirn.

»Und Ulli hat plötzlich Geld für einen Oldtimer.« Danner trommelte mit den Fingern auf Staschecks Schreibtisch. »Organisier uns noch mal ein Date mit Fiete, Lenny.«

Staschek seufzte.

»Sie denken an eine Art Bürgerwehr zur Sicherung der Gärten?« Oberschreber Peter Bengel trug einen Schutzkittel, Gummihandschuhe und eine Atemmaske.

Während Staschek versuchte, uns eine Besuchserlaubnis zu beschaffen, suchten Danner und ich nach weiteren potenziellen Hobbyschützen.

In der Linken hielt Bengel eine gelbe Flasche, von der ein Schlauch zu der Düse in seiner Rechten führte. Stinkende Nebelwolken hüllten den prächtigen Rosenstock vor seiner Gartenlaube ein. Vermutlich handelte es sich um kein ökologisch verträgliches Pestizid. Die Schädlinge kippten zu Tausenden von den Blättern. Und Danner und ich gleich mit ihnen. Ich musste husten und trat einen Schritt zurück.

Der konsequente Kampf gegen sechsbeinige Pflanzenfeinde erklärte die wuchernde Pracht in Bengels Garten.

»Nein, so etwas haben wir nicht«, erklärte der Schreber. »Die Idee klingt aber vernünftig, schließlich zieht das Zechengelände nebenan Jugendliche an wie ein Abenteuerspielplatz. Schon öfter haben wir unsere Gartenmöbel morgens dort einsammeln müssen.« Bengel sprach lauter, weil Danner und ich uns immer weiter von der giftigen, gelben Wolke entfernt hatten.

Ich konnte durch die offen stehende Tür in seine Gartenlaube sehen. Unzählige gerahmte Fotografien erinnerten an die Gärtnererfolge der letzten Jahrzehnte.

»Schreibt doch mal einen Antrag, dann stimmen wir in der nächsten Jahreshauptversammlung darüber ab.«

»Geschossen?« Silvia Fromms Stimme überschlug sich vor Aufregung, als wir unseren beiden Auftraggeberinnen vom Stand unserer Ermittlungen berichteten. »Nein, davon hat Bine nichts erzählt.«

»Na ja …« Katrin Hesskamp sah aus, als wollte sie ihrer Nachbarin widersprechen, sobald die sie zu Wort kommen ließ.

»Ist Bine bei ihren Zeitungstouren etwas anderes aufgefallen?«, wandte ich mich direkt an die Frau des Polizisten.

Silvia Fromms Mund schnappte ärgerlich zu.

»Es war ihr unheimlich in letzter Zeit«, sagte Katrin Hesskamp. »Als Frau nachts allein in den Straßen unterwegs ...«

»Wie kommen Sie darauf?«

»Sie hat erzählt, dass sie sich manchmal verfolgt fühlte. Aber wenn sie sich umsah, war dort niemand.«

Ach nee! Das war ja interessant. Da war ich nicht allein mit dem Gefühl, beobachtet zu werden. War das die Spur, die uns weiterhalf?

Fiete erwartete uns im Besucherraum.

Danner setzte sich ihm direkt gegenüber. Anscheinend wollte er die Befragung heute selbst übernehmen.

Ich ließ mich neben ihn auf einen Stuhl plumpsen, kam mir aber wie eine Zuschauerin am Spielfeldrand vor. Danner stützte die Ellenbogen auf den Resopaltisch und lehnte sich zu Fiete hinüber. »Du hast uns verschaukelt, Kumpel.«

Fiete verschränkte wortlos die Arme.

»Du hattest nicht vor, auf Bine Kopelskis Kohle zu verzichten. Im Gegenteil, du hast Ulli und Bodo gesteckt, dass sie irgendwo einen Haufen Geld bunkert. Und ihr wolltet ein Stück vom Kuchen abhaben.«

Jetzt beugte Fiete sich ebenfalls vor: »Und was geht dich das an, Benni?«

Über den Tisch hinweg starrten die beiden sich an.

»Ich suche Bine Kopelski«, erklärte Danner.

»Du lässt deine Finger von meiner Torte.«

»Mein Interesse ist rein geschäftlich. Ich bin Privatdetektiv.«

»So eine Scheiße!« Fiete klatschte die Hände auf den Tisch. Der Justizvollzugsbeamte an der Tür zuckte zusammen. »Und ich dachte immer, ich erkenne einen Schnüffler am Geruch.«

»Wenn Bine Kopelski tot ist und sich herausstellt, dass

Ulli sich von ihrem Geld einen neuen Wagen gegönnt hat, seid ihr dran. Das ist dir doch klar?«, zischte Danner.

»Halt die Fresse!« Fietes scharfe, kleine Augen flitzten zwischen dem Detektiv und dem Wachmann an der Tür hin und her, während sich seine Oberarme aufzublähen schienen. Er senkte drohend die Stimme. »Wir haben Bine nichts getan, kapiert?«

Danner musterte den Häftling schweigend.

»Angenommen, das stimmt«, sagte er schließlich. »Angenommen, jemand anderes als du hätte Bine umgebracht. Rein theoretisch natürlich.«

Fietes Bizeps drohte jeden Augenblick zu platzen.

»Alwin Kopelski zum Beispiel«, fügte Danner hinzu.

Fiete erstarrte.

»Alwin würde sich sicher freuen, wenn sich drei bescheuerte Kleinkriminelle mit Diebesgut aus Bine Kopelskis Haus erwischen lassen würden. Und sich als Mordverdächtige sozusagen vordrängeln.«

Der Tätowierte schluckte.

»Und glaub mir, die Polizei wird ebenfalls begeistert sein«, fügte Danner noch hinzu.

»Wir wollten die Kröten nur in Sicherheit bringen«, gestand Fiete widerwillig. »Geht doch nicht, dass Alwin Bines Geld verjubelt, solange sie weg ist.«

Natürlich. Reine Nachbarschaftshilfe.

»Ulli und ich sind durch die Balkontür rein.«

Interessant. Danner und ich waren also nicht die Ersten gewesen, die sich nach Bines Verschwinden im Haus der Kopelskis umgesehen hatten.

»Und Bodo hat Schmiere gestanden?«, riet Danner.

Fiete antwortete mit einem Knurren.

»Und weiter?«

»Nichts weiter. Entweder hatte Bine den Zaster verdammt pfiffig versteckt oder Alwin hat ihn längst in der Tasche«, mutmaßte der Tätowierte.

»Und Ullis Auto?«, gab Danner sich nicht zufrieden. »Wie hat er den Spitfire bezahlt?«

Fiete zog sein Augenlid nach unten. Vielleicht durch Zufall tippte er dabei genau auf die Knastträne. »Ich verpfeif meinen Kumpel nicht, Alter. Frag ihn selbst.«

Klick.

Das Arschloch sucht die Kugel. Seine dunkle Gestalt verschwimmt im Grau der Dämmerung zwischen den Schemen der Pflanzen.

Er hat keine Angst. Er wird weiter anderen Menschen Angst machen. Schwächeren. Er soll spüren, dass auch er sich fürchten muss!

33.

»Fiete wird versuchen, Ulli irgendwie zu warnen«, fluchte Danner und ließ die Schrottschüssel vom Bordstein rumpeln.

Gut möglich. Fiete hatte Ulli nicht verpfiffen. Seit ihrer Kindheit auf Bochums Straßen hielten Fiete, Ulli und Bodo zusammen. Fast fünfzig Jahre, solange hatte vermutlich nicht mal der Original-Kalle-Blomquist durchgehalten.

»Was machen wir jetzt?«, fragte ich Danner.

»Wir versuchen, Fiete zuvorzukommen«, entschied er.

Tatsächlich konnte Danner durch einen kleinen Hinweis auf Ullis florierende Kfz-Werkstatt das spontane Interesse des Zolls wecken. Denn Franz-Adolf Ullmann war arbeitslos gemeldet und bezog Sozialhilfe. Merkwürdig eigentlich, wenn man sein Geschick als Automechaniker kannte. Die Tür der Gartenlaube öffnete Ulli wie immer im Blaumann und auf seiner nagelneuen elektrischen Hebebühne klebte ein alter Opel Kadett.

Offenbar war Ulli für die Beamten kein Unbekannter, denn sie rückten gleich mit Polizeiverstärkung an und luden ihn zu einem spontanen Gespräch über Schwarzarbeit während einer laufenden Bewährungszeit ein. Zwei Männer durchsuchten Ullis Gartenlaube, während die anderen ihn abführten.

»Das ist nur mein Hobby, Mann!«, protestierte Ulli lautstark.

Die Hände in den Taschen sahen Danner und ich vom Gartenzaun aus zu.

»Benni, Lila! Hab ich euch schon mal Kohle abgeknöpft, wenn ich nach eurer Karre gesehen habe?«

Wir schüttelten synchron die Köpfe.

»Das macht man doch nicht unter Nachbarn«, erklärte ich dem einen Beamten vorwurfsvoll.

Überraschenderweise meldete sich mein Gewissen. Ulli war ein netter Kerl, spontan hilfsbereit. Außerdem beneidete ich ihn ein bisschen um seine jahrzehntelange Freundschaft mit Fiete und Bodo. Und dass er seine Sozialhilfe durch gelegentliche Reparaturen aufbesserte, konnte man verstehen. Mit über fünfzig und seinen Vorstrafen war ein Lottogewinn wahrscheinlicher, als noch mal einen einigermaßen fair bezahlten Job zu finden.

In dem Moment steckte eine Uniformierte den Kopf aus

dem Garagentor in Ullis Gartenhäuschen: »Horst? Das musst du dir ansehen!«

Ein zweiter Beamter wurschtelte sich aus der Teichfolienkonstruktion. Seine Kollegin winkte ihn in die Hütte.

Danner und ich sahen uns an.

Kurzerhand öffneten wir das Gartentor und näherten uns Ullis Werkstatt.

Unter der neuen Hebebühne befand sich ein mit Brettern abgedecktes Loch im Boden. Eine Grube, über die der Mechaniker die Autos gefahren hatte, um sie von unten betrachten zu können.

Aus dieser Grube förderte die kurzhaarige Uniformierte ein Plastiktütchen zutage. Ihr Kollege kippte den Inhalt auf dem Betonboden der Werkstatt aus.

Schmuck, staunte ich. Glitzernde Armbänder, Ketten, Ringe. Eine Perlenkette fesselte meine Aufmerksamkeit. Das Schmuckstück mit dem auffällig dunklen Schimmer kam mir bekannt vor.

»Was machen Sie denn hier?« Die Uniformierte hatte Danner und mich vor dem Tor entdeckt und erhob sich eilig. »Ich muss Sie bitten, sich zu entfernen.«

Ich fügte Ullis Namen meiner imaginären Liste möglicher Verursacher von Bine Kopelskis Verschwinden hinzu. Offensichtlich hatte er beim Einbruch in das Haus der Kopelskis die Gelegenheit genutzt und Bines Schmuckkasten geplündert. Mir war nämlich wieder eingefallen, woher ich die Kette kannte: Bine Kopelski trug sie auf dem Pappaufsteller in ihrem Keller. Trotzdem widerstrebte es mir, mir die Kioskräuber als kaltblütige Mörder vorzustellen.

»Kann es nicht sein, dass wir die ganze Zeit in die falsche Richtung denken?«, fragte ich Danner.

Der ließ sich neben die Wäsche aufs Sofa fallen.

»Wir suchen die ganze Zeit in Bines Umfeld nach Ursachen für ihr Verschwinden. Vielleicht verfolgte sie jemand, den sie gar nicht kannte. Hast du mal an die Möglichkeit gedacht, dass hier ein Verrückter herumläuft?«

Klick.

Am Rosenstrauch sprießen die ersten Blätter. Für den Schutz vor Schädlingen ist gesorgt. Der Garten wird auch in diesem Jahr wieder prächtig blühen. Die Kleine zieht das Gartentor hinter sich zu. Das Arschloch hat Fragen gestellt. Rumgeschnüffelt.

Hält sich für ganz schlau, der Idiot.

34.

Alles war dunkel. Und gespenstisch still. Der sonst allgegenwärtige Motorenlärm der Autobahn verebbte um vier Uhr früh zu einem entfernten Grollen. So war nur das regelmäßige Quietschen der schwer beladenen Zeitungskarren bei jeder Umdrehung der kleinen Gummiräder zu hören.

Mein Herz klopfte. Ja, ich fühlte mich unwohl. Hatte der Heckenschütze wieder Stellung bezogen?

Auch Danner war auffallend schweigsam.

Wir erreichten den ersten Reihenhausblock der ehemaligen Zechensiedlung. Weil der Pizza-Fan im Eckhaus wohnte, konnte ich durch die Terrassentür an der Rückseite des Hauses das Flimmerlicht eines Bildschirms sehen. Anscheinend war der Typ wieder in nächtlicher Mission durch die Fantasiewelten des World Wide Web unterwegs.

Ich durchquerte den Vorgarten und schob die Zeitung in seinen Briefkasten.

Weil Anneliese Sprack im Krankenhaus war, steckte Danner das nächste Exemplar in die Zeitungsbox des Polizeipräsidenten. Der schien heute nicht nachtaktiv zu sein, hinter seinen Fenstern herrschte Finsternis.

Ich marschierte auf die Haustür zu, hinter der die gut gekleidete Pudeldame residierte. Gerade machte das Tier seinen Besitzer mit lautstarkem Geheul darauf aufmerksam, dass seine Blasenschwäche mal wieder einen nächtlichen Gassigang erforderte.

Erstaunlich, wie viel man vom Leben der Menschen mitbekam, wenn man ihnen nachts eine Zeitung brachte.

Wenn sich der blond gelockte Pudelfreund nicht bald bewegte, würde die vierbeinige Diva sämtliche Reihenhausbewohner aus dem Bett geworfen haben.

Danner parkte seine Zeitungskarre vor dem Eckhaus, in dem die beiden Brüder lebten, während ich mich auf den Weg zum Gebäudekomplex der Hesskamps machte.

Im ersten Garten standen ein Spielturm und ein Sandkasten. Die Familie mit den vielen Kindern.

In dem Augenblick flammte hinter mir ein Licht auf. Ich wandte mich um.

Danner stand noch im Vorgarten des letzten Hauses, aus dessen Haustür in diesem Moment ein Mann in blau kariertem Flanell stürmte. Er war groß und stämmig, seine Haare standen über seinem massigen Schädel in die Höhe wie ein großes, blondes Fragezeichen und die aus dem Flanell ragenden Beine steckten in Plüschpuschen in Form von Affenköpfen.

Einen Augenblick lang befürchtete ich einen Angriff, wie den von Anneliese Sprack. Doch der Kerl stampfte, ohne zu grüßen, an Danner vorbei.

Ich kratzte mich am Kinn. Tatsächlich musste der Typ älter sein, als seine lächerliche Aufmachung vermuten ließ. Seine Augen standen irgendwie schräg, die äußeren Augenwinkel wirkten hochgezogen. Und auch sein durch die überbreiten Hüften schaukelnder, leicht x-beiniger Gang ließ mich stutzen. Die ganze Erscheinung erinnerte mich an etwas.

Das Mädchen sitzt mit baumelnden Beinen auf der Bettkante. Sie ist etwa so alt wie ich, zwölf ungefähr. Pummelig, mit braunem Haar und auffallend schräg stehenden Augen.

»Warum bist du denn im Krankenhaus?«, will meine neue Zimmergenossin wissen.

Mein Vater hat mir den Arm gebrochen.

»Bin die Treppe runtergefallen«, sage ich.

»Hansi! Warte, hab ich gesagt!«, brüllte jetzt eine andere Männerstimme hinter dem Puschenträger her.

Doch der Typ in Flanell schenkte dem Rückruf keine Beachtung. Unbeholfen kletterte er über den winzigen Zaun, der sonst wohl den Pudel daran hindern sollte, den Nachbargarten als Klo zu betrachten.

»Bücherwurm! Geh mit Trixi raus!« Der Puschenträger donnerte seine Faust gegen die Tür, hinter der der Pudel jaulte. Besser gesagt: gejault hatte.

Die Tür flog nämlich auf. Ein sich rasch entfernendes Winseln ertönte. Anscheinend war die Haustür nicht richtig geschlossen gewesen.

Erstaunt ließ ich meine Zeitungskarre stehen.

Hansi war offensichtlich behindert, wahrscheinlich hatte er ein Downsyndrom.

Er stand verdutzt im offenen Hauseingang. Allerdings erholte er sich schnell von seiner Verblüffung.

»Trixi«, flötete er. »Hab ich dir wehgetan? Das wollte ich nicht. Komm mal her!«

Und schon verschwand der Puschenträger im Haus. Im gleichen Moment stürzte ein stämmiger Mann in den Vorgarten. In Biolatschen stolperte er über den Rasen, während er noch sein Hemd in die Jeans stopfte. Seine im Laternenlicht spiegelnde Glatze umschloss ein blonder Haarkranz und auch er bewegte sich mit dem wackelnden Gang, den überbreite Hüften in Kombination mit X-Beinen hervorriefen. Die Verwandtschaft der Männer war offensichtlich.

»Verdammt!«, fluchte Hansis Bruder. »Du kannst da nicht einfach so reingehen!«

Beim Schritt über den niedrigen Zaun blieb sein Biolatschen hängen. Er stolperte, entschloss sich aber, die fehlende Sandale zu ignorieren und humpelte mit einem Schuh durch die Blumenbeete.

Als er die Haustür erreichte, dröhnte ein markerschütterndes Brüllen durch den Flur und ließ den ganzen Wohnblock erzittern.

Klick.
Nahaufnahme. Das gebannte Gesicht wird nur vom Bildschirm beleuchtet. Fotografiert zwischen den federigen, fünf-fingerigen Blättern der Grünpflanzen hindurch.
Bilder von Menschen, die nicht wissen, dass sie fotografiert werden, sind von beeindruckender Intimität. Vor allem in der eigenen Wohnung. Sie fühlen sich unbeobachtet. In ihrem Schutzraum.

Doch ab und zu lässt sogar der Vorsichtigste die Vorhänge offen. Und bemerkt nicht, dass jemand zuschaut. Direkt vor dem Fenster. Nur Zentimeter entfernt.

35.

Hansi stand breitbeinig in einem Wohnzimmer, das viel zu klein für ihn wirkte. Er brüllte noch immer. Zwischendurch sog er pfeifend Luft ein, nur um gleich wieder aus vollen Lungen schreien zu können. Fast unmenschliche Laute, die an ein verwundetes, ziemlich großes Tier erinnerten.

Der behinderte Mann hatte genau begriffen, was er sah.

Sein Kopf stieß an die Bommeln der Deckenlampe – ein altertümliches Modell mit bräunlichem Stoffbezug, das ein mattes Licht erzeugte. Unzählige Bücherregale verengten den Raum. Hansis rechtes Bein stieß an die Kante des Couchtisches, die linke Wade an ein braunes Sofa mit Blumenmuster.

Vor ihm auf dem Boden, zwischen Tisch und Sofa, lag der kleine, dünne Pudelbesitzer. Auf dem Bauch. Unter den blonden Locken an seinem zur Seite gekippten Hinterkopf klaffte ein blutiges Loch. Ein Einschuss. Ausgetreten war die Kugel im Gesicht. Dort hatte das Projektil deutlich mehr Schaden verursacht. Die Nase und das linke Auge fehlten. Blut und Schädelinhalt waren auf den Couchtisch gespritzt, bevor der Pudelbesitzer umgefallen war. Teppich und Pullunder waren durchtränkt.

Danner kletterte über das Sofa an dem brüllenden Hansi vorbei, um sich zu dem Toten zu bücken.

Hier war ein Mord passiert, daran bestand kein Zweifel.

Denn der Schuss hatte das Opfer von hinten getroffen. Damit konnte man einen Selbstmord wohl ausschließen.

Ich wunderte mich, dass mir nicht übel wurde. Mein Herz pochte schneller als sonst, ein flaues Gefühl breitete sich aus der Magengegend bis in Arme und Beine aus und ließ meine Knie zittern. Doch sonst hatte ich mich im Griff.

Im Gegensatz zu Hansis Bruder. Der war hinter mir aufgetaucht. Als er kapiert hatte, was passiert war, begann er ebenfalls zu brüllen.

»Seien Sie still!«, fuhr ich ihn an. »Helfen Sie mir lieber, Ihren Bruder rauszubringen.«

Ich griff den behinderten Mann vorsichtig am Arm. Der stemmte sich, unaufhörlich weiterschreiend, gegen meinen Griff.

So klappte es nicht.

Suchend sah ich mich nach irgendetwas um, dass mir helfen konnte, den aufgelösten Mann hinauszubewegen. Mein Blick fiel auf einen blonden Schwanz unter dem Couchüberwurf. Ich packte den zitternden Hund im Nacken und drückte Hansi das zappelnde Fellbündel vor die massige Brust.

»Können Sie sich vielleicht um Trixi kümmern, Hansi? Die Arme ist völlig verstört.«

Hansi schloss den Mund und nickte. Er presste das zitternde Tier in das warme Flanell seines Pyjamas.

»Gut, dass Sie Hilfe gerufen haben«, redete ich auf Hansi ein, während ich ihn zur Tür schob. »Achtung, nicht auf das Bein treten.«

Danner sah mir nach, während er per Handy mit Polizei oder Notarzt sprach.

Gemeinsam mit Hansis Bruder bugsierte ich den Verwirrten durch den vollgestellten Flur in den Vorgarten und setzte ihn auf die Marmorstufe vor dem Eingang. Das Riesenbaby sackte in sich zusammen und streichelte den Hund.

Ich kehrte in die Wohnung zurück.

Danner hockte neben der Leiche auf dem Teppich. Er sah zu mir auf.

Üblicherweise war das der Moment, in dem er mich hinausscheuchte, um mir zu ersparen, was ich sowieso schon gesehen hatte. Was ich üblicherweise ignorierte.

Doch heute sagte er: »Wir haben nicht viel Zeit. Die Polizei und ein Rettungswagen rücken gleich an.«

»Nicht viel Zeit? Für was?«

Danner erhob sich. Seine Augen wanderten über die Bücherregale.

»Das ist ein Mord. In fünf Minuten macht Lenny die Bude hier dicht.« Er schob sich an mir vorbei. »Ich sehe mich kurz um. Wenn du mit deiner Psychopathen-Theorie richtig liegst, wäre ein Zusammenhang mit unserem Fall denkbar.«

Danner verschwand im Flur.

Auf die Idee, nach dem Fund eines Toten dessen Wohnung zu durchsuchen, wäre ich nicht auf Anhieb gekommen. Aber Danner hatte natürlich recht, sobald die Polizei auftauchte war die Gelegenheit verpasst.

Ich warf einen Blick auf die Bücher. Der Pudelfreund hatte alles im Regal, vom Brille tragenden Zauberlehrling bis zu den Grundgedanken des Buddhismus. Tonnenweise Bücher, die nicht zur altertümlichen Einrichtung passten.

Ich hörte Danners Schritte auf der Treppe und ein Martinshorn in der Ferne. Unentschlossen blieb ich stehen.

Allerdings nur kurz.

»Lila!«, rief Danner.

Ich folgte ihm ins Obergeschoss. Dort gab es zwei Zimmer und ein Bad. Im ersten Raum standen ein Doppelbett mit geschnitzten Holzfüßen und Tagesdecke, ein zugehöriger Kleiderschrank und eine Kommode. Schwere Brokatgardinen verhängten das Fenster.

Im zweiten, kleineren Zimmer entdeckte ich ein weiteres, einzelnes Bett. Die Decke zerwühlt, ein Teddybär auf dem Kissen. Das Hundekörbchen daneben. Harry Potter mit seiner Hexenfreundin Hermine auf einem Poster an der Wand. Ein weiteres Regal, in dem eine kitschige Porzellanelfe als Bücherstütze diente. Und ein Schreibtisch.

Der Anblick des Teddybären auf dem Bett berührte mich merkwürdig. Ich fühlte mich wie in einem Kinderzimmer. Der Pudelbesitzer war aber um die fünfzig. Von einem Kind hatte Silvia Fromm nichts erzählt. Und wieso hatte er Poster von Harry Potter an der Wand?! Irgendwas passte hier nicht zusammen.

»Das gibt es doch nicht!« Danner hatte sich über den Schreibtisch gebeugt und betrachtete die darüber hängende Pinnwand. »In Zukunft verlasse ich mich öfter auf dein Bauchgefühl.«

Ich trat neben ihn.

»Scheiße«, stöhnte ich nach dem ersten Blick auf die Fotos. »Der Typ war ein Spanner!«

Mein vages Gefühl, beobachtet zu werden, war die Untertreibung des Jahres gewesen! Der Pudelliebhaber hatte einen Dachschaden. Das hatte eigentlich schon das rosa Mäntelchen seines Hundes verraten. Bis auf vier, fünf Lücken war die riesige Korktafel überfüllt mit Fotos.

»Da.« Danner tippte mit dem Finger auf eine Aufnahme. Bine Kopelski mit dem Zeitungswagen.

Auf einmal bekam der Tod des Pudelfreundes einen Sinn.

»Hat Alwin Kopelski seine Frau gerächt?«

Während Danner die Schubladen des Schreibtisches aufzog, wanderte mein Blick weiter über die Bilder. Frauen. Babsi oben ohne im Schrebergarten, Imbiss-Angi, eine hübsche Südländerin mit Pizzakarton. Der Pudelmann hatte vor allem Frauen nachgestellt und sie fotografiert. Mehrere Bilder waren offensichtlich abends durchs Fenster aufgenommen worden. Wenn ein Spalt zwischen den zugezogenen Gardinen geblieben war.

Das Martinshorn näherte sich dem Haus.

Danner schob die Schreibtischschubladen wieder zu.

Unmöglich konnte ich mir alle Bilder ansehen. Wahrscheinlich hatte der Spanner seine Fotos auf dem Laptop gespeichert. Aber – ich sah mich suchend um.

»Der hat gar keinen Computer?!«, stellte ich erstaunt fest.

Danner runzelte die Stirn.

»Fotografierte der etwa noch mit Film?« Ich deutete auf die Aufnahmen an der Pinnwand.

Danner rubbelte an der Ecke eines Bildes. Die Farbe verwischte.

»Selbst ausgedruckt.« Er bückte sich in den Fußraum unter dem Schreibtisch. »Da steht auch der Drucker.«

Wir sahen uns an.

»Der Mörder hat den Computer mitgenommen«, begriff ich.

Zuckendes Blaulicht kreiste durch den Raum.

»Mach Fotos von der Pinnwand«, schaltete Danner blitzartig. »Ich beschäftige so lange die Bullen. Die werden komisch, wenn man vor ihnen am Tatort rumschnüffelt.«

36.

Als ich kurz darauf in den Vorgarten trat, hatte sich die halbe Nachbarschaft auf der Straße versammelt. Vorn am Gartenzaun entdeckte ich Silvia Fromm, die selbstverständlich nicht fehlen durfte. Polizeipräsident Mattek persönlich hatte anstelle von Danner das Ablenkungsmanöver übernommen. Er ließ sich von der angerückten Nachtschicht informieren.

Ein Sanitäter legte eine Blutdruckmanschette um Hansis Arm.

Danner hatte sich zu den Uniformierten gesellt und erstattete artig Bericht, während meine Finger in der Hosentasche mein Handy umklammert hielten.

Ein erster Journalist fotografierte.

Hinter dem rot-weißen Flatterband, mit dem eine junge Polizistin den Tatort absperrte, starrte die Fromm ungeniert Staschek an, der kurz vorher seinen dunklen Kombi am Straßenrand geparkt hatte. Als Chef der Mordkommission musste er seine Fönwelle in die Kameras halten und ein paar beruhigende Worte sagen.

Ich trat neben unsere Auftraggeberin. Sie war ungekämmt und trug ihren Pullover auf links.

»Frau Ziegler. Sie sind aber wirklich schnell vor Ort«, staunte Silvia Fromm beeindruckt. »Was ist denn passiert?«

Ich zuckte die Schultern: »Das wird die Polizei klären müssen. Es hat wohl ein Verbrechen in Nummer 74 gegeben. Sie wissen doch bestimmt Genaueres über den Bewohner?«

Eine rhetorische Frage. Und mein Vertrauen in ihr Insiderwissen wurde nicht enttäuscht.

»Natürlich, die Schröders leben ja schon immer hier. Alte Bergarbeiterfamilie. Der Vater vom Archibald hat erst spät geheiratet und ist verstorben, als Archibald noch ein Kind war. Staublunge. Archibald war sein Leben lang mit seiner Mutter allein. Bis sie letztes Jahr ebenfalls verstorben ist.«

Archibald war der Pudelfreund. Ich erinnerte mich dunkel, den Namen beim Zeitungenaustragen gelesen zu haben.

»Dann ist Archibald Schröder mit Matthias Hesskamp und Alwin Kopelski zusammen hier aufgewachsen?!«, erkundigte ich mich. Der Pudelfreund war doch ungefähr im gleichen Alter gewesen. »Waren sie befreundet?«

Silvia Fromm pustete die roten Backen auf: »Da müssen Sie den Matthias fragen. Aber Archibald war schon immer ein bisschen schwierig. Ohne Frage war er ein süßes Kind, mit seinen blonden Locken, aber er hat die Nase immer nur in Bücher gesteckt. Mit Partys, Saufen und Frauen hatte der nichts im Sinn. Er hat sogar Literatur studiert und danach in einem Verlag gearbeitet. Und vor fünf Jahren war er einer der Ersten im neuen *Kulturwerk* in den restaurierten Zechengebäuden. Hat seinen eigenen Verlag gegründet und Gespensterbücher rausgebracht. Ich hab gleich gesagt, das will keiner lesen. War dann auch so. Zwei Jahre später musste er Insolvenz anmelden. Seitdem war es das, mit der Arbeit. Letztes Jahr ist seine Mutter verstorben. Ohne die kommt er gar nicht zurecht, die hat ihm ja sein Leben lang alles hinterhergetragen. Ich hab ihm mal einen Kuchen gebracht, da hatte er noch alle Sachen seiner Eltern aufgehoben.«

Ich dachte an den Teddybären auf dem Bett und schüttelte mich innerlich. Der Pudelfreund hatte das Haus seiner Eltern so gelassen, wie es war: die alten Möbel, das unbenutzte Schlafzimmer. Und er selbst hatte noch immer in seinem eigenen Kinderzimmer gelebt. Das war unheimlich, irgendwie.

»Eine eigene Familie hat Archibald nicht?«

Die inzwischen versammelte Presse lenkte meine Aufmerksamkeit ab, denn sämtliche Kameras klickten gleichzeitig.

Neben Staschek und dem Polizeipräsidenten stand nun eine schlanke Frau in einem aufsehenerregenden, silberglänzenden Kostüm. Die kurz geschnittenen, haselnussbraunen Haare hatte sie frech ins hübsche, herzförmige Gesicht geföhnt und die gewagten Absätze ihrer Pumps vertuschten, wie klein sie eigentlich war.

Typisch. Die Gelegenheit, ihr Gesicht in die Zeitung zu bringen, ließ die Vizepräsidentin der Bochumer Polizei nicht ungenutzt. Kaum aus dem Auto gestiegen, formulierte Klara Peters ein erstes Statement in die Kameras, deren Linsen wie magnetisch angezogen an ihr klebten.

Mein Blick suchte Danner. Ihm konnte das Auftauchen der Schlampe nicht entgangen sein. Ich entdeckte ihn neben einem Polizisten, er beobachtete das Getue seiner Ex mit unbewegtem Gesicht.

Der Polizeipräsident hingegen war blass geworden. Er überließ Staschek den Platz neben seiner Stellvertreterin im Blitzlicht. Die heiße Liebe zwischen ihm und Klara Peters hatte sich offensichtlich abgekühlt.

»Nein. Ich kann mich nicht erinnern, dass Archibald je eine Freundin gehabt hätte.« Silvia Fromm sprach lauter, um meine Aufmerksamkeit zurückzugewinnen. »Das war für die Familie immer schwierig, weil …«

Fast war ich ihr dankbar.

Weil sie aufhörte zu sprechen, sah ich die große, alte Frau an. »Weil …?«

»Haben Sie einen Moment Zeit? Dann zeige ich es Ihnen.«

37.

Das Gesicht des Bergmanns war grün. Genau wie sein nackter Oberkörper und die Arbeitshose. Betroffen sah er auf die Ansammlung verlöschter Teelichter neben seinen schweren Stiefeln hinab. Seine Grubenlampe lag zwischen den Kerzen.

Es herrschte Stille. Die Dämmerung spendete erstes Tageslicht. Die aus dem Dunst aufragenden Grabsteine verliehen dem Friedhof den Flair einer Filmkulisse. Das Gras war nass vom Tau. Der trauernde Bergmann, zu dem Silvia Fromm mich geführt hatte, stand in der Mitte eines langen Rasenstreifens. Im Laufe der Jahrzehnte war die Bronze oxidiert und hatte die typische grünliche Färbung der Verwitterung angenommen.

»Das Denkmal erinnert an das Grubenunglück am 8. August 1912. Dabei kamen in der Zeche *Lothringen* über hundert Bergleute ums Leben. Ihre Namen stehen auf den Gedenktafeln.«

Silvia Fromm deutete auf zwei große Steinplatten, die in einiger Entfernung rechts und links vom Bronze-Bergmann auf den Rasen gelegt worden waren.

»Grubengase entstehen immer in den Schächten, weil Kohle ja ein organischer Stoff ist. Pflanzenreste, die durch den Druck des Gesteins verfestigt wurden. Durch den andauernden Verwesungsprozess bildet sich entzündliches Gas. Die Konzentration dieser Gase in der Luft bezeichnet man als ›Wetter‹. Früher waren Explosionen eine ständige Gefahr. Lampen, Funkenschlag und Sprengungen konnten unbemerkte Grubengase jederzeit entzünden.«

Silvia Fromm führte mich weiter, den Friedhofsweg entlang zwischen frisch bepflanzten Gräbern hindurch.

»1912 sollen angeblich unsachgemäße Schießarbeiten, also Sprengungen, das Unglück ausgelöst haben.«

Meine Begleiterin blieb vor einem Familiengrab stehen. Gleich der oberste, in Sandstein gemeißelte Name war mir bekannt: *Archibald Schröder* war am 16. August 1912 verstorben. Der Name seiner Frau Mathilda war erst 1970 ergänzt worden.

»Der Großvater?«, schlussfolgerte ich, denn darunter las ich die Namen *Archibald* und *Inge*. Inge Schröder war im letzten Jahr zu Tode gekommen und musste deshalb die Mutter des Pudelfreundes gewesen sein.

Silvia Fromm nickte schnaufend. »Archibalds Großvater war Sprengmeister. Er war eigentlich für die Schießarbeiten im Unglücksbereich verantwortlich. Doch am Tag des Unglücks lag seine Frau in den Wehen und er ist nicht zur Schicht erschienen. Irgendjemand anderes hat an dem Tag gesprengt.«

Mein Blick wanderte auf das Todesdatum auf dem Grabstein.

»Eine Woche später hat er sich aufgehängt, kurz nach der Geburt seines zweiten Sohnes.«

Uff.

»Seine Frau, Archibalds Großmutter, hat er mit den beiden kleinen Kindern zurückgelassen. Leicht war das nicht für sie, sie war gerade Anfang zwanzig, Witwe und wurde von den Menschen gehasst. Auch meine Eltern haben mir damals verboten, mit den Schröders zu sprechen. Archibalds Vater war der ältere Sohn. Er hat erst mit fast fünfzig geheiratet, wohl auch, weil die Geschichte erst dann in Vergessenheit geriet.«

Ich begriff, was Silvia Fromm mir zu erklären versuchte. Die Schröders waren seit hundert Jahren an das Alleinsein gewöhnt gewesen.

»Heute kennt kaum noch jemand die genauen Umstände des Unglücks. Ich glaube auch nicht, dass die Schröderin dem kleinen Archibald je davon erzählt hat«, fuhr die Fromm fort.

Trotzdem war Archibald Schröder ein Außenseiter geworden. Hatte anscheinend nie eine Frau kennenlernen können. Und angefangen, Frauen zu beobachten, ihnen aufzulauern und sie heimlich zu fotografieren.

Jetzt würde sein Name unter dem seiner Eltern in den Sandstein gemeißelt werden.

Hatte Archibald Schröder sein Leben lang mit einem Makel kämpfen müssen, von dessen Existenz er nicht einmal gewusst hatte?

Ich fröstelte und zerrte die Ärmel meines Pullis über meine Hände.

38.

Dagegen wurde mir heiß vor Wut, als die Fotos, die ich von der Pinnwand des toten Pudelfreundes gemacht hatte, auf dem Bildschirm unseres Computers aufpoppten. Ich wuchtete einige Aktenordner, die mich störten, auf den Fußboden, und hockte mich auf den Bürostuhl. Danner stützte neben mir die Arme auf den Schreibtisch.

»Was für eine miese Ratte!«, zischte ich.

Als ich mit Silvia Fromm vom Friedhof zurückgekehrt war, hatte die Polizei den Ort des Verbrechens weiträumig abgesperrt und Danner als Zeugen vernommen. Nachdem auch ich ein paar Fragen beantwortet hatte, hatte Staschek uns nach Hause geschickt. Klara, die Schlampe, hatte dem Kriminalkommissar gedroht, ihn auf ein Kuhdorf in Ostwestfalen-Lippe zu versetzen, falls Informationen über den Fall zu uns durchsickern würden. Mit einem Fahrrad als Dienstfahrzeug.

Weil die interessanten Informationen aber längst auf meinem Handy gespeichert waren, hatten wir uns brav getrollt.

Ich hatte die überfüllte Fotowand in drei Abschnitten abgelichtet. Dank der hohen Auflösung meiner Handykamera waren die Aufnahmen gestochen scharf geworden.

Das erste Bild oben links in der Ecke zeigte eine Porzellanelfe. Ich erkannte darin Archibald Schröders Buchstütze. Das Ding interessierte mich jedoch nicht, dafür entfachte das Bild, das darunter hervorragte, meine Wut: drei junge Frauen, die sich mit Plastikbechern zuprosteten. Chantal hatte den schwarzen Lidschatten überdosiert, sah aus wie ein Totenschädel mit Augen. Babsi trug Pink.

»Das bist ja du!« Danners Augen wurden schmal.

Im knielangen, lila Wollpulli mit fransigem Antihaarschnitt fügte ich mich für meinen Geschmack viel zu gut ins Bild.

»Dieser Spanner! Lass mich das mal sehen.« Danner schob mich samt Drehstuhl zur Seite.

Die ganze Zeit hatte ich gefühlt, dass uns jemand beobachtete. Doch mit eigenen Augen zu sehen, in welchen alltäglichen Situationen wir nicht allein gewesen waren, war unheimlich. Bei seinen Hundespaziergängen hatten wir den Pudelmann freundlich gegrüßt, während er seine Kamera versteckte.

»Wir müssen jedes einzelne Foto unter die Lupe nehmen«, entschied Danner und holte sich einen Stuhl aus der Küche.

Wir sahen Bine Kopelski mit ihrem Zeitungswagen, eine hübsche Südländerin in einem Pizzaauto und Babsi und Chantal oben ohne neben dem Gartenteich. Die Nahaufnahme einer Hand, die eine orangefarbene Blüte mit einem Schmetterling darauf hielt. Anneliese Sprack, die im weißen Nachthemd hinter Bine Kopelski herwehte. Einen knallroten Alfa Romeo. Alwin Kopelski durchs Reihenhausfenster fotografiert. Einen direkten Blick unter Babsis Minirock, den ich mir lieber erspart hätte.

Immer wieder Bine Kopelski: beim Streit mit Angi der Kiosktante, beim Brötchenkaufen, mit Katrin Hesskamp und Silvia Fromm beim Tratsch im Vorgarten.

Und immer wieder: ich.

Mit Danner, Bodo und einem Kamerunschaf. Mit Schrauber-Ulli beim Bierabladen. Mit Zeitungskarre, wie vorher Bine Kopelski.

Erkannte ich da eine Regelmäßigkeit? Ich ließ meinen Blick über die Bilder schweifen.

»Er hat gezielt fotografiert.« Ich räusperte mich, weil meine Stimme plötzlich heiser klang.

»Frauen«, sagte Danner. Das war nicht zu übersehen.

»Aber nicht wahllos«, entgegnete ich. »Unser Starfotograf hatte seine Lieblingsmodels.«

»Wirklich?« Danner ging die Bilder noch einmal durch. »Bine Kopelski?«

»Auch.«

»Und Babsi«, nickte Danner nachdenklich.

Wenn man bedachte, dass Archibald Schröder selbst womöglich nie einer Frau nahe gekommen war, konnte man beinahe begreifen, warum er dem aufklärenden Blick unter Babsis Rock nicht hatte wiederstehen können.

Weil Danner es noch immer nicht zu kapieren schien,

zeigte ich auf ein überbelichtetes Bild, auf dem kräftige Männerhände über einen grellweißen Busen glitten. Vor der erotischen Kulisse eines polierten Oldtimers.

»Scheiße!« Danner donnerte beide Hände auf den Schreibtisch. »Du!«

Ich versuchte, nicht darüber nachzudenken, dass die Spurensicherung die Bilder ebenfalls sichergestellt hatte und in diesem Moment vielleicht gerade die gesamte Mordkommission Einblick in mein aufregendes Liebesleben erhielt.

»Du bist auf drei, vier, fünf, sechs Fotos, allein auf diesem Abschnitt der Pinnwand!«, fluchte Danner. »Wäre der Dreckskerl nicht tot, könnte ich glatt in Versuchung geraten, ihn zu erledigen.«

Merkwürdig, dass Archibald Schröder auch mich verfolgt hatte, fand ich. Dass er mich in meinem verzottelten Schlabberlook neben der aggressiv um männliche Aufmerksamkeit werbenden Babsi überhaupt bemerkt hatte. Babsi setzte ja auf die Schüsselreize blond und langbeinig, bei denen Sergej zu sabbern begann wie ein pawlowscher Hund. Doch das Beuteschema des Spanners war differenzierter gewesen, sonst hätte er sich nicht für mich interessiert. Und für Bine Kopelski wohl ebenso wenig. Fast schade, dass Archibald nicht mehr verraten konnte, was seine Aufmerksamkeit geweckt hatte.

Ich klickte den zweiten Pinnwandabschnitt auf den Computerbildschirm: eine Teichlandschaft, die Pizzafrau rauchend am Kioskstehtisch, Toni, das Lama, bei der Heufütterung.

»Ich glaube, er hat nur die häufig fotografierten Frauen verfolgt«, dachte ich laut weiter. »Die anderen Personen sind zufällig auf die Bilder geraten.«

Danner raufte sich mit beiden Händen das nicht vorhandene Haar. »Eine dieser Frauen ist seit Wochen verschwunden. Auf dich wurde geschossen. Wir sollten uns vergewissern, dass es den anderen gut geht.«

Ich zuckte zusammen. »Glaubst du, es könnten weitere Frauen verschwunden sein?«

Danner klopfte mir auf die Schulter: »Du hast mich von deiner Psychopathen-Theorie überzeugt.«

Mein Blick blieb an einem Bild hängen. Ein mehrstöckiges Wohngebäude, sah nach Innenstadt aus. Das Haus war von oben fotografiert worden. Man konnte auf zwei nebeneinanderliegende Balkone sehen, die mit Kübeln und Töpfen vollgestellt waren. Ganze Bäumchen mit dünnen Stämmen gediehen in der Frühlingssonne. Und zwischen den Pflanzen genoss eine Frau, nur bekleidet mit einem orangefarbenen Bikini, auf einem Liegestuhl die Wärme. Ich meinte, buschige, graue Locken unter dem Strohhut hervorquellen zu sehen.

Das gleiche mulmige Gefühl, das mich beim Betrachten meines eigenen Gesichts beschlichen hatte, kribbelte in meinem Magen. Die Frau war aus einiger Entfernung fotografiert worden und hatte offenbar keine Ahnung, dass jemand auf ihren Balkon schauen konnte.

Brrrr.

»Die Pizzalieferantin«, sagte Danner. »Sie ist ebenfalls beunruhigend oft auf den Bildern zu sehen.«

»Genauso wie diese Dame hier«, entgegnete ich.

Ich tippte auf den Bildschirm.

39.

Die Frau lag auf dem Rücken in einem französischen Bett aus weiß gestrichenem Stahl. Nackt. Die Augen geschlossen.

Spinnennetzartige Linien durchzogen ihr Gesicht, die Haut war nur unwesentlich dunkler als die blütenweißen Laken. Graues Haar floss über die Kissen. Die schlanken Hände mit den langen Fingern hatte sie unter dem Busen gefaltet. Eine Rose mit langem, dickem, dunklem Stiel und tiefroter Blüte lag auf ihrer weißen Brust. Absichtlich fast. Als hätte der Künstler, der das Bild arrangiert hatte, einen Farbtupfer hinzufügen wollen. Hinter dem Bett eine gläserne Terrassentür. Blick auf einen mit zahllosen bunten Blumentöpfe überfüllten Balkon. Dahinter erkannte ich durch die Äste einer Baumkrone hindurch die Konturen eines – Förderturms?! Das Bergbaumuseum.

»Die Lamafrau«, begriff Danner.

Es waren ihre Hände, die die Blume mit dem Schmetterling hielten, ihr Lama, ihr Balkon, sogar ihr Bett.

Ich zeigte auf den Förderturm hinter dem Fenster. »Archibald muss in ihrer Wohnung gewesen sein.«

Danners Hände ballten sich zu Fäusten. »Scheiße.«

»Glaubst du, er hat sie …?« Die Frage, um die ich herumstotterte, hing wie eine dunkle Wolke im Raum. Hatte der Stalker sich Zugang zur Wohnung der Lamafrau verschafft? Hatte er ihr dort aufgelauert und sie in seine Gewalt gebracht? War sie auf dem Foto überhaupt bei Bewusstsein?

Ich starrte auf die blasse Haut, die nackte Brust, die hingelegte Rose.

War sie überhaupt noch am Leben? Wann hatten wir die Lamafrau zuletzt gesehen?

Danner sprang auf und griff seine Jacke. »Wir müssen da sofort hin!«

Mit gut neunzig Sachen dröhnte die Schrottschüssel über den Ring in Richtung Bergbaumuseum. Die genaue Adresse hatte uns das *Kulturwerk Lothringen* nennen können, in dem Julietta Engele ein Atelier hatte und Aquarelle ausstellte. Weil Danner durchblicken ließ, eines ihrer Werke kaufen zu wollen, wurde die Sekretärin des Kulturwerks rasch auskunftsfreudig.

»Wahrscheinlich hat Archibald Schröder ihre Adresse ähnlich leicht herausgefunden«, knurrte Danner.

Die Schrottschüssel rumpelte auf den Bordstein und kam mit quietschenden Reifen hinter einem schnittigen, roten Alfa Romeo auf dem Gehweg zum Stehen.

Zwei goldene Löwen bewachten das Haus, in dem die Lamafrau wohnte. Na ja, eigentlich bewachten sie den Eingang zu dem chinesischen Restaurant im Erdgeschoss. Wir wandten uns dem weniger gut gesicherten Seiteneingang zu, neben dem die Briefschlitze der Mietparteien angebracht waren. Es war ein sechs Stockwerke hoher Backsteinbau mit farbig gestrichenen Balkonen.

Auf das Klingeln hin rührte sich nichts. Ungeduldig presste Danner seinen Finger noch einmal auf den Knopf. Während ich überlegte, mit welcher Ausrede wir uns ins Haus lügen konnten, sah ich mich um.

Die höher gelegenen Balkone waren nicht einsehbar. Das Gebäude war von oben fotografiert worden. Wie war das möglich?

Ich ließ den Blick in das klare Blau des Aprilhimmels schweifen, in den die Alleebäume an der Straße ihre kahlen Wipfel reckten. Ein zarter Grünschimmer überzog die Zweige.

Und dahinter?

Natürlich! Ich klatschte mir die Hand vor die Stirn. Hinter den starren Ästen ragte der graublaue Förderturm in den klaren Aprilhimmel. Das Bergbaumuseum. Gerade kletterten wieder einige Besucher die Treppenstufen zur Aussichtsplattform hinauf.

In dem Moment schnarrte der Summer.

Frau Engele – oder wer auch immer sich lebend in der Wohnung aufhielt – ließ uns herein.

Die Wohnungstür der Lamafrau stand einen Spalt breit offen, als wir schnaufend ihre Etage erreichten. Über die Sicherheitskette hinweg sah sie uns entgegen. Immerhin war sie also lebendig.

Aber über unser Auftauchen nicht gerade erfreut. »Sie?«, knurrte sie. »Sie habe ich nicht erwartet.«

»Ich hoffe, wir dürfen trotzdem kurz mit Ihnen sprechen«, sagte Danner.

»Eigentlich nicht«, lautete die knappe Antwort.

Immerhin – der Türspalt blieb geöffnet. Die Frau musterte mich abschätzend.

»Geht es um den Garten?«, wollte sie dann doch wissen. »Ist was mit meinen Tieren nicht in Ordnung?«

»Im weitesten Sinne«, drückte sich Danner um eine ehrliche Auskunft herum.

Die Augen unter dem blau glitzernden Lidschatten wurden schmal: »Ich habe dir eine klare Frage gestellt, Bürschchen. Du wirst doch wohl in der Lage sein, eine vernünftige Antwort zu geben. Was ist mit den Tieren?«

Ich biss mir in die Unterlippe, um nicht zu grinsen. Traumatisiert wirkte Julietta Engele nicht. Eine griffbereite Mistgabel hinter der Tür hätte mich nicht gewundert.

»Ihren Tieren geht es gut«, gestand Danner zähneknirschend.

»Dann verzieh dich.«

»Eigentlich wollte *ich* gern mit Ihnen reden«, mischte ich mich ein, weil Danner die Sache aus irgendeinem Grund zu versauen drohte.

Die Frau sah wieder mich an.

»Du kannst reinkommen«, erklärte sie dann überraschend.

Der Türspalt schloss sich, die Sicherheitskette rasselte. Ich zuckte die Schultern, als ich Danners Verwunderung bemerkte. Er ließ sich mit dem Rücken gegen die Flurwand kippen und verschränkte die Arme.

Julietta Engele ließ mich herein.

Die Wohnung der Künstlerin war schön. Laminat in Eichenholzoptik, weiße Wände, Möbel im Landhausstil. Eine unaufgeräumte Garderobe im Flur, ein Ganzkörperspiegel mit Goldrahmen gegenüber, ein Regal mit Puschen neben Gummistiefeln. Auf einer antik wirkenden Kommode stand ein Strauß frischer Blumen. Alles war hell und luftig und duftete nach Garten.

Ich folgte der Lamafrau ins Wohnzimmer, in dem ein altmodisches, helles Sofa vor einem niedrigen Couchtisch stand, der aus dicken Balken gefertigt war. Die Balkontür stand offen, Frühlingsluft wehte herein.

»Sie haben das nicht nötig, Kind«, erklärte mir Julietta Engele unvermittelt.

»Wie bitte?« Hatte ich den Beginn des Gesprächs verpasst? »Was habe ich nicht nötig?«

»Ich meine diesen Typen.« Ehe ich mich versah, schob die Frau mich auf das Sofa. »Sie haben sicher viel durchgemacht, aber glauben Sie mir, es gibt andere Männer.«

Was?

»Wovon sprechen wir eigentlich?«, erkundigte ich mich.

Die Künstlerin setzte sich für meinen Geschmack viel zu dicht neben mich und betrachtete mich ernst. »Ich sehe es

Ihnen doch an, dass Sie es bisher nicht leicht in Ihrem Leben hatten. Ihnen ist irgendetwas sehr Schlimmes zugestoßen, nicht wahr?«

Mit einem so direkten Angriff auf meine Privatssphäre hatte ich nicht gerechnet. Sie hatte mich aus dem Gleichgewicht gebracht. Ich zupfte meine Ärmel über meine Hände, merkte im gleichen Moment, dass ich das eigentlich schon lange nicht mehr tat, und schob den Pullover wieder hoch.

»Ich sehe hier gar keine Kristallkugel«, schnappte ich verärgert. »Muss ich gleich fünfzig Euro blechen für zehn Minuten Wahrsagerei?«

Die Lamafrau lächelte: »Du hast das Gefühl, einen starken, erfahrenen Mann als Beschützer zu brauchen.«

Okay, das reichte!

»Wie bitte?«, fauchte ich und wollte aufstehen.

Das milde Lächeln der Lamafrau sagte mir, dass ein empörtes Abstreiten genau die Reaktion war, mit der sie gerechnet hatte. Sie griff meine Hand.

»Aber das hast du nicht nötig, du bist ein tolles Mädchen. Such weiter und du findest einen netten Jungen in deinem Alter, mit dem du eine gleichberechtigte Beziehung aufbauen kannst.«

Ach so! In ihren Augen war ein kleines Mädchen wie ich also nicht in der Lage, es mit einem Kerl wie Danner aufzunehmen. Weil ich zu jung und zu niedlich war, um selbst ein Arschloch zu sein.

Diese Hobbypsychologin war ihren Vorurteilen aufgesessen, weil ich jedes bescheuerte Kindchenschema bediente. Und weil man mir vielleicht wirklich noch ansah, dass ich zwanzig Jahre lang Opfer der Attacken meines jähzornigen Vaters gewesen war.

Aber ich hatte mich befreit, ich war kein Opfer mehr.

Ich musterte die Künstlerin kühl. Sie war spießiger, als ihr Lama vermuten ließ.

»Ich bin hier, um mit Ihnen über Archibald Schröder zu reden«, erklärte ich eisig. »Der Mann mit dem Pudel, der öfter in den Kleingärten spazieren geht.«

Verwirrt zog sie ihre Hand von mir zurück. »Ich kenne Archibald Schröder.«

Das überraschte mich nicht. Doch eine Schreckreaktion konnte ich bei Nennung seines Namens nicht ausmachen. Also keine Vergewaltigung.

»Ich habe das Gefühl, Herr Schröder beobachtet mich«, fuhr ich fort. »Ich habe gesehen, dass er sich mit Ihnen unterhalten hat. Haben Sie auch den Eindruck, dass er Sie bespannert?«

»Bespannert?« Die Lamafrau schnappte empört nach Luft. »Was soll das heißen?«

»Dass er Sie verfolgt, belästigt, Ihnen nachstellt?«, übersetzte ich sachlich.

»Nachstellt?« Julietta Engeles Stimme klirrte. »Das ist nicht Ihr Ernst, oder? Sie sind mit diesem – diesem …«, sie fuchtelte mit den Armen Richtung Tür, »… mit diesem Perversen zusammen und unterstellen einem so anständigen, feinfühligen und bescheidenen Menschen wie Archibald unehrenhafte Absichten?«

Anständig, feinfühlig und bescheiden? Das waren nicht die Worte, die mir im Zusammenhang mit einem Stalker spontan eingefallen wären.

»Herr Schröder ist ehrlich besorgt um Sie«, erklärte Julietta aufgebracht. »Er besitzt ein erstaunliches Gespür für Frauen.«

Hah! Das wurde ja immer doller!

»Vielleicht, weil seine Mutter und Großmutter ihn aufgezogen haben«, sinnierte die Lamafrau weiter. »Er hat mich überhaupt erst darauf aufmerksam gemacht, wie abhängig Sie und Ihre Freundinnen von einer bestimmten Art von Männern sind. Und wie gewissenlos solche Kerle das ausnutzen. Herr Schröder würde eine solche Art von Beziehung nie in Erwägung ziehen.«

Klar, er hatte seine Kamera aus purem Kunstverständnis unter Babsis Rock gehalten. Mit Zoom.

»Archibald übt lieber sein Leben lang Verzicht, als ein wehrloses Wesen wie Sie es sind, gefügig zu machen.«

Wehrloses Wesen?! Jetzt reichte es wirklich!

»Herr Schröder fühlt sich von starken, erwachsenen Frauen angesprochen. Einer der wenigen Männer, denen selbst eine finanziell überlegene Frau keine Angst einjagt. Aber er registriert genau, wie viele Frauen sich unterdrücken und ausnutzen lassen.«

Julietta Engele legte mir tröstend eine Hand auf den Oberschenkel. »Archibald hat mir versprochen, sich Ihrer anzunehmen.«

Er hatte der Lamafrau versprochen, mich zu bespannen? Das wurde ja immer interessanter.

»Ich weiß, dass Sie es allein nicht schaffen. Sie brauchen Hilfe. Aber Archibald ist ein Mann, dessen Wort etwas gilt.« Julietta lächelte mit geröteten Wangen. Wie ein junges Mädchen. Ein frisch verliebtes, junges Mädchen.

»Ach so«, begriff ich. »Sie waren freiwillig mit dem Spanner im Bett.«

Die Lamafrau und der kleine, dünne Pudelfreund mit den blonden Locken, der sein Leben lang bei seiner Mutter gewohnt hatte. Aber irgendwie passte das zusammen. Die Künstlerin und der Bücherfreund.

Erschrocken zuckte die Hand der Lamafrau von meinem Oberschenkel zurück. Sie pustete aufgebracht Luft durch den offenen Mund, bevor wieder Worte herauskamen: »Selbstverständlich freiwillig. Herr Schröder ist ein so sensibler, verständnisvoller Mann und Liebhaber. Und ein großer Künstler, er lebt für die Fotografie. Ich habe ihm geraten, eine Ausstellung vorzubereiten. Aber er leidet noch sehr unter dem Konkurs seines Verlages.«

Ich dachte an den trauernden Bronzebergmann, an das Grubenunglück, das seinen Schatten seit hundert Jahren auf Archibalds Familie warf. Was wäre gewesen, wenn Archibald und Julietta sich eher verliebt hätten? Hätten die beiden ein glückliches Leben führen können, ohne dass sich Archibald auf fremde Frauen fixierte?

»Doch trotz seines eigenen Unglücks schaut er nicht weg. Er ist bereit, sich für die einzusetzen, die es selbst nicht können«, schwärmte Julietta Engele weiter.

Ich betrachtete nachdenklich die mit bunten Blumentöpfen vollgestellte Fensterbank.

»Haben Sie Archibald Schröder angestiftet, auf meinen Freund zu schießen?« Absurd, aber es könnte einen Sinn ergeben.

Die Lamafrau erstarrte.

»Sind Sie vollkommen bescheuert?«, fuhr ich sie an.

»Er wollte ihm nur einen Schreck einjagen«, verteidigte sich die Künstlerin. »Der Mistkerl sollte endlich mal selbst Angst spüren.«

Ich rieb mir die Schläfen. Zum Glück hatte sie Archibald kein echtes Gewehr in die Hand gedrückt. Sonst hätte er Danner vermutlich erschossen. Und sich dabei eingebildet, ein gutes Werk zu tun. Wahnsinn.

»Sollte er auch Bine Kopelski ›helfen‹?«, wollte ich weiter wissen. Erklärungsversuche ersparte ich mir.

»Ich kenne keine Bine Kopelski.« Die Augen der Lamafrau hatten sich zu dunkelblauen Schlitzen verengt. »Wieso stellen Sie überhaupt diese ganzen Fragen?«

Ich erhob mich. »Das wird Ihnen in Kürze die Polizei erklären.«

40.

Giovannas Pizza-Taxi war ein kleiner Laden am Marktplatz von Gerthe. Vor dem Eingang parkte der bekannte rote Fiat, der regelmäßig in die Zechensiedlung lieferte. Drinnen gab es vier kleine Tische vor einem Tresen. Die Rund-um-die-Uhr-Auslieferung der italienischen Speisen war eindeutig das Hauptgeschäft. Inzwischen war es Mittag und der Pizzaofen bereits angefeuert.

Ich atmete auf, als ich die hübsche Südländerin hinter dem Tresen erkannte. Es handelte sich ohne Zweifel um die Frau, die der Pudelfreund so gern fotografiert hatte.

Als Danner vor die Theke trat, strich sie ihre dunkle Mähne zurück und setzte ein strahlendes Lächeln auf: »Was kann ich für Sie tun?«

»Einmal Pizza Salami«, bestellte Danner.

»Vier Käsesorten«, wünschte ich. »Zum Mitnehmen.«

Sie nickte.

Ein junger Pizzabäcker fing sofort an, den Belag auf bereits vorbereitete Teiglappen zu werfen.

»Sie liefern auch in die Schwerinstraße, nicht wahr?«, erkundigte sich Danner.

»Nach Gerthe, Hiltrop und Bergen fahren wir kostenlos«, bestätigte die Frau.

Danner stützte die Arme auf den Tresen und lehnte sich

ein Stück weiter zu ihr hinüber: »Sie sind mir diese Woche erst in der Schwerinstraße aufgefallen.«

Sie strahlte noch etwas mehr: »Tatsächlich?«

»Tatsächlich.«

»Ruf mich an, dann bring ich die Pizza auch zu dir nach Hause.« Reflexartiges Flirten mit Augenaufschlag und Wimpernklimpern. Tusse.

»Ein Freund von mir wohnt dort«, erklärte Danner. »Archibald Schröder. Klein, blonde Locken, hat einen Pudel. Er sagt, ich müsste deine Pizza unbedingt mal probieren.«

Wieder Wimpernklimpern, diesmal allerdings leicht verwirrt. »Der hat doch noch nie was bestellt.«

»Aber du kennst ihn?«, schlussfolgerte Danner sofort.

»Nur vom Sehen. Er geht dort ja immer mit dem Hund spazieren.«

Sie fing eilig an, ein paar Servietten zu ordnen. Das Gespräch schien ihr auf einmal Unbehagen zu bereiten.

»Gesprochen hat Archibald Schröder nicht mit Ihnen?«, erkundigte ich mich direkt.

Sie schüttelte ihr glänzend braunes Haar. »Nie.«

»Okay, der Pudelmann war ein Stalker, ein Psychopath. Er hat Frauen verfolgt und beobachtet, so viel ist sicher.«

Mit den Pizzakartons in der Hand drückte Danner die Tür zum Hausflur auf.

»Aber außer Bine Kopelski scheinen alle seine Stalkingopfer unversehrt zu sein. Deshalb sehe ich zwei Möglichkeiten, was passiert sein könnte. Möglichkeit eins: Außenseiter Archibald hat sich immer mehr in seine kranken Fantasien hineingesteigert und Bine Kopelski wirklich aufgelauert.«

Wir traten an dem beleuchteten Kneipenschild mit der Aufschrift *Bei Molle* vorbei ins Treppenhaus. An die Wand hatte jemand *FUCK* gesprayt. Aus Molles Kneipe drang gedämpfte Musik.

»Möglicherweise war er bewaffnet«, fuhr Danner fort. »Bine entkommt schwer verletzt, flüchtet nach Hause und verliert Blut in der Küche. Alwin Kopelski findet seine Frau, sie erzählt ihm, was passiert ist, und stirbt. Alwin Kopelski beschließt, die Sache selbst in die Hand zu nehmen, Bine zu rächen und den Stalker zu erschießen. Unterdessen beginnt die Lamafrau überraschenderweise eine Affäre mit Archibald und sie fassen gemeinsam den Plan, die Welt zu retten. Genauer gesagt, erst mal dich vor mir. Tolle Idee.«

Danner rieb sich die Stirn.

»Also schießt Archibald auf mich, bevor Alwin Kopelski ihn erledigt.«

Wir stiegen die Treppen zu unserer Dachwohnung hinauf.

»So weit, so logisch. Und die zweite Möglichkeit?«, erkundigte ich mich.

»Alwin Kopelski hat seine Frau umgebracht und der Spanner hat es gesehen.«

Oh. Natürlich. So einfach konnte es auch sein.

»Wir stehen also immer noch vor der alten Frage: Wo ist Bine Kopelski? Oder ihre Leiche?«

Ich blieb abrupt stehen, als ich die Frau bemerkte, die auf der Treppe vor unserer Wohnungstür auf uns wartete. Unsere Blicke trafen sich. Und noch bevor sie den Mund aufmachte, noch bevor sie das erste Wort sagte, hatte ich das unbestimmte Gefühl, etwas Entscheidendes über sie zu wissen.

Sie war sehr schön. Unter dem nachtschwarzen Pony blinzelten mich mandelförmige, braune Augen an, die mich auf einen aus Asien importierten Erbgutanteil tippen ließen. Sie war auffallend groß und mager. Größe null, schätzte ich. Die meisten Frauen beneideten sie wahrscheinlich darum.

Ich nicht. Ich registrierte, dass sie ihre Ärmel über die Hände zog.

»Guten Tag?!«, sagte Danner. »Können wir etwas für Sie tun?«

Der untere Saum ihres Pullovers war ausgefranst. Er verhüllte ihre Figur bis an die Oberschenkel, deren Durchmesser sich sicher nicht wesentlich von dem ihrer Waden unterschied.

Verdammte Scheiße, fluchte ich innerlich. Der tote Spanner hatte recht gehabt. Jeder konnte sehen, dass ich ein Opfer war! Jedenfalls jeder, der selbst mal eines gewesen war. Wie blöd war ich eigentlich? Das musste sich ändern, ich brauchte dringend eine neue Garderobe.

»Ich suche die Schnüffler«, erklärte die Dünne. »Danner und Ziegler.«

»Wir bevorzugen die Bezeichnung ›Private Ermittler‹«, brummte Danner. Er trat dicht neben sie, um die Wohnungstür zu öffnen. Sie überragte ihn um fast einen Kopf.

»Dann möchte ich Sie engagieren.«

Danner stieß die Tür zu unserem unaufgeräumten Wohnbüro auf: »Das hören wir gern. Kommen Sie herein, Frau …?«

»Ullmann. Kimberly Ullmann.«

Erstaunt sah ich zu ihr hoch.

Zwei Minuten später saß Kimberly Ullmann neben dem Haufen dunkler Wäsche auf unserer Couch.

Sie besaß eine beneidenswert ebenmäßige, dunkle Haut, hohe Wangen und einen kleinen Mund. Zusammen mit ihrer unnatürlich schlanken Figur erinnerte sie an die Figuren aus asiatischen Trickfilmen. Ihre knochigen Knie ragten über die Marmorkante des flachen Tisches, von dem Danner schnell noch ein paar Bierflaschen und einen BH wegräumte.

Sie war Franz-Adolf Ullmanns ...?

Tja, was? Tochter wäre durchaus möglich, sie war noch keine dreißig. Aber ich wollte nicht den gleichen Vorurteilen aufsitzen wie die Lamafrau. Gerade ich nicht. Das wäre ja absurd.

»Wie können wir Ihnen helfen, Frau Ullmann?«, versuchte Danner, der Sache auf den Grund zu gehen.

»Mein Mann ist festgenommen worden.«

Tatsächlich. Schrauber-Ulli mit dem gelben Haar, den Kautabakresten zwischen den Zähnen und dem schiefen Grinsen stand nicht nur in der Garage auf Luxusmodelle.

»Man hat Schmuck bei ihm gefunden und wirft ihm vor, das Zeug gestohlen zu haben. Ein Schrebergärtner will Sachen seiner Frau erkannt haben. Ulli sagt, er hätte ihr den Schmuck abgekauft. Aber die Frau ist nicht aufzufinden. Sie kann Ullis Geschichte nicht bestätigen.«

»Und wie können wir Ihnen helfen?«, wiederholte ich.

Kimberly Ullmanns Mandelaugen musterten mich. »Fiete sagt, Sie beide haben Ulli da reingeritten und sollen ihn gefälligst wieder rausholen.«

Oh. Fiete hatte gepetzt.

Danner verschränkte die Arme vor der Brust: »Sonst passiert was?«

Kimberly Ullmann senkte den Blick rasch wieder.

»Er verrät allen, dass Sie Schnüffler sind?!«, sagte sie zu ihren Händen.

Danner zog spöttisch eine Braue hoch. »Davon können wir ihn nicht abhalten. Ob die Umstände von Bine Kopelskis Verschwinden dann allerdings jemals aufgeklärt werden, ist fraglich.«

Kimberly Ullmann biss sich auf die Unterlippe: »Dann besucht Fiete Sie persönlich?«

Ich begriff, dass die Worte als Erpressung gemeint sein sollten. Doch Kimberly Ullmann fehlte offensichtlich jede Übung im Einschüchtern von Menschen.

»Ich glaube nicht, dass Fiete in nächster Zeit die Gelegenheit bekommt, alte Freunde zu besuchen«, erklärte ihr Danner. »Er kann aber gern Bodo auf ein Bier vorbeischicken.«

»Aber Sie müssen mir helfen!«, fuhr Kimberly Ullmann Danner eher hilflos als wütend an. »Ich hab Ihr Gespräch auf der Treppe gehört! Sie glauben doch auch nicht, dass Ulli etwas damit zu tun hat. Sie müssen rausfinden, wo die verschwundene Frau steckt.«

»Soll ich Ihnen ein Geheimnis verraten?« Danner senkte ironisch die Stimme. »Wenn Sie uns bezahlen, arbeiten wir freiwillig für Sie.«

»Wichser«, zischte Kimberly zurück.

41.

Eine halbe Stunde später hatten wir eine weitere Auftraggeberin.

Obwohl wir wieder dort angekommen waren, wo wir begonnen hatten, hatte ich das Gefühl, die Lösung greifen zu können. Denn egal, in welche Richtung wir dachten, wir landeten bei Alwin Kopelski.

Also begaben wir uns erneut zu den friedlichen Nachbarn. Der sonnige Spätnachmittag sorgte für Betrieb. Kröte und Sergej warfen tote Küken in ihren Teich.

Und auch Grizzly Adams stand nicht allein vor seiner Blockhütte, als wir uns auf dem Kiesweg näherten. Oberschreber Peter Bengel, Gartengegner Matthias Hesskamp und Bodo hielten ebenfalls ein Bier in der Hand. Schweigend blickten die Männer über Kopelskis kanadischen Bergsee.

Ich blieb am Zaun stehen. Es dauerte einen Augenblick, bis mir bewusst wurde, was mich irritierte: Hesskamp passte nicht ins Bild.

»Ein Polizist und ein Kioskräuber beim gemeinsamen Bier«, flüsterte ich Danner zu. »Das nenne ich eine wirklich friedliche Nachbarschaft.«

Bodo bemerkte uns. Er trottete auf uns zu.

»Kollege«, begrüßte Danner ihn. »Seit wann teilst du dein Bier mit den Bullen?« Mit einem Kopfnicken deutete er in den Nachbargarten.

Bodo winkte ab: »Matze passt schon. Ist ein alter Kumpel.«

Ach ja, erinnerte ich mich. Da drüben tranken gar nicht der Polizist und der Räuber ein gemeinsames Feierabendbier, sondern die Kinder aus der Zechensiedlung.

Bodo ließ sich in einen unserer Gartenstühle plumpsen. »Matze hat erzählt, dass hier um die Ecke einer erschossen worden ist. Den kannten wir alle. Deswegen.«

»Ich hab davon gehört«, sagte Danner zu Bodo. »Es soll dieser Typ mit dem Pudel gewesen sein. Das war ein Kumpel von dir?«

»Kumpel wär zu viel gesagt«, wich Bodo aus.

Ich hatte mich aus der Kiste in unserer Gartenlaube bedient und drückte Bodo eine neue Bierpulle in die Hand.

»Das war so ein Oberschlauer«, brummte der Schreber. »Ist immer gleich am Flennen gewesen, die Träne. Schätze, wir haben den manchmal ganz schön fertiggemacht. Jetzt wo er hin ist, fragt man sich schon, ob das in Ordnung war«, sinnierte Bodo.

Ich registrierte, wie sich Danners Blick an Matthias Hesskamp festsog, während Bodo gluckernd seine Flasche leerte.

»Scheiße, glaubst du, ich bin stolz drauf?«

Molles Fußballstammtisch verstummte und sah sich nach Matthias Hesskamp um. Der Polizist bemerkte, dass er aufgesprungen war und setzte sich hastig wieder auf seinen Stuhl. Er lallte leicht. In Kopelskis Garten war es nicht bei einem Bier geblieben. Hesskamp vor den Gärten abzufangen und etwas unsanft in unser Auto zu bugsieren, war kein Problem gewesen.

»Wir waren Kinder verdammt! Wir haben uns nichts dabei gedacht«, zischte der Polizist jetzt deutlich leiser. »Und das Muttersöhnchen hat es einem auch einfach gemacht, der hat sich ja nicht mal gewehrt.«

Ich starrte Hesskamp an.

Er ist ein so anständiger, feinfühliger und bescheidener Mann, hallten die Worte der Lamafrau durch mein Gedächtnis.

Natürlich hatte der stille Bücherwurm Archibald keine brennenden Äste mit bloßen Händen ausgedrückt. Er hatte ja auch keinen Vater gehabt, der ihm hätte erklären können, warum etwas derart Bescheuertes manchmal sinnvoll war.

Mein eigenes Gefühl der Unzulänglichkeit während der Hühnertreffen mit meinen Freundinnen kam mir in den Sinn.

Ging es mir selbst womöglich ähnlich? Hatte meine Mutter nicht mein Leben lang geschwiegen, während ich den Krieg gegen meinen Vater geführt hatte? Es ließ sich nicht leugnen, dass ich mich mühelos durch eine überfüllte U-Bahn drängeln konnte, während ich mir bei Gesprächen unter Frauen so fehl am Platz vorkam wie ein Blinder bei einem Diavortrag.

»Und ich wollte mich wegen Archibald, der Heulsuse, nicht mit Alwin, Fiete und Ulli anlegen«, gestand Matthias Hesskamp schwerfällig. »Dann wär ich der Nächste gewesen, den sie sich vorgeknöpft hätten.«

Ich stützte das Gesicht in die Hände.

So verfeindet, wie es den Anschein hatte, waren die beiden Banden der Kalle-Blomquist-Freunde also gar nicht gewesen. Kopelski, Hesskamp und Bengel hatten zwar gegen Fiete, Ulli und Bodo Rosenkrieg gespielt, doch auf den schlauen Bücherwurm Archibald, dessen Familie sowieso keiner leiden konnte, waren sie in schöner Gemeinschaft losgegangen.

»Heute fühle ich mich jedes Mal beschissen, wenn ich in den Nachrichten von Mobbingopfern höre«, gestand Hesskamp weinerlich. »Ich habe fünfzig Jahre neben Archibald gewohnt und mich nicht entschuldigt. Seit er heute Morgen tot gefunden wurde, kriege ich den Gedanken nicht mehr aus dem Kopf.«

Tja, zu spät.

»Seid ihr bescheuert?«, polterte Staschek auf einmal in die Kneipe. »Wir dürfen keine Infos über den Fall rausgeben, verdammt! Das hat ein Nachspiel, Matthias!«

Staschеks schmales Gesicht war hochrot vor Wut. Er zerrte Matthias Hesskamp auf die Füße. Der schwankte bedenklich.

»Bleib mal locker, Lenny«, sagte Danner ruhig. »Wir trinken nur ein Bier zusammen.«

»Hast du überhaupt eine Ahnung, was heute im Präsidium los war?« Staschеks Stimme überschlug sich. Der Fußballstammtisch hörte dem Kriminalkommissar interessiert zu. Der dachte gar nicht daran, leiser zu sprechen.

»Der Nachbar des Polizeipräsidenten wird ermordet. Und ausgerechnet zwei Privatdetektive finden die Leiche. Die Peters hat versucht, mich auszuquetschen. Dass die deine Eier will, sollte dir eigentlich klar sein.« Staschek hielt Danner einen Zeigefinger vor die Nase.

»Ich mach mir in die Hose vor Angst.« Danner verdrehte die Augen.

»Du Idiot!«, tobte Staschek. »Wenn die Peters mitkriegt, dass ihr weiterschnüffelt und hier mit Hesskamp hockt, rollt mein Kopf. Ihr haltet die Füße still, an der Sache ist jetzt die Kripo dran. Kapiert?«

Staschek schob Matthias Hesskamp energisch in Richtung Tür.

»Du glaubst doch nicht im Ernst, dass ich mich von dir an die Leine legen lasse?«, brüllte Danner hinter Staschek her.

»Und die Wäsche liegt immer noch hier, verdammte Scheiße!«, ließ Danner seinen Frust über den Streit mit seinem besten Kumpel an mir aus, als wir wenig später unsere Wohnung betraten.

Mit einer wütenden Handbewegung fegte er den Wäscheberg vom Sofa. Die dunklen Stofffetzen segelten durch die Luft und verteilten sich gleichmäßig über den Teppich, den Sessel und den Schreibtisch. Eine von Danners Boxershorts blieb an der Schreibtischlampe hängen.

»Ich hab dir schon zehnmal gesagt, dass du die Klamotten wegräumen sollst!« Seine grauen Augen funkelten mich zornig an. Genau registrierte ich die Spannung seiner Nackenmuskeln.

»Ich bin aber nicht deine Putze, die du rumkommandieren kannst«, parierte ich. »Und auch kein Sandsack, den du vermöbeln kannst, wenn dir danach ist«, setzte ich schnell nach.

Treffer.

Danner zuckte zurück. Meine Vergangenheit kannte er. Seine Miene wurde weicher. Das bekannte Glitzern blitzte in seinen grauen Augen auf.

»Zicke!«, grinste er. Sein Blick kribbelte auf meiner Haut.

Ich hob erstaunt eine Braue: »Hast du immer noch nicht genug?«

»Komm her, wenn du unbedingt übers Knie gelegt werden willst«, forderte er amüsiert.

Prompt wurde mir heiß. Mit einem schnellen Griff krallte ich beide Hände vor seiner Brust in sein dunkles Shirt, brachte ihn mit einem Ruck aus dem Gleichgewicht und drückte ihn mit dem Rücken gegen die Wand.

»Hey ...«

»An deiner Stelle würde ich mir mehr Sorgen um meinen eigenen Arsch machen«, bemerkte ich.

Seine Antwort verhinderte ich, indem ich ihn küsste. Ohne meinen Griff zu lockern, schob ich herausfordernd meine Zunge zwischen seine Lippen.

Danner hob kapitulierend die Arme, erwiderte meinen Kuss jedoch hitzig. Mein Herzschlag beschleunigte prompt. Während ich an seinem Shirt zerrte, schob ich ihn rückwärts zum Sofa und drückte ihn in die Polster.

Seine grauen Augen funkelten belustigt, als sich unsere Blicke trafen. Nicht nur bei den Ermittlungen überließ Danner mir die Führung.

Ohne meinen Blick von ihm abzuwenden, ließ ich meine Finger an seinem stoppeligen Kinn entlang, die Kehle hinab, über sein Brustbein und die Bauchmuskeln in seine Hose gleiten. Die harte Wölbung im Schritt seiner Jeans verriet, dass er mir die Initiative nicht widerwillig überließ ...

42.

Ich konnte nicht glauben, was ich sah. Im fahlen Licht einer Straßenlaterne zerrte ich ein Exemplar der Samstagszeitung vom Stapel auf meiner Zeitungskarre.

»Das ist ja ein Hammer!«

Das Foto auf der Titelseite zeigte die Polizistin, die mit weiß-rotem Flatterband den Tatort in der Reihenhaussiedlung absperrte. Doch vor allem die Schlagzeile stach mir ins Auge.

Danner schnappte mir die Zeitung aus der Hand, hielt sie ins Licht und überflog den Text.

»Kein Wunder, dass Lenny kalte Füße kriegt.« Verblüfft ließ er das Papier sinken.

Ich nahm eine weitere Zeitung vom Stapel. *Mord in Bochum-Gerthe,* lautete die Überschrift. Darunter stand: *Polizeipräsident Georg Mattek vorläufig beurlaubt.*

Die raschelnde Zeitung noch immer in der Hand fuhr sich Danner über die Glatze.

Am Freitagmorgen wurde der 52-jährige Archibald S. tot in einem Reihenhaus im Bochumer Stadtteil Gerthe aufgefunden. Die Polizei geht von einem Verbrechen aus. Pikant: Der amtierende Polizeipräsident Georg Mattek lebt in unmittelbarer Nachbarschaft. Zurzeit kann eine persönliche Involvierung Matteks in das Geschehen nicht ausgeschlossen werden. Bis zur Klärung des Sachverhalts übernimmt Vizepräsidentin Klara Peters Matteks Verpflichtungen.

»Das kostet ihn den Job«, vermutete Danner. »Als Polizeipräsident kann er es sich nicht leisten, mit einem Mordfall in Verbindung gebracht zu werden. Die Spurensicherung muss etwas entdeckt haben, was eine Beurlaubung rechtfertigt.«

»Habt ihr die Zeitung …?«

»Haben wir«, knurrte Danner, bevor Molle den Satz zu Ende bringen konnte.

Ich warf eine Tüte Brötchen auf den Tisch.

»Jetzt ist Klara, ja …«, begann Molle erneut.

»Präsidentin. Wir haben's mitgekriegt.« Danner setzte sich an den Tisch vor der Theke. »Willst du ihr eine Glückwunschkarte schicken?«

Ich schob Teller und Tassen auf den Tisch: »Denkst du, Klara hat die Presse informiert? Um Matteks Job zu bekommen?«

Danner schenkte uns Kaffee ein. »Überraschen würde das wohl niemanden. Anscheinend läuft ja nichts mehr zwischen den beiden. Aber sie muss einen begründeten Verdacht haben. Durch einen plumpen Rufmord kann sie ihren Posten genauso schnell verlieren.« Grübelnd sah er zu, wie heißer Dampf aus seiner Tasse aufstieg.

»Vielleicht hat der Spanner Mattek durch Zufall auch fotografiert? Bei irgendetwas, was einen Mord begründen würde?«

Ich erinnerte mich nicht mehr genau, ob auch der Polizeipräsident auf der Pinnwand des Spanners zu sehen gewesen war. Außerdem hatten wir uns den letzten Abschnitt gar nicht mehr genau angeschaut, weil wir uns auf den Weg zur Lamafrau gemacht hatten.

»Wir müssen uns die Fotos noch einmal ansehen«, nickte Danner. »Aber eine Sache dürfen wir nicht außer Acht lassen: Wenn Mattek seinen Nachbarn nicht erschossen hat, gibt es außer der Schlampe eine weitere Person, der die Aufregung um den Polizeipräsidenten gelegen kommt ...«

»Archibalds Mörder«, begriff ich.

Natürlich. Wenn Alwin Kopelski den Spanner aus Rache erschossen hatte, konnte ihm nichts Besseres als Mattek in den Schlagzeilen passieren.

»Allerdings liefern die Fotos auch anderen Menschen ein Motiv, Archibald an den Kragen zu wollen«, bemerkte ich.

Danner, zum Beispiel. Er hatte ja zugegeben, dass er

Archibald gern selbst erledigt hätte, nachdem er die Aufnahme von uns beim Beinahe-Sex entdeckt hatte.

Ich bemerkte, dass Danner sich verblüfft aufgerichtet hatte.

»Was ist?«, wollte ich wissen.

»Wir stellen die falsche Frage«, sagte Danner. »Wir müssen uns fragen, wer *nicht* auf den Fotos zu sehen ist.«

Ich starrte ihn an.

Natürlich.

In dem Moment betraten zwei Polizisten Molles Kneipe, die morgens um kurz nach sieben noch gar nicht geöffnet hatte. Sie trugen keine Uniformen, doch ich erkannte die Frau. Sie war groß und schlank, mit einem scharfkantigen Gesicht, dessen Oberkiefer leicht vorstand, und einer Nase, deren Form dem Schnabel einer Geierschildkröte ähnelte. Das brünette Haar hatte sie zu einem strengen Pferdeschwanz nach hinten gekämmt. Sie war mit Abstand die Unsympathischste unter Staschеks Mordermittlern.

Ihrem jüngeren Kollegen war ich erst einmal begegnet: Er hatte gestern Morgen meine Aussage zum Fund des toten Pudelfreundes aufgenommen.

Zielstrebig steuerten die Polizisten auf unseren Tisch zu.

»Wegner, Kriminalpolizei.« Die große Frau hielt Danner ihren Ausweis unter die Nase.

»Wirklich?« Danner zog die Brauen hoch. »Ich dachte immer, Sie lungern im Präsidium herum, weil es dort Kaffee umsonst gibt.«

Das spitze Gesicht der Beamtin färbte sich rosa. »Ich muss Sie bitten, mich aufs Präsidium zu begleiten.«

Danner fuhr hoch: »Was?«

»Sie waren gestern Morgen beim Fund einer Leiche in Bochum-Gerthe anwesend.«

»Sind Sie etwa an dem Fall dran?«

»Die neue kommissarische Polizeipräsidentin hat persönlich ein Auge auf den Fall. Sie legt großen Wert auf die Unabhängigkeit der Ermittlungen«, informierte die Wegner und hob ihre Schnabelnase noch ein Stück höher.

Klara hatte Staschek also kaltgestellt.

»Frau Peters ist aufgefallen, dass Sie falsche Angaben Ihren Beruf betreffend gemacht haben, Herr Danner.«

Danner schien wie versteinert.

»Ich stelle in Gerthe Zeitungen zu«, zischte er eisig.

»Auf Ihrem Türschild steht aber etwas anderes. Und zufällig sind Fotos von Ihnen in der Wohnung des Verstorbenen sichergestellt worden«, konterte die Polizistin. »In – sagen wir mal – kompromittierender Situation.«

Das Gleiche galt für mich. Doch mich beachtete die Frau gar nicht. »Sie werden uns Ihre Rolle in dem Fall genauer erläutern müssen.« Die Beamtin lächelte schmallippig.

Mir wurde heiß. Konnte Danners Lieblingsfeindin in ihrer neuen Position als Polizeipräsidentin Mordermittlungen gegen Danner einleiten?

Danner erhob sich.

Plötzliche Panik stieg in mir auf. Klara, die Schlampe, wollte ihn mir wirklich wegnehmen. Auf ganz andere Art, als ich befürchtet hatte.

43.

Mit feuchtkalten Fingern bewegte ich den Pfeil der Maus über den Computerbildschirm.

Danner hatte recht. Die Lösung hatte die ganze Zeit vor uns gelegen. Warum waren wir nicht eher darauf gekommen?

Archibald Schröders Mörder hatte wohl kaum umsonst den Computer des Toten mitgenommen. Er hatte belastende Bilder entfernen wollen. Der Spanner hatte etwas fotografiert, was er nicht hatte sehen dürfen. Die Pinnwand über dem Schreibtisch musste der Täter bemerkt haben. Mit Sicherheit hatte er die Aufnahmen von sich selbst entfernt.

Aber hatte ich Alwin Kopelski nicht bereits auf den Bildern entdeckt?

Das erste abfotografierte Pinnwandsegment leuchtete auf. Ich entdeckte die Porzellanelfe, Chantal, Babsi und mich mit Plastikbechern in den Händen – aha! –, Alwin Kopelski in der Küche.

Ich fuhr mir mit beiden Händen durch die zottigen Haare.

Dass das Foto von Grizzly Adams noch da war, sprach gegen ihn als Täter.

Wer fehlte auf der Pinnwand?

Fieberhaft suchte ich die Bilder ab.

Bine Kopelski, Katrin Hesskamp und Silvia Fromm am Gartenzaun, Julietta Engele im Bett, die Sprack im Nachthemd, Babsi und Chantal oben ohne, ich, wie ich Sergej, Kröte, Bodo, Fiete, Alwin und Danner beim Dschungelroden zusah. Ulli beim Bierabladen. Die Pizzafrau rauchend am Kiosk, dahinter Bine im Streit mit der Kiosktante. Bine und eine Brötchenverkäuferin.

Ich klickte den dritten Pinnwandabschnitt auf den Bildschirm. Wieder Danner und ich mit Schädlingsvernichter Peter Bengel. Die Lamafrau und der behinderte Hansi beim Füttern der Tiere, die Pizzafrau, die der Dreifachmutter im Eckhaus einen Kartonstapel in die Hand drückte, Babsi und Sergej beim Quickie im Gras, Babsi, Chantal, Bine und sogar Kimberly Ullmann vor Ullis nagelneuer Hebebühne. Die Alligatorschildkröte beim Sonnenbad. Und – der Grund für die rasche Beurlaubung des Polizeipräsidenten? Archibald Schröder hatte durch einen Gardinenschlitz die Küche der Dreifachmutter fotografiert. Jeannette Hausschulz lag nackt auf dem Esstisch, zwischen Schüsselchen mit Dinosaurieraufdruck. Die Füße hielt sie Mattek ins Gesicht, während er sie bumste. Ein schöner Grund für die Schlampe, den Polizeipräsidenten vom Thron zu stoßen.

Im nächsten Moment erstarrte ich.

Unter dem Bild ragte die Ecke eines anderen Fotos hervor. Die Aufnahme war grobkörnig und verschwommen, doch Bine Kopelskis Gesicht erkannte ich auf den ersten Blick.

Archibald musste aus einiger Entfernung herangezoomt haben. Die Augen geschlossen, lag ihr Kopf auf dem PVC-Boden ihrer Reihenhausküche. In einer dunkelroten Blutlache.

Also doch! War die da schon tot?

Warum zum Teufel hatte Danner sich ausgerechnet jetzt von der Polizei abführen lassen? Mit Sicherheit hätte er sofort die richtigen Schlüsse gezogen.

Ich rieb mir die Schläfen.

Bine Kopelski hatte tatsächlich in ihrer Küche Blut verloren. Aber Alwin Kopelski hätte dieses Foto doch ganz sicher entfernt, wenn er erst seine Frau getötet und dann Archibald Schröder erschossen hätte, oder nicht?

Dass Aufnahmen fehlten, da war ich mir sicher. Denn es gab Lücken zwischen den ansonsten dicht an dicht gehefteten Bildern.

Eins, zwei, drei, vier, fünf Lücken.

Mir fiel die Skizze von den Reihenhäusern ein, die Danner mit Silvia Fromms Hilfe angelegt hatte. Ich fand den Zettel säuberlich abgeheftet im Ordner *Hesskamp.* Danner hatte beide Reihenhauskomplexe mit seiner geschmeidigen, nach rechts geneigten Handschrift beschriftet.

Jeder Komplex bestand aus fünf Hausteilen. Im ersten Haus lebten Silvia Fromm, die Hesskamps, die Kopelskis, Familie Bollermann und Familie Hausschulz.

Jeannette Hausschulz, die Dreifachmutter, war mit dem Polizeipräsidenten zusammen aufgefallen. Doch beim Namen Bollermann stutzte ich. Das war die große, stämmige Frau mit dem Baby. *Tochter von Silvia Fromm* hatte Danner notiert.

Mein Blick glitt noch einmal über die Bilder und blieb an Bine Kopelski beim Brötchenkaufen hängen. Tatsächlich handelte es sich bei der stämmigen Bäckereifachverkäuferin auf dem Foto um die junge Mutter aus dem Reihenhaus. Ein Foto von Frau Bollermann war also vorhanden.

Ich sah mir die Skizze vom zweiten Komplex genauer an. Im Eckhaus des zweiten Gebäudes hatte Danner den Namen *Ebel* notiert. Das waren der behinderte Hansi und sein Bruder. Es folgte die Wohneinheit des ermordeten Pudelfreunds, dann die des Polizeipräsidenten. Daneben gammelte der vermüllte Hausabschnitt der zurzeit abwesenden Frau Sprack vor sich hin.

Und im letzten Haus …?

Ich klatschte mir eine Hand vor die Stirn.

44.

Der Eingang des letzten Hauses der zweiten Reihe war beinahe auffallend schlicht. Es gab keine Deko, keine Strandkörbe, Gartenzwerge oder Feng-Shui-Brunnen. Der Rasen war gemäht und der Weg durch den Vorgarten vom Unkraut befreit.

Was wusste ich über Lorenz Wiesinger? Dass er Pizza bestellte. Und nachts vor dem Computer saß. Dass er höflich grüßte, nicht tratschte und sogar mit streitsüchtigen Nachbarinnen wie Anneliese Sprack in Frieden lebte.

Und ich wusste, dass er nicht auf Archibald Schröders Bildern zu sehen war. Weil er einfach zu selten draußen war, um dem Spanner vor die Linse zu geraten? Unwahrscheinlich, wenn man seine Vorliebe für Pizza bedachte. Und Archibald Schröders Vorliebe für die Pizzafrau.

Mein Herzschlag beschleunigte.

Weil es sich um das Eckhaus handelte, konnte ich am Gartenzaun entlanggehen und einen Blick auf die Terrasse werfen. Dort standen ein paar gestapelte Stühle, ein Tisch und ein abgedeckter Rasenmäher neben einer Harke.

Die rechte Seite der zweiflügeligen Terrassentür war angekippt …

Ich wischte meine schwitzigen Hände an meiner Hose ab. Einen Augenblick lang dachte ich daran, abzuwarten. Bis Danner seine Aussage gemacht hatte und die Polizisten ihn wieder freiließen. Aber was, wenn das nicht passierte?

Entschlossen kehrte ich zu unserem Auto zurück, das ich ein Stück die Straße hinauf vor dem Haus der Ebel-Brüder abgestellt hatte. Ich setzte mich hinters Lenkrad und fummelte mein Handy und einen zerknüllten Zettel aus der Jackentasche. Ich stellte die Unterdrückung der Rufnummer ein, bevor ich die Zahlen eintippte, die ich mir bereits zu Hause notiert hatte.

Im Haus bewegte sich nichts.

Ich ließ durchklingeln, bis das Besetztzeichen tutete. Und startete gleich den nächsten Versuch.

Und tatsächlich: Nach dem sechzehnten Klingeln ging der Pizza-Fan endlich an den Apparat.

»Wiesinger?«

»Kriminalpolizei Bochum, Simanowski vom Sekretariat KK 11«, meldete ich mich in förmlich-freundlichem Ton. »Herr Wiesinger, im Laufe der Ermittlungen zu dem Mordfall in Ihrer Nachbarschaft sind noch ein paar dringende Fragen aufgekommen. Ich muss Sie bitten, sich umgehend im Präsidium einzufinden.«

»Wie bitte?«, murmelte Wiesinger verschlafen. »Jetzt gleich?«

»So schnell wie möglich«, drängte ich streng. »Zeit ist ein wichtiger Faktor für den Erfolg der Ermittlungen.«

Hatte ich mal gehört. Im Fernsehen wahrscheinlich.

»Oder sollen wir jemanden bei Ihnen vorbeischicken?«, fügte ich hinzu.

»Nein. Nicht nötig«, brummte Wiesinger. »Ich mach mich auf den Weg, Frau Simanowski.«

Zehn Minuten später verließ der Mann das Haus. Er zerrte ein himmelblaues Rennrad aus dem Flur und schloss hinter sich sorgfältig ab. Er wirkte übernächtigt, als er mit ungekämmtem Haar, Hornbrille, Jeans und Turnschuhen davonradelte. Der Typ sah aus wie ein ewiger Student. Als ob er noch immer seinen Eltern auf der Tasche lag, nächtelang *World of Warcraft* spielte und die Piraten wählte. Er zankte nicht mit den Nachbarn und verzichtete aufs Auto.

Warum sollte dieser Mensch nachts eine Waffe hervorziehen, um Nachbarn zu erschießen? Waren ihm die Computerspiele nicht bekommen?

Mindestens eine halbe Stunde hatte ich nun Zeit, denn mindestens so lange brauchte Wiesinger mit dem Fahrrad von Gerthe aus bis in die Innenstadt, um auf dem Polizeipräsidium festzustellen, dass er nie einbestellt worden war, und dann zurück nach Gerthe zu radeln.

Ich schlich mich durch den Vorgarten, um das Haus herum auf die Terrasse.

Ich hatte richtig gesehen: Die eine Hälfte der zweiflügeligen Terrassentür war angekippt. Ich rückte einen Gartenstuhl heran, stellte mich darauf und griff durch den Spalt. Problemlos erreichte ich den Griff der geschlossenen, linken Türseite. Ich drehte den Hebel in die waagerechte Position, zog meine Hand wieder heraus und drückte die Tür auf.

Bingo.

45.

Bevor ich in das Haus des Pizza-Fans schlüpfte, vergewisserte ich mich, dass mich niemand beobachtete.

Im nächsten Moment stand ich im Wald. Von der Decke baumelnde Pflanzenlampen tauchten fünf, sechs gigantische Grünpflanzen in mystisches Schummerlicht.

Eine moderne, weiße Couch und ein Flachbildfernseher schienen auf den ersten Blick die einzigen Zeichen von Zivilisation in diesem Urwald zu sein. Am Fenster entdeckte ich unter den fünf-fingerigen Blättern der palmenartigen Gewächse dann doch einen aufgeräumten Schreibtisch mit Telefon und Laptop.

Ich bückte mich unter den Zweigen hindurch. Das hier war nicht die schlampige Studentenbude eines Computerspielsüchtigen, die ich erwartet hatte. Es gab keine herumliegenden Fast-Food-Verpackungen und keine abgestandenen Energydrinks.

Ich trat an den Schreibtisch, weil ich nicht wusste, wo ich sonst nach den verschwundenen Fotos hätte suchen sollen.

Ich betrachtete den großen, blank polierten Laptop und überlegte, ob es sich um das entwendete Gerät des toten Archibald Schröder handeln könnte. Eher unwahrscheinlich. Den Apparat des Ermordeten hier offen herumliegen zu lassen, während nebenan die Kripo ein- und ausging, wäre kein Geniestreich. Trotzdem klappte ich das Gerät auf und drückte den Startknopf.

Während der Computer anfing zu surren, zog ich die Schreibtischschubladen auf. Darin fand ich einige Rechnungen, Stifte, sechs alte Handys, USB-Sticks. Keine Fotoalben, keine Briefe oder persönliche Dinge, die darauf schließen ließen, dass Wiesinger ein Mensch mit einer Herkunft war.

Der Computer war leistungsstark, er war bereits hochgefahren. Auf dem dunklen Bildschirm leuchtete ein einzelnes weißes Feld und forderte ein Passwort.

Mist.

Spontan gab ich *Pizza* ein.

Falsch. Wäre auch zu einfach gewesen.

Im Leben knackte ich nicht das Codewort eines Menschen, über den ich so wenig wusste wie über Lorenz Wiesinger. Womöglich spielte sich sein gesamtes Leben online ab. Damit wäre er ja heutzutage kein Einzelfall. Freunde traf man auf Facebook, seine Zeit verbrachte man zusammen mit anonymen Kameraden namens *Monsterkiller* oder *Blödenuss* in den Fantasiewelten von Computerspielen und Erinnerungsfotos schwebten in einer virtuellen Wolke auf einem Server in Klein Miesbach.

Wiesingers gesamtes Leben konnte in dem Computer stecken, zu dem mir das Passwort den Zugang verwehrte. Was auch die sparsame Wohnungseinrichtung erklären würde: Die Wohnung war der Ort, an dem Wiesingers Körper schlief und Pizza aß, während sein Geist durchs World Wide

Web streifte. Wenn er umziehen wollte, musste er nur den Rechner einstecken.

Ich wandte mich ab und warf einen Blick in die Küche. Eine schwarze Single-Küchenzeile mit zwei Herdplatten, über denen einige Suppenkellen aus Edelstahl baumelten. Ein Messerblock, ein Tisch, ein Stuhl. Keine herumliegenden Zettel, Fotos oder Bücher. Im Kühlschrank in Plastik verpackte Fertigsandwiches.

Wenn Wiesinger wirklich gestern Nacht seinen Nachbarn erschossen und Fotos und Computer geraubt hätte, wo hätte er die Waffe verschwinden lassen? Und wo die gestohlenen Gegenstände versteckt?

Im Keller?

Ich kannte den Weg ja bereits aus den baugleichen Häusern. Die schmale Treppe, die Wände aus rotem Ziegel. Lorenz Wiesingers Keller war sauber und – leer.

Damit blieb nur noch der erste Stock. Das Schlafzimmer.

Ich eilte die knarzenden Stufen hinauf. Die Tür zu einem ziemlich neuen Badezimmer stand offen: anthrazitfarbene Fliesen, ebenerdige Dusche, weiße Keramik. Daneben ging es ins Schlafzimmer mit Doppelbett, weißen Laken und zwei großen Pflanzen. Keine Waffe unter dem Kopfkissen.

Und kein Schrank. Aber zumindest anziehen musste der Kerl sich doch!

Blieb noch das zweite Zimmer im Obergeschoss. Die weiß lackierte Tür knarrte leise, als ich sie öffnete.

Ein Ankleidezimmer. Ein großer Spiegel und zwei Regale mit würfelförmigen Fächern standen an den Wänden – das beliebte Modell einer skandinavischen Möbelfirma hörte auf den Namen ›Kurt‹. Sogar Wiesingers Art, seine Klamotten aufzubewahren, hatte etwas Provisorisches.

Die Fächer waren gefüllt mit Wäsche – Jeans, bunte

T-Shirts, Pullover mit Kapuze im ersten Regal. Das zweite enthielt merkwürdigerweise nur dunkle Sachen. Auf einer Stange zwischen den beiden Holzregalen hingen Jacken, Mäntel und Anzüge auf Bügeln.

Im Anzug hatte ich den Typ noch nie gesehen. Die formelle Kleidung stand im krassen Gegensatz zu den bunten Kapuzenshirts, die er im Alltag bevorzugte. Schwer vorstellbar, wie Wiesinger im Pinguindress im Meeting einer Softwarefirma saß.

Auf Bodenhöhe hatte er Körbe in das Regal geschoben. Einer gefüllt mit Socken, einer mit Männerslips. Einer spontanen Eingebung folgend ging ich in die Knie und tastete zwischen den Socken nach dem schweren, kalten Griff einer Pistole.

Nichts. Natürlich.

Trotzdem langte ich auch noch in die Unterhosen. Und fand ebenfalls nichts.

Bis auf – Moment!

Papier?

Kurzerhand kippte ich die Unterhosen aus und tatsächlich: darunter, vermutlich eilig versteckt, lagen einige Papierstücke.

Fotos!

Das erste zeigte die Pizzafahrerin im Profil vor der Haustür.

Das waren sie! Die von der Pinnwand des Spanners verschwundenen – eins, zwei, drei, vier, fünf – fünf Fotos!

Wiesinger war in Archibald Schröders Wohnung gewesen! Hatte die Bilder und sicher auch den Laptop mitgenommen, nachdem er den Stalker erschossen hatte.

Fünf Fotos, wegen denen Archibald Schröder sterben musste. Und wegen denen Bine Kopelski verschwunden war? Aber wieso sollte niemand sehen, dass Wiesinger Pizza bestellte?

Mit vor Aufregung zitternden Fingern griff ich die Bilder. Das erste Foto zeigte tatsächlich nur die junge Frau neben Wiesingers Briefkasten. Ich legte es zur Seite. Das zweite Bild war kaum aussagekräftiger: Wiesinger bezahlte die italienische Rundbackware.

Warum zum Teufel hatte wegen dieser Fotos ein Mensch sterben müssen? Dass Wiesinger nur von Pizza lebte, war zwar ungesund, aber nicht strafbar.

Das dritte Foto war durch die Terrassentür aufgenommen worden. Es zeigte den Dschungel aus Zimmerpflanzen.

Foto Nummer vier ließ Wiesinger im Profil erkennen. Die Augen gierig am Monitor festgesogen, die Zungenspitze an die Oberlippe gepresst. Anscheinend hatte Archibald aus nächster Nähe durch das Fenster am Schreibtisch fotografiert. Federförmige Pflanzenblätter ragten ins Bild.

Moment mal! Die schmalen Blätter fügten sich in der Mitte zusammen wie die Finger einer Hand.

Oh.

Mein Blick wanderte zurück zu Foto Nummer zwei: Wiesinger bezahlte die Pizzafrau. Doch was er der Lieferantin in die Hand drückte, war kein Geld.

Wie von Zauberhand fügten sich die Puzzleteilchen in meinem Kopf zusammen.

Nachdenklich nahm ich das fünfte Foto zur Hand.

Archibald Schröder hatte wieder im Dunkeln durch das Fenster am Schreibtisch gespannert. Wieder wurde das Gesicht des Pizza-Fans vom Bildschirm des Laptops beleuchtet. Doch dieses Mal hatte der Pudelmann von schräg hinten fotografiert, sodass der Monitor zu erkennen war. Er zeigte …!

Igitt! Von wegen Computerspiele. Der Wichser zog sich Pornos rein! Nacht für Nacht! Und was für eine gewalttätige Scheiße! Die gefesselte Frau auf dem Bildschirm blutete.

»Er hätte das Blitzlicht nicht benutzen sollen«, bemerkte eine böse, leise Stimme viel zu dicht neben mir. »Das war sein Fehler. Deshalb war dieses Foto sein letztes.«

Ich fuhr herum und – blickte in die kleine, schwarze Mündung einer Waffe.

»Dein Fehler war der Anruf. Es gibt keine Frau Simanowski bei der Kripo Bochum. So was lässt sich telefonisch klären.«

Scheiße!

»Keinen Ton!« Der Pizza-Fan beobachtete interessiert, wie das Blut aus meinem Gesicht sackte.

Seit wann stand er schon hinter mir?

Hätte ich nicht schon auf dem Boden gesessen, hätten meine Knie nachgegeben.

Ich sah zu dem Mann hoch, der bereits einen Menschen kaltblütig hingerichtet hatte. Aus der Nähe bemerkte ich Falten und einen harten Zug um die nach unten gerichteten Mundwinkel. Die Augen hinter der Brille wirkten seltsam starr.

»Das Zeitungsmädchen«, erkannte er. »Warum müsst ihr eigentlich alle eure Nasen in fremde Angelegenheiten stecken?«

Blitzschnell überdachte ich meine Möglichkeiten.

Danner saß im Präsidium. Vom Tatort nebenan war die Polizei längst abgerückt. Und die Waffe zeigte auf meine Nase.

Ich erinnerte mich an das durchschossene Gesicht von Archibald Schröder und mir wurde übel. Ich musste irgendetwas unternehmen, sonst war ich in ein paar Sekunden tot.

Nur was?

Mit dem Foto in der Hand konnte ich schlecht behaupten, nichts gesehen zu haben. Oder zu blond zu sein, um es zu kapieren.

Ich musste Zeit gewinnen.

»Hanf«, krächzte ich, hustete, um den Kloß in meinem Hals loszuwerden. »Das sind Hanfpflanzen im Wohnzimmer, oder?«

Der Mann musterte mich abschätzend mit starren, dunklen – Reptilienaugen! Jetzt wusste ich es. Sein starrer Blick ähnelte dem des Seeungeheuers im Schrebergarten. Die ganze Aufmachung als jugendlicher Computerfreak war nur eine Maske. Tarnung. Hinter der Brille, den strubbeligen Haaren und den Jeans lauerte ein Monster.

»Das ist alles nicht echt.« Meine Stimme wurde fester. »Das Reihenhaus und das Fahrrad, sogar der Rasen ist nur gemäht, damit die Nachbarn nichts zu meckern haben. Wahrscheinlich brauchen Sie nicht mal die Brille.«

Seine kalten Augen leuchteten auf.

Mein Herz machte einen Satz.

Dann griff er sich ins Gesicht. Ich registrierte, dass er dabei die Waffe sinken ließ. Er nahm die Brille ab.

»Eigentlich solltest du Angst haben«, erklärte er.

Ich schluckte trocken.

»Wow«, presste ich trotzdem hervor, versuchte, Bewunderung in meine Stimme zu legen. »Sie dealen. Und der Pizzaservice liefert aus. Eine Hanfplantage direkt neben dem Polizeipräsidenten, ist ja – geil.«

Er hörte zu. Hatte ich den richtigen Ton getroffen? Weiterreden! »Aber gleich ein Mord wegen ein bisschen Hasch?«

Seine kalten Augen fixierten mich lauernd. »Du hast noch immer nicht geschnallt, mit wem du es zu tun hast, was?«

Er drückte mir die kalte Mündung der Waffe an den Hals und ich erstarrte. Mit der anderen Hand griff er an mir vorbei ins Regal, hinter einen Stapel Jeanshosen. »Hier liegt das große Geld.«

Er warf mir ein Tütchen hin. Es war gefüllt mit weißem Pulver.

Kokain? Oder Heroin? Puderzucker war das jedenfalls nicht. Lorenz Wiesinger war ganz groß im Geschäft.

»Was ist, Plappermaul? Hat es dir die Sprache verschlagen?«

Der Typ war ein Profi, seine Tarnung als kontaktscheuer Computernerd perfekt und der Pizzaservice eine geniale Möglichkeit der unauffälligen Geschäfteabwicklung.

»Sind dir die Fragen ausgegangen?« Er stieß mir die Waffe schmerzhaft in den Nacken. »Hast du es jetzt geschnallt? Geht dir der Arsch auf Grundeis?«

Der nächste Hieb ließ mich nach vorn fallen, ich musste mich mit den Händen abstützen.

»Ich erzähl es dir trotzdem. Denn du wirst keine Gelegenheit mehr haben, was auszuplaudern. Meine Tarnung war einfach perfekt. Über fünf Jahre hat alles funktioniert. Und das hätte es auch weiterhin, wenn die bescheuerten Nachbarn nicht so neugierig gewesen wären. Jetzt muss ich hier weg.«

Mein Blick hing an dem fünften Foto vor mir auf dem Teppich. Wiesinger zwischen seinem Hanf vor dem PC. Auf dem Bildschirm eine nackte, junge Frau. Blutend. Geknebelt. Die Hände über dem Kopf gefesselt. Die Augen angstvoll aufgerissen.

Weil er dieses Bild gemacht hatte, hatte Archibald Schröder sterben müssen. Ich konnte nicht wegsehen.

Wiesinger war krank. Zog sich Bilder von gefolterten, vergewaltigten Frauen rein. Holte sich Nacht für Nacht einen darauf runter. Schwein!

Vielleicht musste ich froh sein, wenn er mich erschoss? Es kurz machte und nicht auf noch schlimmere Gedanken kam?

»Sag was, Plappermaul!«

Er presste mich mit der Waffe auf den Boden. Ich spürte den kurzen, kratzigen Teppich an meiner Wange.

Nein, so leicht würde ich es dem Drecksack nicht machen. Angst machte ihn geil? Die Show konnte ich ihm liefern.

Ich fing an zu schluchzen. »Bitte tu mir nichts.«

»Hast du endlich begriffen, mit wem du sprichst?«

Ich nickte leise wimmernd.

Aber du weißt nicht, mit wem du sprichst, Arschloch!

Mit einer Hand packte er mich am Kragen meines Pullovers und zerrte mich auf die Füße. Ich spürte meinen eigenen, rasenden Puls am kalten Metall der Waffe, deren Mündung sich in meine Kehle presste.

Mach einen Fehler und ich bringe dich um. Auch ich weiß, wie man einen Menschen tötet!

»Bitte …«, flüsterte ich.

»Das hättest du dir eher überlegen sollen! Dämliche Kuh!«

Ein dumpfer Knall! Um mich herum wurde es schwarz. Eine furchtbare Sekunde lang glaubte ich, er hätte abgedrückt. Dann sah ich den schweren Kolben des Revolvers erneut auf mich zukommen.

Ein Krachen, als er meine Stirn traf. Warmes Blut in meinem Gesicht. Der Boden, der auf mich zuraste und gegen meine Schläfe prallte.

Das Nächste, was ich spürte, war ein dickes, weiches Bündel, das mit Gewalt in meinen Mund gepresst wurde. Es stieß in meinen Rachen, ließ mich würgen, war zu groß, als dass ich es hätte ausspucken können. Am Oberarm wurde ich wieder auf die Füße gezogen.

Ich blinzelte das Blut weg. Sah in die grinsende Fratze des Pizza-Fans. Unvermittelt ließ er mich los, ich taumelte zur Seite.

»Los! Lauf, Plappermaul! Es geht um dein Leben!«

Schmerz spürte ich nicht. Mein Vater hatte mich schon übler zugerichtet. Ich war noch handlungsfähig. Das Blut in den Augen allerdings behinderte die Sicht. Und der Knebel die Atmung. Ich versuchte zu spucken, den Stoff mit zitternden Fingern aus dem Mund zu zerren.

Die Tür! Sie stand noch offen.

Langsam! Ich tat, als würde ich stolpern. Sonst glaubte der Typ womöglich, ich könnte tatsächlich fliehen. Und erschoss mich von hinten.

In der Tür ging ich in die Knie, kroch auf allen vieren in den Flur. Warf über die Schulter einen Blick zurück. Sah, wie mir Wiesinger mit der Waffe in der Hand langsam folgte, während er seine Hose öffnete.

»Richtung Schlafzimmer ist genau richtig, Plappermaul.«

Im Leben nicht.

Zwischen Treppe und Klo brach ich zusammen. Rollte mich rasch auf den Rücken. Würgte wieder an dem Knebel.

Wiesinger kam näher. Wie ein Raubtier auf der Jagd. Mit einem gierigen Grinsen, dass seine starren Reptilienaugen nicht erreichte.

Ich robbte rückwärts von ihm weg. Richtung Treppe. Als meine Arme wegknickten, lag ich auf dem Rücken. Hinter meinem Kopf fühlte ich die erste Stufe der Treppe nach unten.

Perfekt.

Wiesinger stürzte sich auf mich.

Die Rückenlage ist eine der besten Positionen, um einen Angriff abzuwehren, denn man hat sowohl Arme als auch Beine frei, um sie zur Verteidigung zu nutzen.

Als Wiesinger nach mir griff, packte ich seinen Arm, riss gleichzeitig die Beine hoch, stemmte beide Füße unter seinen Brustkorb und schleuderte seinen Körper mithilfe seines eigenen Schwunges über mich hinweg.

Das Krachen, mit dem der Mann die schmale, steile Holztreppe hinunterpolterte, schien ohrenbetäubend. Und ewig anzudauern.

Dann war es still.

Mit einem Satz war ich auf den Füßen, starrte ins Erdgeschoss hinunter. Wiesinger lag reglos am Fuß der Treppe.

Ich zögerte keine Sekunde länger, sprang die Stufen hinunter, über den Mann hinweg.

Zur Haustür! Aufreißen! Raus auf die Straße! Endlich bekam ich den Knebel aus meinem Mund. Ein Paar Socken.

»Hilfe!«, schrie ich, während ich auf die Straße rannte. Mein Verfolger konnte jeden Moment aus der Ohnmacht erwacht mit der Waffe hinter mir stehen.

Keine Polizisten im abgesperrten Vorgarten!

Wohin jetzt?

Mein Kopf pochte vor Schmerz. Ich lief einfach weiter. Stolperte. Wischte mir durchs Gesicht. Bemerkte das Blut. Drückte den Ärmel meines Pullovers auf meine Stirn. Mir war schwindelig. Wenn Wiesinger mir auf den Fersen war, würde er mich leicht einholen.

Dann glaubte ich, Staschеks dunkelblauen Kombi die Straße an den Reihenhäusern entlang auf mich zukommen zu sehen. Ich blinzelte. Hatte ich Halluzinationen?

»Lenny!« Ich winkte, was gar nicht nötig war, weil Staschek sowieso mit quietschenden Reifen vor mir bremste.

»Lila? Was ist passiert?« Der Kommissar sprang aus dem Auto.

»Er hat eine Pistole!«, schrie ich Staschek an, obwohl er genau vor mir stand, und deutete mit fuchtelnden Armen auf das Eckhaus.

Staschek zog seine Waffe.

46.

Die Reptilienaugen des Pizzafreundes starrten an mir vorbei. Der kalte Blick war gebrochen. Der Körper lag im Flur, der Kopf auf der untersten Treppenstufe, deren Kante ihm das Genick zerschmettert hatte.

Kein Blut, keine Verletzung, nur die toten Augen, die verrieten, dass er den Sturz nicht überlebt hatte.

Staschek steckte seine Waffe wieder ein und legte mir seinen Mantel um die Schultern. Er war mir zu groß, der Saum schleifte auf dem Boden, meine Hände verschwanden in den Ärmeln. Erst jetzt merkte ich, dass ich zitterte.

»Was machst du hier?«, fragte ich den Kommissar.

»Ich hab dich gesucht. Ich sollte auf dich aufpassen«, erklärte Staschek.

»Auf mich?« Erstaunt sah ich ihn an.

Er kramte ein Papiertaschentuch hervor und tupfte damit an meiner Stirn herum.

»Solange Klara Ben auf dem Präsidium festhält. Er hielt es für möglich, dass du allein weiterschnüffelst. Leider warst du schon verschwunden, als ich bei euch zu Hause ankam. Also habe ich mich auf die Suche gemacht. Ich wollte bei euren Auftraggeberinnen Silvia Fromm und Katrin Hesskamp klingeln und hab dann euer Auto gesehen.«

»Ben schickt mir einen Babysitter hinterher?« Es fiel mir schwer, ihm das übel zu nehmen.

Verschmitzte Fältchen erschienen in den Augenwinkeln des Kommissars: »Mich kotzt es auch an, dass er ständig recht haben muss.«

Silvia Fromm erschien noch vor Polizei und Notarzt in Wiesingers Vorgarten. Sie hielt ein pummeliges Kleinkind auf dem Arm.

Mir reichte sie einen kalten Waschlappen, damit ich mir das Blut aus dem Gesicht wischen konnte. Ich presste die feuchte Kälte gegen meine hämmernde Stirn, während Staschek kurz zusammenfasste, was vorgefallen war.

»Ach herrje«, schnaufte die Fromm eher aufgeregt, als erschrocken. »Jetzt sind der Archibald und der Lorenz tot. Können wir jetzt überhaupt noch erfahren, was mit Bine passiert ist, Frau Ziegler?«

Den Waschlappen an meine blutende Stirn gepresst, sah ich die Großmutter an. Ihr rotwangiges Gesicht kreiste vor mir in der Luft. Der klopfende Schmerz in meiner Stirn erschwerte das Denken.

Natürlich konnte Archibald Schröder Bine beim Zeitungsaustragen überfallen haben. Oder Bine hatte ebenfalls mitbekommen, was die Pizzafrau wirklich auslieferte, und teilte das Schicksal des Stalkers. Dumm nur, dass keiner der beiden Toten verraten konnte, was wirklich passiert war.

Aber wenn ich an den dritten Abschnitt der Fotopinnwand dachte, blieb noch eine weitere Möglichkeit offen.

»Ein Sachverhalt muss noch überprüft werden«, murmelte ich. »Danach werden wir die Ermittlungen abschließen, denke ich.«

Staschek zog seine elegant geschwungenen Brauen zusammen. »Du überprüfst gar nichts mehr«, erklärte er bestimmt. »Wenn sich der Notarzt deinen Kopf angesehen hat, geht es zur Zeugenaussage aufs Präsidium. Und glaub nicht, dass ich dich da rauslasse, bevor dein Babysitter wieder auf freiem Fuß ist.«

Doch die kommissarische Polizeipräsidentin und ihre neue Lieblingskommissarin Schnabelnase Wegner dachten nicht daran, meinen Babysitter laufen zu lassen. Inzwischen hatte ein Sanitäter meine Platzwunde geklammert und in meine Augen geleuchtet. Dann hatte ich die Geschehnisse in Lorenz Wiesingers Reihenhaus zu Protokoll gegeben, während Danner noch immer in irgendeinem Vernehmungszimmer vor sich hinschmorte. Schließlich hatte Staschek mir das Versprechen abgerungen, auf Danner zu warten, bevor ich weitere Nachforschungen anstellte, und mich gehen lassen.

Jetzt stand ich in der Samstagsnachmittagssonne auf dem Hof des Polizeipräsidiums. Das Dröhnen meines Kopfes riet mir, mich ins Bett zu legen.

Über dem Polizeipräsidium erhob sich der stahlblaue Förderturm des Bergbaumuseums in den sonnigen Frühlingshimmel. Von der Aussichtsplattform dort oben hatte Archibald Schröder die Lamafrau fotografiert. Einem spontanen Impuls folgend, wandte ich mich in Richtung Museum.

Kurz darauf konnte ich Bochum überblicken.

Für mich selbst überraschend benötigte ich die Hilfe der Metalltafeln nicht, die auf markante Punkte der Skyline in den verschiedenen Himmelsrichtungen hinwiesen. Ich erkannte die Zwillingstürme am Hauptbahnhof, den Stadtpark, den Tippelsberg als höchste Erhebung. Auch die Wege zwischen den Orten, im Norden mittlerweile bis nach Gerthe hinaus, waren mir vertraut.

Die Gespenster meiner Vergangenheit hatte ich hier vertrieben. Hinausgescheucht. Aus meinem Revier.

Es war nach sechs, als Danner die Tür unserer Wohnung aufschloss. Ich lag auf der Couch, zwei Daunenkissen unter dem Kopf und ein feuchtes, kaltes Handtuch auf der Stirn.

Eine Sekunde lang hatte ich darüber nachgedacht, Alwin Kopelski allein zu besuchen und ihm das Foto seiner bewusstlosen Ehefrau in der Küche unter die Nase zu halten. Doch ehrlich gesagt, war mir nach dem Zusammenstoß mit dem Pizza-Fan die Lust auf Alleingänge vergangen. Also hatte ich den Rest Wäsche vom Sofa geschoben und mir von Molle Tee kochen lassen.

In Jacke und Stiefel trat Danner an die Couch und zog mir das Handtuch vom Gesicht.

»Es ist nur eine Beule«, erklärte ich, bevor er etwas sagen konnte.

Danner begann zu grinsen. »Was für ein Glück, dass du so einen Dickschädel hast.« Sacht berührte er meine Stirn. »Ist dir eigentlich klar, dass du dem Polizeipräsidenten den Arsch gerettet hast?«

Er zog seine Jacke aus.

Ich rappelte mich auf.

»Obwohl es der Schlampe sicher schwergefallen wäre, sich zu entscheiden, ob sie den Mord an Archibald lieber mir oder Mattek in die Schuhe schieben soll. So wie sie ihre Meute auf uns gehetzt hat, wären die Kollegen jedenfalls im Leben nicht auf Wiesinger gekommen.«

Mein Herz hüpfte: »Das heißt, du wärst auch allein zu Wiesinger gegangen?«

»Blöde Frage.« Danner küsste mich vorsichtig.

Dann drückte er mich zurück in die Kissen und warf einen Blick in meine Teetasse. Aber die war noch gut gefüllt, also fing er an – ich hob den Kopf und staunte: Danner sammelte tatsächlich die über den ganzen Raum verteilte Wäsche ein und begann, sie zusammenzulegen!

Einen Augenblick lang sah ich ihm sprachlos zu.

»Das kannst du dir sparen!«, schnauzte ich dann wütend.

»Meinst du, ich lasse mir jedes Mal die Fresse polieren, damit du mal die Socken zusammenlegst?«

Danner hielt inne.

Ich versuchte aufzustehen.

»Wenn du eine Frau suchst, die deine Unterhosen bügelt, bin ich die Falsche!« Ich funkelte ihn so böse an, wie es mit einem spontanen Drehschwindel möglich war. »Ich hab kein Problem damit, wegen jeder Waschmaschinenladung einen albernen Krieg zu führen! Aber heul nicht, wenn du nicht gewinnst.«

Danner stellte den Wäschekorb zur Seite und kam auf mich zu. Er tippte mir den Zeigefinger aufs Brustbein und kippte mich zurück aufs Sofa.

»Für heute hast du genug Krieg geführt«, bemerkte er trocken. »Und in Zukunft machst du die Unterhosen und ich die Socken. Zufrieden?«

»Schade, dass Archibald und Wiesinger den Grund für Bine Kopelskis Verschwinden mit ins Grab genommen haben.«

Danners Stimme riss mich aus meinen Gedanken. Die hatten sich gerade darum gedreht, warum ich ihn wohl besonders sexy fand, wenn er Socken in den Schrank räumte.

Ich hatte ihm noch gar nicht von dem Foto der bewusstlosen Bine erzählt, erinnerte ich mich. »Das ist nur der Fall, wenn einer der beiden den Grund für ihr Verschwinden auch tatsächlich kannte«, entgegnete ich und setzte mich auf.

Danner ließ den Wäschekorb neben dem Schreibtisch zu Boden poltern. »Wer sollte ihn sonst kennen?«

Ich erhob mich und schlurfte samt Decke zum Computer hinüber.

Augenblicke später erschien der dritte Pinnwandabschnitt auf dem Bildschirm. Ich deutete auf die Fotoecke, die unter der Aufnahme von Mattek beim Sex mit der Dreifachmutter hervorragte. Es dauerte einen Augenblick, bis Danner seinen Blick von den Frauenfüßen im Gesicht des Polizeipräsidenten losreißen konnte.

Dann wurden seine Augen schmal: »Das muss Alwin uns morgen mal erklären.«

Die Fotos auf dem Bildschirm verschwammen vor meinen Augen. Ich lehnte mich im Bürostuhl zurück.

Danner überflog die restlichen Bilder. Plötzlich hielt er inne und tippte auf den Computer.

»Und was ist das hier?«

Ich setzte mich auf. Zufällig kannte ich auch diese Antwort: »Krötes Schildkröte. Die Sorte wird Geierschildkröte genannt.«

Gleich darauf füllte ein stark vergrößertes Auge den Bildschirm aus. Ein starres, eiskaltes Auge, das beunruhigend an den toten Drogendealer Lorenz Wiesinger erinnerte. Danner klickte den kleinen, weißen Pfeil an, der am schuppigen Unterlid des Ungeheuers klebte, wie die Start-Taste eines CD-Players.

Das Auge blinzelte. Die Kamera entfernte sich. Schuppige, harte, graubraune Haut erschien. Ein unförmiger Schädel. Zackige, mit Moos bewachsene Knochenauswüchse wie beim ›Ding aus dem Sumpf‹. Die gewaltigen Kiefer verjüngten sich zu einem gigantischen, messerscharfen Schnabel. Ein Panzer, der mit knochigen Stacheln versehen einer Rüstung glich. Fleischige, dicke Beine, mit beeindruckend langen Krallen und ein Schwanz, der eher zu einem Krokodil passte.

Auf dem Video war ein Mann in Anglerhose zu sehen, der mit der einen Hand in den Panzer am Genick der gigantischen Kröte gegriffen und mit der anderen den Schwanz gepackt hatte. Stolz hielt er das Reptil in die Kamera. Allein der Panzer war schon etwa einen Meter lang. Eine Wassermelone, die irgendjemand auf einem Stock aufgespießt hatte, tauchte auf und schwenkte gegen den hässlichen Schädel des Reptils.

Mein Magen zog sich zusammen. Das war eines dieser Tierquälervideos. Die Melone würde den beinahe gleich großen Kopf des Ungetüms treffen und ihn zerschmettern.

Doch bevor ich die Augen zukneifen konnte, schnellte der Kopf der Kröte vor. Blitzartig klappten die Kiefer auseinander. Der geöffnete Schnabel hätte eher zu einer Art Raubsaurier als zu einer Schildkröte gepasst. Mit einem klappenden Geräusch schnappte das Ungeheuer zu.

Im nächsten Moment starrte das Reptil regungslos wie zuvor in die Kamera. Nur dass jetzt roter Matsch aus seinem Maul tropfte. Und ungefähr ein Drittel der Melone fehlte.

»Boah!«, sagte ich erstaunt.

»Das Vieh stammt aus Amerika«, las Danner im Internetlexikon nach. »Aus den Sümpfen der Everglades. Dort teilt es sich seine biologische Nische mit den Alligatoren. Ein menschliches Bein kann es mit einem Happs durchbeißen.«

Ich versuchte, nicht darüber nachzudenken, wie gefährlich nah das Biest meinen eigenen Beinen gewesen war.

»In Deutschland ist dic Haltung nur unter strengen Auflagen erlaubt. In einem Gartenteich hat das Ding nichts verloren. Trotzdem findet man sie häufiger als gedacht, auch in öffentlichen Gewässern. Erst neulich hat man so ein Monster in einem Badesee in Rheinland-Pfalz erwischt, als es gerade einen Schwan killte.«

»Wie bitte?«

»Die Schildkröte frisst Fisch, Wasservögel, Insekten, Schnecken, kleinere Tiere. Was sie eben erwischt«, las Danner weiter.

Ich erinnerte mich, wie Kröte und Sergej Geflügel ins Wasser warfen. Ein anderer Gedanke drängte sich in meinen Kopf. »Zu mundgerecht portionierten Fleischmahlzeiten würde Nessie sicher auch nicht Nein sagen.«

47.

Am nächsten Morgen war das Pochen in meiner Stirn einem dumpfen Schmerz gewichen, der nur in den Vordergrund rückte, wenn ich den Bluterguss berührte. Ich hatte eine von Danners dunklen Mützen in mein Gesicht gezogen, doch das Hämatom war bis in mein Augenlid abgesackt und nicht völlig zu verstecken.

Alwin Kopelski fingen wir am frühen Sonntagmorgen vor seiner Haustür ab, als er sich mit einer Kiste Bier in der Hand auf den Weg in den Schrebergarten machen wollte.

»Alwin, Kollege! Wir haben was zu besprechen«, überfiel Danner den Bärtigen.

Bevor Kopelski protestieren konnte, hatten wir ihn in die Mitte genommen und in seinen Hausflur zurückgeschoben. Mir stieg der bekannte Geruch nach Erde und nassen Klamotten in die Nase.

Danner drängte den großen Mann in die enge Küche.

»Lila, Schnuckelchen, was ist denn mit dir passiert?« Kopelski rümpfte seinen Rauschebart, als er den Bluterguss in meinem Gesicht sah. »Vor 'nen Schrank gelaufen, hm?«, fragte er Danner.

Arschloch.

»So wie Bine, oder was?« Ich knallte das ausgedruckte Foto auf den wackligen Küchentisch. »Von wegen, du hast keine Ahnung, was mit ihr los ist! Sie lag blutend in deiner Küche, davon wirst du doch irgendwas mitgekriegt haben!«

»Was soll die Scheiße?« Grizzly Adams Stimme wurde lauter. »Was wollt ihr, Benni?«

»Eine Erklärung für das Bild. Und zwar plötzlich.«

»Seid ihr von der Bullerei, oder was?« Kopelskis Augen wirkten hart und klein zwischen den buschigen Brauen und dem wuchernden Bart. Seine Mimik blieb hinter all den Haaren verborgen.

»Privatdetektive. Aber die Bullen werden hier in ein paar Minuten auftauchen, wenn du uns nicht ziemlich zügig überzeugst, dass es deiner Frau gut geht.«

Der Bärtige schnaufte verächtlich. »Ich hab keine Ahnung, wo Bine steckt. Das ist alles, was ich dazu sage. Kapiert?«

Danner und Kopelski funkelten sich wütend an.

»Aber ich habe eine Ahnung«, mischte ich mich ein. Alwin Kopelski fuhr so erschrocken herum, als hätte er vergessen, dass ich noch neben ihm stand.

»Und wenn du keine bessere Geschichte lieferst, wird es das sein, was ich der Polizei erzähle. Ich weiß, dass du kurz vor ihrem Verschwinden einen heftigen Streit mit Bine hattest. Wahrscheinlich wegen des Geldes, das sie durch den Verkauf einer in der Supermarktlotterie gewonnenen Limousine erhalten hat.«

Kopelski schluckte, das verriet mir die Bewegung seines Kehlkopfes über dem Kragen seiner Lederweste. »Das ist nicht wahr«, murmelte er kopfschüttelnd.

»Sie ist gestorben«, zischte ich.

»Nein.«

»Vielleicht war es ein Versehen«, sagte ich. »Vielleicht aber auch nicht. Schließlich wolltest du ja ihre Kohle.«

»Nein!«, brüllte Kopelski mich an.

Danner machte einen Schritt auf den großen Mann zu.

»Plötzlich hattest du eine Tote in der Küche«, fuhr ich unbeirrt fort. »Und wahrscheinlich haben sämtliche Nachbarn mitbekommen, dass ihr gestritten habt. Hätte man Bine hier gefunden, wärst du in den Bau gegangen. Deshalb musste die Leiche weg.«

»Halt die Klappe, du Schlampe! Es gibt keine Leiche!«

»Weil du sie verschwinden lassen hast! Und hinterher hast du Kröte und Sergej zum fröhlichen Schafeschlachten eingeladen, um Bines Blutspuren mit dem Schafsblut zu vertuschen. Sehr clever.«

Kopelskis Bart zitterte. Seine kleinen Augen glühten vor Zorn. »Schwachsinn!«

»Wo ist die Leiche?«

»Es gibt keine Leiche, verdammt noch mal!«

»Ich an deiner Stelle hätte sie in kleine Häppchen zerlegt und an Krötes Alligatorschildkröte verfüttert«, fuhr ich fort. »Mit einem Happs sind die Beweise beseitigt.«

»Hör auf!«, donnerte Alwin Kopelski mich an. »Hör auf, so einen Schwachsinn zu erzählen!«

»Es wäre ein perfekter Mord gewesen!«, schnauzte ich zurück. »Wenn Archibald Schröder die tote Bine nicht durchs Fenster fotografiert hätte!«

Kopelski schnaufte jetzt wie ein in die Enge getriebenes Tier.

»Erzähl uns was Besseres, Alwin«, beschwor Danner Kopelski eindringlich. »Es wird höchste Zeit. Die Polizei ist bereits im Besitz dieses Fotos. Es ist eine Frage von Stunden, bis sie dir auf dem Präsidium die gleichen Fragen stellen.«

Kopelski atmete schwer. »Ich …« Seine Augen flitzten zwischen Danner und mir hin und her. Statt glühendem Zorn meinte ich jetzt, Panik flackern zu sehen.

»Es war keine Absicht, verdammt!«, brachte er schließlich heraus.

Scheiße! Mein Herz machte einen Satz.

Kopelski sackte wie unter einer tonnenschweren Last zusammen. Er plumpste auf einen Küchenstuhl und ließ den haarigen Kopf hängen.

»Ich bin kein Schläger, dass müsst ihr mir glauben! Das glaubt ihr mir doch, oder?« Hilflos sah Kopelski zu Danner auf. »Benni?«

Der setzte sich fast automatisch ihm gegenüber an den Küchentisch. »Klar, Alwin.«

»Wir haben wirklich gestritten an dem Abend – aber nicht um Geld!« Kopelski hustete. »Es lief nicht so gut bei uns, unsere Ehe meine ich. Schon lange nicht. Ich – also Bine hat es irgendwie rausgekriegt.«

»Was?«

»Na ja. Weil es bei uns nicht mehr so gut lief, hab ich mit der Angi, vom Kiosk …«

»Du hast die Angi gebürstet?«, schaltete Danner.

Kopelski zuckte die Schultern: »Ist ja 'ne Nette. Aber plötzlich kommt die an und sagt, sie hat einen Braten in der Röhre.«

Hah! Die winzige Baggerfahrerin mit den schwarzen Kringellöckchen war made by Kopelski?

»Erst sah es aus, als würde alles gut gehen. Die Bine hatte die ganze Sache tatsächlich nicht mitbekommen.«

Was an ein Wunder grenzte, entging doch ihrer Busenfreundin Silvia nichts, was in der Siedlung passierte.

»Aber vor ein paar Wochen hat sie es rausgefunden. Die Sprack hat es ihr gesteckt.«

Die Sprack?

»Und dann ist Bine doch tatsächlich mit Fiete in die Kiste

gesprungen! Ausgerechnet mit Fiete, diesem Giftzwerg! Sie wusste genau, dass der mir schon immer alles weggenommen hat.« Vor Wut wurde Kopelski wieder lauter.

Bine hatte mit Fiete geschlafen, um sich an ihrem Mann zu rächen?

»Als sie mir das erzählt hat, hab ich ihr eine gescheuert. Aber ich wollte nicht, dass sie mit dem Kopf auf die Kante knallt!«

Ich bemerkte den Schmutzrand unter dem Nagel seines Zeigefingers, als Kopelski auf die steinerne Arbeitsfläche neben der Spüle deutete.

»Aber sie war nicht tot, ehrlich. Sie war kurz weg, ist aber wieder aufgewacht. Sie war nicht mal beim Arzt. Am nächsten Morgen war sie dann verschwunden.«

Danner runzelte besorgt die Stirn. »Das reicht nicht, Alwin.«

»Aber das ist die Wahrheit, verdammt noch mal!«, tobte Kopelski erneut los, was seine Geschichte vom eigentlich friedfertigen Ehemann nicht unbedingt glaubhafter machte. »Ich hab doch gewusst, dass mir das keiner glaubt! Die blöde Fromm hat bestimmt jedes Wort mitgekriegt und brühwarm alles ihrer Tochter erzählt. Die tratscht es in der Bäckerei weiter und im Kiosk und nach einer halben Stunde weiß ganz Gerthe Bescheid.«

»Kannst du irgendwie beweisen, dass Bine nach dem – Sturz noch gelebt hat?«, erkundigte sich Danner. »Hat sie sich noch mal gemeldet? Angerufen? Oder eine SMS geschrieben?«

Kopelski schüttelte den Kopf: »Sie hat die kleine Reisetasche mitgenommen, mit der sie immer zu ihrer Mutter fährt, glaube ich. Und mir einen Zettel hingelegt.«

Danner und ich horchten überrascht auf.

»Einen Zettel?«

Kopelskis Rauschebart bewegte sich auf und ab. »Der muss

noch im Altpapier liegen. Hab schon länger nichts rausgestellt.« Er erhob sich, zog einen Altpapierkarton aus dem Schrank unter der Spüle und begann zu wühlen.

»Ah«, brummte er gleich darauf zufrieden. Er strich den zerknüllten Zettel glatt und legte ihn auf den Tisch. »Hier.«

Kugelschreiber auf einem Einkaufsbon. Die Schrift war groß und krakelig: *Tschüss, Arschloch!*

48.

Eine Woche später war der Fall Geschichte.

Unseren Auftraggeberinnen Silvia Fromm und Katrin Hesskamp hatten wir mitgeteilt, dass Bine Kopelski ihren Mann offenbar wirklich nach einem Streit verlassen hatte, und dafür ein schönes Honorar kassiert.

Wegen Bine Kopelskis Abschiedsbrief war auch Schrauber-Ulli wieder auf freien Fuß gelangt. Zwar gehörte die Perlenkette definitiv Bine Kopelski, doch die vermisste ihren Schmuck bisher ja nicht.

Außerdem hatte der Polizeipräsident seinen Rücktritt erklärt. Anscheinend in vorauseilendem Gehorsam – der Mord an seinem Nachbarn pappte an seinem Namen wie ein klebriger Kaugummi.

Die kommissarische und voraussichtlich nächste Polizeipräsidentin Klara Peters hatte zähneknirschend ihren besten Mann, den ersten Kriminalkommissar Lennart Staschek belobigt. Für die rasche Aufklärung des medienwirksamen Mordfalls in Bochum-Gerthe. Damit würde seine Versetzung auf ein ostwestfälisches Fahrrad zumindest eine gute Begründung erfordern.

Der größte Teil unseres Honorars war bereits für ein fahrtüchtiges Auto draufgegangen und der Rest für eine Shoppingtour, als am Sonntag das Telefon klingelte.

Am Sonntagnachmittag um zehn nach drei standen Danner und ich wieder in der ehemaligen Zechensiedlung vor Silvia Fromms Haustür.

Es gäbe neue Erkenntnisse, hatte unsere Exauftraggeberin orakelt. Ich hoffte nur, dass sie nicht weitere Nachbarn des Mordes verdächtigte.

Danner sah aus wie immer: dunkle Klamotten, unrasiert, Glatze. Wie der Geldeintreiber eines Inkasso-Unternehmens.

Ich hingegen hatte mich verändert. Die Platzwunde an meiner Stirn war fast verheilt. Ein spontaner Friseurbesuch hatte mir zu einem ohrlangen, blonden Bob verholfen. Zu einer neuen Jeans trug ich einen ebenfalls neuen Pulli, der zwar lila war, aber nicht schlabberte. Normal eben. Ich war kein Opfer mehr und ich hatte beschlossen, auch nicht länger wie eines auszusehen.

»Herr Danner! Schön, dass Sie spontan vorbeikommen konnten«, flötete Silvia Fromm, kaum dass sie die Tür geöffnet hatte. »Frau Ziegler! Ihnen geht es ja wieder besser, Kind. Gott sei Dank! Kommen Sie, kommen Sie herein.«

Sie winkte uns durch den Flur in ihr enges Wohnzimmer.

»Sie glauben nicht, wer hier ist.«

Erstaunt blieb ich stehen.

Katrin Hesskamp saß bereits vor einer Kaffeetasse auf Silvia Fromms Polstergarnitur mit Blümchenmuster. Neben – Bine Kopelski.

Die Ähnlichkeit mit dem Pappaufsteller im benachbarten Reihenhauskeller war unverkennbar, auch wenn die Gesuchte in der Realität viel besser aussah. Irgendwie gesünder. Und braun gebrannt. Ihre strähnige, graue Frisur war einem modisch durchgestuften Haarschnitt in sattem Brünett gewichen.

Silvia Fromm schnaufte mit hochrotem Gesicht: »Ich dachte, nach der ganzen Aufregung interessiert es Sie vielleicht, dass Bine wieder da ist.«

Während die Hausherrin Kaffee und Torte verteilte, erfuhren wir den Rest der Geschichte.

Nachdem die ständig besoffene Anneliese Sprack Bine Kopelski mit der Nase auf die Affäre ihres Mannes gestoßen und der sie für den Seitensprung mit Fiete k. o. geschlagen hatte, hatte Bine beschlossen, sich eine Auszeit zu nehmen.

Das Geld aus dem Autogewinn hatte es ihr ermöglicht, sich an Deck eines Kreuzfahrtschiffes unter der karibischen Sonne Gedanken über die dringend notwendigen Veränderungen in ihrem Leben zu machen.

Nun war sie zurückgekehrt, um die Scheidung einzureichen.

Danner strich mit dem Zeigefinger über das Leder des Lenkrads unseres neuen Autos, bevor er das Radio andrehte.

Ich verkniff mir ein Grinsen.

Mit den Honoraren aus dem Fall hatten wir Ulli ein Angebot für seinen restaurierten Oldtimer, den Spitfire, gemacht. Bis aber Danner mich den Schlitten mal fahren ließ, würde es wohl noch eine Weile dauern.

Das Autoradio weckte meine Aufmerksamkeit.

»*... hast du im Garten ein paar Leichen verscharrt?*«, sangen die *Ärzte* gerade.

Danner und ich sahen uns an.

»Die Nachbarn haben da so was angedeutet – also wunder dich nicht, wenn bald die Kripo bei dir läutet.«

Ich musste lachen.

Ich danke herzlich …

Peter Junge vom Kleingartenverein *Friedlicher Nachbar Bochum-Gerthe e. V.* für die zahlreichen Stadtführungen und Gartentipps

dem *Deutschen Bergbau-Museum* in Bochum für ›unsachgemäße Schießarbeiten‹

meinem Vater Arnold Ringe für *Kalle Blomquist*

meinem Schwager Uwe Flebbe für die Infos zum Thema Teichbau

meinem Mann Detlef fürs Meckern

meiner Mutter Dagmar, Farina und Annette fürs Testlesen

meinem Bruder und Computerspezialisten Carsten

dem Team des GRAFIT-Verlags für die engagierte und herzliche Unterstützung bei der Arbeit an diesem Kriminalroman

Ulrike, die hoffentlich nicht wieder auf die Idee kommt, sich selbst an dieser Stelle wegzulektorieren

Mehr Lila-Ziegler-Krimis

Lucie Klassen (jetzt Flebbe)

Der 13. Brief

ISBN 978-3-89425-349-3

Die 20-jährige Lila pfeift auf das von ihren Eltern für sie geplante Jurastudium und erschleicht sich bei Privatdetektiv Danner erst einen Schlafplatz, dann einen Job. Unversehens landet sie wieder auf der Schulbank …

»Intelligent, respektlos, humorvoll.« Neues Deutschland

Lucie Flebbe (vormals Klassen)

Hämatom

ISBN 978-3-89425-367-7

Als Krankenhauspatientin wird Lila Ziegler Zeugin, wie eine junge Putzfrau an einem Herzinfarkt stirbt. War das tatsächlich ein natürlicher Tod?

»Lucie Flebbe schreibt sich ... ganz ungeniert weiter in die Spitzengruppe des deutschen Krimis.« Focus online

Lucie Flebbe (vormals Klassen)

Fliege machen

ISBN 978-3-89425-381-3

Ein Hund ist schuld, dass Lila Ziegler auf der Straße landet. Sie mischt sich unter die Obdachlosen und Straßenkids, um einen Mann namens ›Fliege‹ zu finden – ein eiskalter Job!

»Als Krimi kein Fliegen-, sondern ein Schwergewicht.« www.krimi-couch.de

Lucie Flebbe (vormals Klassen)

77 Tage

ISBN 978-3-89425-411-7

Ungewöhnlich hohe Todesfallzahlen bei einem Pflegedienst, ein mysteriöser Blog und unerwarteter Besuch: Für Lila Ziegler kommt es knüppeldick …

»Fesselnd, dramatisch, unsentimental und mit viel echtem Herz. Gratulation.« WDR